A CONFRARIA DO MEDO

Série policial

Réquiem caribenho
    Brigitte Aubert

Bellini e a esfinge
Bellini e o demônio
    Tony Bellotto

Bilhete para o cemitério
O ladrão que achava que era Bogart
O ladrão que estudava Espinosa
O ladrão que pintava como Mondrian
Uma longa fila de homens mortos
Punhalada no escuro
    Lawrence Block

O destino bate à sua porta
    James Cain

Nó de ratos
Vendetta
    Michael Dibdin

Edições perigosas
Impressões e provas
    John Dunning

Máscaras
    Leonardo Padura Fuentes

Jogo de sombras
Tão pura, tão boa
    Frances Fyfield

Achados e perdidos
Uma janela em Copacabana
O silêncio da chuva
Vento sudoeste
    Luiz Alfredo Garcia-Roza

Neutralidade suspeita
A noite do professor
Transferência mortal
    Jean-Pierre Gattégno

Continental Op
    Dashiell Hammett

Uma certa justiça
Morte no seminário
Pecado original
    P. D. James

O dia em que o rabino foi embora
Domingo o rabino ficou em casa
Sábado o rabino passou fome
Sexta-feira o rabino acordou tarde
    Harry Kemelman

Um drink antes da guerra
    Dennis Lehane

Morte no Teatro La Fenice
    Donna Leon

Dinheiro sujo
Também se morre assim
    Ross Macdonald

É sempre noite
    Léo Malet

Assassinos sem rosto
A leoa branca
    Henning Mankell

O labirinto grego
Os mares do Sul
O quinteto de Buenos Aires
    Manuel Vázquez Montalbán

O diabo vestia azul
    Walter Mosley

Informações sobre a vítima
    Joaquim Nogueira

Aranhas de ouro
Clientes demais
A confraria do medo
Cozinheiros demais
Milionários demais
Mulheres demais
Ser canalha
Serpente
    Rex Stout

Casei-me com um morto
A noiva estava de preto
    Cornell Woolrich

REX STOUT

A CONFRARIA DO MEDO

Tradução:
ÁLVARO HATTNHER

2ª reimpressão

Copyright © 1991 by Rex Stout
Publicado pela primeira vez em 1935

Título original:
The League of Frightened Men

Capa:
João Baptista da Costa Aguiar

Foto da capa:
Ana Ottoni

Preparação:
Eliane de Abreu Santoro

Revisão:
Maysa Monção
Alexandra Costa da Fonseca

Dados Internacionais de Catalogação na Publicação (CIP)
(Câmara Brasileira do Livro, SP, Brasil)

Stout, Rex, 1886-1975
A confraria do medo / Rex Stout ; tradução de Álvaro Hattnher. — São Paulo : Companhia das Letras, 2002.

Título original : The league of the frightened men.
ISBN 85-359-0208-2

1. Romance norte-americano I. Título.

01-6433   CDD-813.5

Índices para catálogo sistemático:
1. Romances : Século 20 : Literatura norte-americana 813.5
2. Século 20 : Romances : Literatura norte-americana 813.5

2002

Todos os direitos desta edição reservados à
EDITORA SCHWARCZ LTDA.
Rua Bandeira Paulista, 702, cj. 32
04532-002 — São Paulo — SP
Telefone: (11) 3167-0801
Fax: (11) 3167-0814
www.companhiadasletras.com.br

A CONFRARIA DO MEDO

1

Wolfe e eu estávamos sentados no escritório numa tarde de sexta-feira. E, como não poderia deixar de ser, o nome de Paul Chapin e suas engenhosas idéias sobre como obter vingança por atacado e impunemente chegariam até nós de qualquer maneira. Mas, naquela tarde de sexta, a combinação de uma chuva precoce de novembro com uma ausência de negócios lucrativos que já durava tanto tempo que começava a se tornar incômoda nos trouxe uma cena de abertura — um prólogo, não uma parte da ação principal — do espetáculo que estava prestes a se iniciar.

Wolfe bebia cerveja e olhava alguns desenhos de flocos de neve num livro que alguém havia lhe mandado da Tchecoslováquia. Eu lia o jornal da manhã sem muita convicção. Já o lera durante o café da manhã e dera uma olhada nele durante meia hora depois de verificar as contas com Horstmann às onze horas, e lá estava eu novamente com ele no meio de uma tarde chuvosa, pensando sem muito entusiasmo em encontrar alguma coisa que me fizesse ao menos cócegas no cérebro que parecia querer secar em mim. Leio livros, sim, mas até agora nenhum deles me satisfez. Sempre tenho a impressão de que não há nada vivo neles, de que tudo está morto ou já passou, então de que adianta? Uma pessoa pode tentar se divertir num piquenique num cemitério. Certa vez Wolfe me perguntou por que diabos eu sempre fingia que estava lendo um livro, e respondi que era por razões culturais, e ele retrucou que eu não precisava me dar ao trabalho, que cultura era como dinheiro, vem mais fácil para aqueles que menos necessitam dela. De toda forma, visto que era um jornal matutino e que estávamos no meio da tarde e que eu já o lera duas vezes, não era muito melhor do que um livro, e eu só estava insistindo em ficar com ele como desculpa para manter os olhos abertos.

Wolfe parecia absorto nos desenhos. Olhando para ele, disse a mim mesmo: "Ele está numa batalha contra as forças da natureza. Está lutando para abrir caminho em meio a uma nevasca violenta, e faz tudo isso sentado confortavelmente e olhando desenhos de flocos de neve. Essa é a vantagem de ser um artista, de ter imaginação". Falei em voz alta: — Não durma, senhor, seria fatal. O senhor morreria congelado.

Wolfe virou a página sem prestar atenção em mim. Falei: — O carregamento que chegou de Caracas, de Richardt, veio com doze bulbos a menos. Eu sabia que ele não fazia bons descontos.

Ainda sem resposta. Continuei: — Fritz contou que o peru que mandaram é velho demais para grelhar e que vai ficar duro, a menos que seja assado durante duas horas, o que, segundo o senhor, diminui o sabor da ave. De forma que o peru de quarenta e um centavos o quilo vai ficar uma porcaria.

Wolfe virou outra página. Olhei fixamente para ele por alguns minutos, depois disse: — Viu a notícia no jornal a respeito da mulher que tem um macaco de estimação que dorme na cabeceira da cama e que enrola a cauda no pulso dela? E que a mantém lá a noite toda? E a outra, sobre um sujeito que encontrou um colar na rua, devolveu-o à dona e ela afirmou que ele havia roubado duas pérolas do colar e botou ele na cadeia? E aquela outra, sobre um homem que prestou depoimento num caso sobre um livro obsceno, e quando o advogado lhe perguntou qual era seu objetivo ao escrever o tal livro ele respondeu que havia cometido um assassinato e que todos os assassinos tinham de falar sobre seus crimes e que aquela era sua maneira de falar sobre o que fizera? Não que eu tenha entendido a idéia, digo, o objetivo do autor. Se um livro é sujo, é sujo, e que diferença faz a maneira como se tornou o que é? O advogado diz que, se o autor tivesse um objetivo literário digno, a obscenidade não importaria. Da mesma forma, você poderia dizer que, se eu quisesse atirar uma pedra numa lata, não faria a menor diferença se acertasse seu olho com ela. Da mesma forma, você poderia dizer que, se meu objetivo fosse comprar um vestido de seda para minha pobre avozinha, não faria diferença se tirasse a grana de uma panela do Exército da Salvação. Da mesma forma...

Parei de falar. Conseguira atrair a atenção dele. Ele não ergueu os olhos da página, a cabeça não se mexeu, não havia a menor mudança em seu corpanzil acomodado na enorme cadeira construída especialmente para ele. Mas vi seu indicador direito balançar de leve — sua varinha ameaçadora, como ele o chamara certa vez — , e sabia que conseguira sua atenção. Ele disse:

— Archie, cale a boca.

Sorri. — De jeito nenhum, senhor. Meu Deus, será que vou morrer sentado aqui? Telefono para os Pinkerton e pergunto se querem um quarto de hotel vigiado ou alguma coisa do gênero? Se uma pessoa guarda um barril de dinamite em casa, cedo ou tarde pode esperar algum barulho. É isso que eu sou, um barril de dinamite. Devo ir ao cinema?

A enorme cabeça de Wolfe moveu-se para a frente uma fração de centímetro, o que, para ele, representava uma concordância enfática.

— Não tenha dúvida. Imediatamente.

Levantei da cadeira, atirei o jornal sobre minha mesa, virei-me e sentei novamente.

— O que estava errado em minhas analogias? — perguntei.

Wolfe virou outra página.

— Vamos dizer — murmurou ele pacientemente — que como analogista você é imbatível. Digamos que seja isso.

— Está bem. Isso mesmo. Não estou tentando começar uma discussão, senhor. De jeito nenhum. Só estou sofrendo um pouco com o esforço para tentar imaginar uma terceira forma de cruzar as pernas. Já faz uma semana que venho tentando. — Ocorreu-me rapidamente que Wolfe nunca se perturbaria com aquele problema, pois suas pernas eram tão gordas que não havia a menor possibilidade de que ele as cruzasse, independentemente da estratégia empregada, mas resolvi não mencionar isso. Mudei de assunto. — Mantenho o que disse, se um livro é sujo, é sujo, independentemente de o autor ter uma lista de objetivos tão comprida quanto um dia chuvoso. O sujeito no banco das testemunhas ontem era um maluco. Não era? Diga lá. Ou queria manchetes enormes, a qualquer preço? Pagou cinqüenta dólares pelo desacato ao tribunal. Por esse valor, até que foi uma propaganda barata para o livro dele. Durante meio século ele poderia comprar umas quatro colunas no caderno literário do *Times*, fácil, fácil. Mas acho que o sujeito era maluco. Disse que cometeu um assassinato, e todos os assassinos têm de confessar, daí ele escreveu o livro, mudando as personagens e circunstâncias, como um meio de confessar sem se arriscar. O juiz era espertinho e sarcástico. Disse que, apesar de o sujeito ser um inventor de histórias e estar numa corte, não precisava se candidatar ao cargo de bobo da corte. Aposto como os advogados se esborracharam de rir com essa. Hein? Mas o autor disse que não era piada, que era por isso que havia escrito o livro, e que toda obscenidade que nele houvesse era apenas incidental, que ele realmente havia apagado outro cara. Daí o juiz mandou o sujeito pagar cinqüenta paus por desacato ao tribunal e o mandou embora dali. Acho que ele é maluco. O que você diz?

O enorme peito de Wolfe se expandiu e se encolheu num suspiro. Posicionou um marcador no livro, fechou-o, largou-o sobre a escrivaninha e depois se recostou vagarosamente na cadeira.

Piscou duas vezes. — E daí?

Fui até minha mesa, peguei o jornal, abri na página. — Talvez nada. Acho que ele é maluco. O nome é Paul Chapin e ele já escreveu diversos livros. O título desse é *O diabo vem por último*. Formado em Harvard em 1912. É aleijo. Aqui fala que ele foi depor mancando de uma perna, mas não diz qual.

Wolfe apertou os lábios. — Por acaso — perguntou ele — aleijo é uma abreviação de aleijado e você usa a palavra como uma metáfora para mutilado?

— A parte da metáfora eu não sei, mas aleijo quer dizer aleijado nos círculos que freqüento.

Wolfe suspirou novamente e iniciou o processo de levantar-se.

— Graças a Deus — disse ele —, a essa hora não há necessidade de mais analogias e coloquialismos.

O relógio na parede marcava um minuto para as quatro — hora de ele ir para os viveiros. Ele se ergueu, puxou as pontas do colete para baixo, mas, como de hábito, não conseguiu cobrir o pedaço de camisa amarela que aparecera e se dirigiu para a porta.

Parou na soleira. — Archie?

— Sim, senhor.

— Telefone a Murger e peça que mandem imediatamente um exemplar de *O diabo vem por último*, de Paul Chapin.

— Talvez não possam mandá-lo. Os exemplares foram recolhidos e aguarda-se uma decisão do tribunal.

— Que bobagem. Fale com Murger ou Ballard. Que outra serventia teria um julgamento por obscenidade senão popularizar a literatura?

Wolfe avançou para o elevador e eu me instalei junto à mesa e peguei o telefone.

2

Depois do café da manhã do dia seguinte, um sábado, lidei um pouco com os registros das plantas e depois fui à cozinha encher a paciência do Fritz.

Wolfe, é claro, não desceria antes das onze horas. O sótão da velha casa de pedras no lado oeste da rua 35, na qual ele morava havia vinte anos, e eu com ele nos últimos sete, era envidraçado e dividido em alas nas quais se mantinham condições variáveis de temperatura e umidade — sob a vigilância de Theodore Horstmann — para as dez mil orquídeas que se enfileiravam por bancadas e prateleiras. Certa vez Wolfe dissera que as orquídeas eram suas concubinas: insípidas, caras, parasitas e temperamentais. Ele as criava, em suas variadas formas e cores, até que atingissem o limite da perfeição, depois as dava: nunca vendera nenhuma. Sua paciência e sua habilidade, com o apoio da fidelidade de Horstmann, haviam produzido resultados notáveis, conquistando para aquela parte da casa um certo renome em círculos bastante diferentes daqueles cujos interesses se centravam no escritório localizado no andar térreo. Com todo e qualquer tempo e sob quaisquer circunstâncias, suas quatro horas por dia na estufa com Horstmann — das nove às onze pela manhã, e das quatro às seis à tarde — eram sagradas.

Naquela manhã de sábado finalmente tive de admitir que o bom humor de Fritz era demais para mim. Perto das onze horas eu já voltara para o escritório, tentando fazer de conta que talvez houvesse alguma coisa para eu fazer se eu procurasse direitinho, só que não sou muito bom nesse negócio de fazer de conta. Eu estava pensando, senhoras e senhores, meus amigos e clientes, que não vou insistir num caso real, cheio de problemas, ação e lucro. No momento, aceito qualquer coisa. Posso até seguir uma corista para vocês, ou me esconder no banheiro para apanhar o sujeito que está roubando creme dental, qualquer coisa, menos espionagem industrial. Qualquer coisa...

Wolfe entrou e disse bom-dia. A correspondência não lhe tomou muito tempo. Assinou alguns cheques que eu preenchera para pagar contas que ele conferira na véspera, perguntou-me, com um suspiro, qual era o saldo bancário, e me passou algumas cartas não muito extensas. Datilografei-as e saí para depositá-las na caixa do correio. Quando voltei, Wolfe começava uma segunda garrafa de cerveja recostado em sua cadeira, e tive a impressão de ver um olhar em seus olhos semicerrados. Pelo menos, pensei, ele não voltou para os lindos floquinhos de neve. Sentei-me atrás de minha mesa e fiquei com a máquina de escrever preparada.

Wolfe disse: — Archie. Uma pessoa poderia saber tudo o que há para ser sabido no mundo se esperasse tempo suficiente. A única falha na passividade de Buda como técnica para obtenção de conhecimento e sabedoria é a extensão tristemente breve da vida humana. Ele sentou-se durante a primeira estrofe do primeiro canto do *preâmbulo*, depois saiu para um compromisso com... digamos, com um certo farmacêutico.

— É verdade, senhor. Ou seja, na sua opinião, se continuarmos sentados aqui, vamos aprender muito.

— Muito, não. Mais, um pouco mais a cada século.

— O senhor, talvez. Eu não. Se continuar sentado aqui por mais dois dias, vou ficar tão apatetado que não vou mais saber absolutamente nada.

Os olhos de Wolfe brilharam de leve. — Não me importo de parecer enigmático, mas, no seu caso, isso não significaria uma melhora?

— Claro — resmunguei. — Se o senhor não tivesse me instruído certa vez a não mandá-lo para o inferno, eu agora o mandaria para o inferno.

— Ótimo. — Wolfe engoliu a cerveja e enxugou os lábios. — Você está ofendido. Então, provavelmente, está desperto. Minha primeira observação representou um comentário sobre um fato recente. Você deve estar lembrado de que no mês passado passou dez dias fora numa missão que se mostrou muito pouco rentável, e que durante sua ausência dois rapazes se encarregaram de seus afazeres.

Confirmei com um aceno de cabeça. Sorri. Um dos sujeitos viera da Agência Metropolitana na condição de guarda-costas de Wolfe, o outro era um estenógrafo da Miller's. — Claro. Com dois tudo ficava mais rápido.

— É mesmo. Num daqueles dias um homem veio aqui e me pediu para interceptar o destino dele. Não usou essas palavras, mas na essência era isso. O serviço não se mostrou exeqüível...

Eu abrira uma gaveta na minha mesa e tirara uma prancheta cheia de folhas, que percorri com os dedos até chegar à que procurava. — Sim, senhor. Achei. Já li duas vezes. Tem alguns erros, o estenógrafo que veio não era lá essas coisas. Ele não sabia como escrever...

— O nome era Hibbard.

Confirmei com a cabeça, olhando para as páginas datilografadas. — Andrew Hibbard. Professor de psicologia em Columbia. Foi no dia 28 de outubro, um sábado, há exatamente duas semanas.

— Que tal se você lesse?

— *Viva voce?*

— Archie! — Wolfe olhou para mim. — De onde você tirou essa expressão, onde aprendeu a pronunciá-la e o que acha que significa?

— Quer que eu leia estas folhas em voz bem alta, senhor?

— A expressão não quer dizer bem alta. Diacho! — Wolfe esvaziou o copo, reclinou-se na cadeira, juntou os dedos das duas mãos na frente da barriga e os entrelaçou. — Continue.

— Ok. Em primeiro lugar há uma descrição do senhor Hibbard. *Cavalheiro baixo, por volta de cinqüenta anos, nariz pontudo, olhos escuros...*

— Chega. Posso recorrer à minha memória para achar essas informações.

— Sim, senhor. O sr. Hibbard parece ter começado dizendo *Como vai, senhor, meu nome é...*

— Pule as amenidades.

Olhei um pouco mais abaixo na página. — Que tal isto? O sr. Hibbard disse *Fui aconselhado por uma amiga, cujo nome não há necessidade de declinar, a vir falar com o senhor. Porém o que me motivou foi puro pavor. Fui trazido aqui pelo medo.*

Wolfe balançou a cabeça em sinal de aprovação. Continuei lendo as folhas datilografadas:

Sr. Wolfe: *Certo. Conte-me a respeito.*

Sr. Hibbard: *Como já deve ter visto pelo meu cartão, trabalho no departamento de psicologia na universidade Columbia. Visto que o senhor é um especialista, provavelmente já observou em meu rosto e em minha atitude os estigmas do pavor que beira o pânico.*

Sr. Wolfe: *Observo que o senhor está aborrecido. Não tenho meios de perceber se é crônico ou agudo.*

Sr. Hibbard: *É crônico. Pelo menos está se tornando assim. É por isso que recorri a... ao senhor. Estou sob uma pressão intolerável... não, não é isso, é pior do que isso, minha vida me foi confiscada. Tenho de reconhecer isso.*

Sr. Wolfe: *Claro. A minha também, senhor. Todos passamos por isso.*

Sr. Hibbard: *Que bobagem. Desculpe-me. Não estou discutindo o pecado original. Senhor Wolfe, vou ser assassinado. Um homem vai me matar.*

Sr. Wolfe: *É mesmo? Quando? Como?*

Wolfe interrompeu: — Archie, pode esquecer os pronomes de tratamento.

— Ok. Esse estenógrafo, o jovem Miller, recebeu uma educação muito boa: usou-os em todas as ocasiões. Alguém deve ter dito a ele que sempre tratasse seu empregador com respeito quarenta e quatro horas por semana, mais ou menos, dependendo do caso. Bom, continuando:

Hibbard: *Isso eu não posso lhe contar, porque não sei. Além do mais, há coisas sobre tudo isso que devo manter em segredo. Posso lhe contar... bem... há muitos anos causei danos a um homem, danos duradouros. Eu não estava sozinho, havia outros comigo, mas o acaso tornou-me o principal responsável. Pelo menos é assim que tenho considerado a questão. Foi uma travessura infantil... com um resultado trágico. Nunca me perdoei. E nem os outros que estavam envolvidos, pelo menos a maioria deles. Não que eu tenha me tornado mórbido em relação ao acontecido — isso foi há vinte e cinco anos —, sou psicólogo e, portanto, por demais envolvido na morbidez dos outros para me dar ao luxo de ter a minha própria. Bem, nós prejudicamos aquele rapaz. Arruinamos a vida dele. De verdade. Com certeza sentimos a responsabilidade, e durante todos esses vinte e cinco anos alguns de nós pensaram em oferecer alguma compensação. Chegamos a tentar — algumas vezes. O senhor sabe como é, somos homens ocupados, a maioria de nós. Mas nunca negamos a existência desse fardo, e de vez em quando alguns de nós tentavam carregá-lo. Isso era difícil, porque pau — isto é, à medida que o garoto entrava na idade adulta, foi se tornando cada vez mais peculiar. Fiquei sabendo que na escola havia dado mostras de talento, e certamente na faculdade — quero dizer, até onde sei, depois do mal que lhe causamos, ele era brilhante. Mais tarde talvez esse brilhantismo tenha permanecido, mas tornou-se distorcido. Em determinado momento...*

Wolfe me interrompeu. — Espere um pouco. Volte algumas sentenças. Lá onde começa com *isso era difícil, porque pau* — você disse *pau*?

Encontrei a palavra no texto. — Isso mesmo. *Pau.* Não entendi.

— E o estenógrafo também não. Continue.

Em determinado momento, há uns cinco anos, concluí definitivamente que ele era um psicopata.

Wolfe: *O senhor continuava a ter contato com ele na ocasião?*

Hibbard: *Ah, sim. Muitos de nós tinham. Alguns o viam com freqüência; um ou dois eram bastante próximos dele. Por volta dessa época seu brilhantismo pareceu encontrar-se na maturidade. Ele... bem... ele fez coisas que despertaram admiração e interesse. Embora eu estivesse convencido de que era um psicopata, ainda assim não me preocupei muito com ele, pois ele parecia estar verdadeiramente envolvido em realizações satisfatórias — ou, pelo menos, compensatórias. O despertar veio de uma maneira surpreendente. Houve uma reunião — um encontro — entre alguns de nós, e um foi morto — morreu —, obviamente por acidente, todos acreditamos. Mas ele — isto é, o homem que havíamos ferido — estava lá; e alguns dias depois cada um do grupo recebeu pelo correio uma correspondência dele dizendo que havia matado um de nós e que o mesmo iria acontecer ao resto; que ele estava a bordo de um barco de vingança.*

Wolfe: *De fato. A palavra psicopata deve ter começado a parecer um eufemismo.*

Hibbard: *Sim. Mas não havia nada que pudéssemos fazer.*

Wolfe: *Uma vez que vocês tinham evidências, não teria sido desaconselhável avisar a polícia.*

Hibbard: *Não tínhamos evidências.*

Wolfe: *E as correspondências?*

Hibbard: *Estavam datilografadas, sem assinatura, e o texto fora redigido de uma maneira ambígua que as tornava sem valor para fins práticos como uma evidência. Ele até mesmo disfarçou seu estilo, muito inteligentemente. Aquele não era, de modo algum, o estilo dele. Mas para nós era bastante claro. Cada um recebeu uma; não só aqueles que haviam comparecido ao encontro, mas todos nós, todos os membros da liga. É claro que...*

Wolfe: *A liga?*

Hibbard: *Isso foi um lapso. Não tem importância. Muitos anos atrás, quando alguns de nós estávamos juntos discutindo esse assunto, alguém sugeriu — por pieguice, é claro — que deveríamos nos chamar de A Liga da Expiação. De certa forma, o nome pegou. Tempos mais tarde ele não era mais falado, a não ser em tom de brincadeira. Agora eu imagino que as piadas tenham acabado. Eu ia dizer, é claro, que nem todos vivemos em Nova York, somente a metade. Um recebeu seu aviso mesmo estando em São Francisco. Em Nova York, alguns de nós se reuniram e discutiram a questão. Fizemos uma espécie de investigação para achá-lo e conversamos com ele. Ele negou ter enviado os avisos. Em sua alma distorcida, ele parecia estar se divertindo e muito pouco preocupado.*

Wolfe: *Alma distorcida não é uma expressão estranha para um psicólogo?*

Hibbard: *Leio poesia nos fins de semana.*

Wolfe: *É mesmo? E?*

Hibbard: *Nada aconteceu durante algum tempo. Três meses. Então outro foi morto. Encontrado morto. A polícia disse suicídio, e parecia que todos os sinais apontavam nessa direção. Mas dois dias depois um segundo aviso foi enviado pelo correio para cada um de nós, com o mesmo teor e obviamente a mesma origem. Estava redigido com grande inteligência, com brilhantismo.*

Wolfe: *E dessa vez, naturalmente, o senhor foi à polícia.*

Hibbard: *Por que "naturalmente"? Nós ainda não tínhamos evidências.*

Wolfe: *Porque poderia ter ido. Um ou alguns poderiam ter ido.*

Hibbard: *Eles foram. Eu fui contra, mas eles foram...*

Wolfe: *Por que o senhor foi contra?*

Hibbard: *Achei que era inútil. Além disso... bem... eu não poderia participar de uma demanda por represália que talvez custasse a vida de um homem que nós prejudicamos... o senhor entende.*

Wolfe: *Claro. Em primeiro lugar, a polícia não encontraria prova alguma. Em segundo, eles poderiam encontrar outras provas.*

Hibbard: *Muito bem. Aquilo não era exatamente um ensaio sobre lógica. Um homem pode barrar a entrada do absurdo em sua biblioteca da razão, mas não na arena de seus impulsos.*

Wolfe: *Certo. Muito conciso. E a polícia?*

Hibbard: *Eles não conseguiram nada. Ele fez a todos de trouxa. Ele me descreveu as perguntas que fizeram e as respostas que ele deu...*

Wolfe: *O senhor ainda o via?*

Hibbard: *Claro que sim. Éramos amigos. Ah, sim. A polícia entrou no caso, interrogaram-no, interrogaram todos nós, investigaram o máximo que puderam, e acabaram de mãos vazias. Alguns dos membros do grupo contrataram investigadores particulares. Isso foi há duas semanas, uns doze dias atrás. Os investigadores estão tendo o mesmo sucesso que a polícia teve. Estou certo disso.*

Wolfe: *Não diga. De que agência?*

Hibbard: *Isso é irrelevante. A questão é que algo aconteceu. Eu poderia falar de apreensões e precauções, e assim por diante, conheço muitas palavras dessa natureza, eu poderia até mesmo enquadrar a situação em termos técnicos de psicologia, mas o fato puro e simples é que estou assustado demais para continuar. Quero que o senhor me salve da morte. Quero contratá-lo para proteger minha vida.*

Wolfe: *Sei, e o que aconteceu?*

Hibbard: *Nada. Nada de importante, a não ser comigo. Ele veio até mim e disse algo, só isso. Não serviria para muita coisa repetir as palavras. Minha vergonhosa confissão é a de que estou, de fato, completamente assustado. Tenho medo de dormir e tenho medo de acordar. Tenho medo de comer. Quero todas as medidas de segurança que o senhor puder me fornecer. Estou acostumado à disposição variada das palavras, e a necessidade de falar de maneira inteligente com o senhor reforçou uma imagem de ordem e civilidade numa parte de meu cérebro, mas em torno dessa ordem existe um verdadeiro pânico. Após todas as minhas investigações, científicas e pseudocientíficas, desse fenômeno extraordinário, a psique humana, que tem a capacidade de descer aos infernos e elevar-se aos céus, eu estou reduzido a esta única preocupação, pura e simples: estou com um terrível medo de ser assassinado. A amiga que sugeriu que eu viesse até aqui disse que o senhor possui uma notável combinação de talentos e que o senhor tem apenas uma fraqueza. Ela não chamou de cupidez, não consigo me lembrar da palavra que usou. Não sou milionário, mas disponho de amplos recursos pessoais além de meu salário, e não estou em condições de pechinchar.*

Wolfe: *Eu sempre preciso de dinheiro. Vivo disso. Pela quantia de dez mil dólares posso me comprometer a desembarcar esse cavalheiro de seu barco de vingança antes que ele lhe faça algum mal.*

Hibbard: *Desembarcá-lo? Não consegue. O senhor não o conhece.*

Wolfe: *Nem ele me conhece. Podemos marcar um encontro.*

Hibbard: *Eu não quis dizer... Ah! Seria preciso mais do que um encontro. Acho que seria preciso muito mais do que os talentos de que o senhor dispõe. Mas isso é irrelevante. Não consegui ser claro ao me expressar. Eu não pagaria dez mil* dólares, ou qualquer outra quantia, para que esse homem fosse levado à... justiça? Ah! Chamemos de justiça. Uma palavra que tem o fedor dos vermes. De toda forma, eu não tomaria parte nisso, nem mesmo tendo que encarar a morte. Não lhe contei o nome dele. E nem vou contar. Talvez eu já tenha revelado demais. Quero seus serviços como meu guarda-costas, e não como um agente para a destruição dele.

Wolfe: *E se uma coisa exigir a outra?*

Hibbard: *Espero que não. Rezo para que não... será que posso rezar? Não. As preces foram eliminadas de meu sangue. Certamente não espero que o senhor me forneça uma garantia de segurança. Mas com sua experiência e engenhosidade... tenho certeza de que elas valem qualquer coisa que o senhor pedir...*

Wolfe: *Bobagem. Minha engenhosidade vale menos do que nada, senhor Hibbard. O senhor quer me contratar para proteger sua vida dos propósitos pouco amigáveis desse homem sem tomar quaisquer medidas no sentido de denunciá-lo ou detê-lo, foi isso o que eu entendi?*

Hibbard: *Sim, senhor. Exatamente. E já me disseram que, uma vez que seus talentos estejam comprometidos com um caso, toda tentativa de enganar o senhor será inútil.*

Wolfe: *Eu não possuo talentos. Ou tenho gênio ou não tenho nada. Neste caso, nada. Não, senhor Hibbard; e eu realmente preciso de dinheiro. Caso persista em seu quixotismo, o senhor precisa, em primeiro lugar e caso possua dependentes, é de um excelente seguro de vida; e, em segundo lugar, de uma aceitação pacífica do fato de que sua morte é apenas uma questão de tempo. É claro que isso é verdadeiro e se aplica a todos nós; todos compartilhamos essa doença com o senhor, a não ser pelo fato de que a sua parece ter atingido um estado bastante agudo. Meu conselho seria no sentido de que não gastasse dinheiro nem tempo tentando precaver-se. Se ele resolveu matá-lo, e se possui um mínimo de inteligência — para não mencionar o brilhantismo que o senhor lhe atribui —, o senhor irá morrer. Existem tantos métodos possíveis para matar um ser humano! Muitos mais do que para a maioria de nossas atividades mais comuns, como podar uma árvore ou debulhar trigo, arrumar a cama ou nadar. Por diversas vezes, em minhas experiências, impressionei-me com a facilidade e a ausência de obstáculos com os quais a média dos assassinatos é realizada. Considere o seguinte: com a vítima por perto, o propósito determinado e a arma na mão, geralmente são necessários de oito a dez minutos para matar uma mosca, ao passo que o assassinato comum, eu diria, consome dez ou quinze segundos no máximo. No caso de venenos lentos e similares, a morte, é claro, demora muito mais, mas o assassinato em si é, de maneira geral, muito breve. Mais uma vez, considere o seguinte: sem dúvida não deve haver mais de dois ou três métodos para matar um porco, mas existem centenas de formas de matar uma pessoa. Se o seu amigo tem a metade do brilhantismo que o senhor pensa que ele tem, e se ele não se apegar a um único método, como os criminosos comuns, pode-se esperar que ele desenvolva um repertório variado e interessante antes que metade de sua liga seja despachada. Ele pode até mesmo inventar algo novo. Mais um aspecto: a mim me parece existir uma oportunidade razoável para o senhor. E é bastante possível que em algum ponto do percurso ele cometa um erro de cálculo ou tenha azar; ou algum dos membros da sua liga, menos quixotesco do que o senhor, venha a contratar os meus serviços. Isso salvaria o senhor.*

Ergui os olhos da folha de papel para olhar para Wolfe. — Muito bom, senhor. Muito simpático. Estou surpreso que ele não tenha se impressionado; ele deve ser durão. Talvez o senhor não tenha ido longe o bastante. Só mencionou veneno, mas poderia ter acrescentado estrangulamento, sangramentos diversos, crânios esmagados, convulsões...

— Continue.

Hibbard: *Pagarei quinhentos dólares por semana.*

Wolfe: *Lamento. Até agora minha casuística tem me convencido satisfatoriamente de que realmente ganhei todo o dinheiro que guardo no banco. Não tenho intenção de pôr em dúvida o que ela me afirma...*

Hibbard: *Mas... o senhor não pode recusar. Não pode recusar algo assim. Meu Deus. O senhor é minha única esperança. Eu não havia percebido, mas é verdade.*

Wolfe: *Estou me recusando. Posso me comprometer a tornar esse homem inofensivo, a anular a ameaça...*

Hibbard: *Não. Não!*

Wolfe: *Muito bem. Uma pequena sugestão: caso o senhor venha a fazer um seguro de vida de porte, que estaria livre de fraude do ponto de vista legal, deverá fazer de tal forma que, quando o evento ocorrer, não se possa dar a ele a aparência de suicídio. E, tendo em vista que o senhor não terá consciência do evento com muita antecedência, terá que manter sua atenção redobrada. Essa é apenas uma sugestão prática, para que o seguro não seja anulado, com prejuízo de seus beneficiários.*

Hibbard: *Mas... senhor Wolfe... veja... não pode fazer isso. Eu vim até aqui... não é razoável...*

Wolfe me interrompeu. — É o bastante, Archie.

Ergui os olhos. — Falta pouco.

— Eu sei. É difícil para mim. Já recusei esses quinhentos dólares (talvez cinco mil) antes. Mantive minha posição. Você lendo isso me causa um incômodo inútil. Não termine a leitura. Não há mais nada de importante além dos protestos confusos do senhor Hibbard e minha admirável inflexibilidade.

— Sim, senhor. Já li. — Passei os olhos pelas linhas restantes. — Surpreende-me que o tenha deixado escapar. Afinal de contas...

Wolfe estendeu o braço para tocar a campainha que chamava Fritz, mudou ligeiramente de posição na cadeira e reclinou-se novamente. — Para dizer a verdade, Archie, alimentei uma fantasia...

— É. Imaginei que sim.

— Mas sem resultados. Como você sabe, preciso de um pouco de incentivo para agir, e o incentivo não veio. Você estava fora na ocasião, e, desde que voltou, o incidente não foi discutido. É curioso que você tenha inocentemente sido a causa, por mero acaso, de o assunto voltar à baila.

— Não entendo.

Fritz entrou, trazendo a cerveja. Wolfe tirou o abridor da gaveta, encheu um copo, tomou um enorme gole e reclinou-se novamente. Continuou: — Ao me aborrecer com a história do homem no banco das testemunhas. Suportei seu ataque porque eram quase quatro horas. Como você sabe, o livro chegou. Eu o li na noite passada.

— Por que o leu?

— Não me aborreça. Eu o li porque é um livro. Eu havia terminado *The native's return*, de Louis Adamic, e *Outline of human nature*, de Alfred Rossiter, e eu leio livros.

— Sei. E?

— Você vai gostar desta. Paul Chapin, o homem no banco das testemunhas, autor de *O diabo vem por último*, é o vilão da história de Andrew Hibbard. É o vingador psicopata de um antigo e trágico mal que cometeram contra ele.

— É nada. — Olhei com desconfiança para Wolfe. Eu sabia que, às vezes, ele se entregava à prática de inventar. — Por quê?

As sobrancelhas de Wolfe ergueram-se um pouco. — Você espera que eu explique o universo?

— Não, senhor. Retificando: como sabe que é ele?

— Por meio de processos mentais prosaicos. É preciso que eu os descreva?

— Eu gostaria muitíssimo.

— Suponho que sim. Alguns detalhes bastarão. O senhor Hibbard empregou uma expressão incomum, *embarcar num barco de vingança*, e essa frase ocorre duas vezes em *O diabo vem por último*. O senhor Hibbard não disse, como o estenógrafo anotou, *isso era difícil, porque pau*, que, obviamente, não tem o menor sentido. Ele disse *isso era difícil, porque Paul*, e se pegou pronunciando o nome que ele não pretendia revelar. O senhor Hibbard disse coisas que indicam que o homem era um escritor, por exemplo, falando do disfarce de seu estilo nos avisos. O senhor Hibbard disse que cinco anos atrás o homem começou a se envolver em realizações compensatórias. Telefonei para duas ou três pessoas hoje pela manhã. Em 1929 o primeiro livro de sucesso escrito por Paul Chapin foi publicado e, em 1930, o segundo. Além disso, Chapin tornou-se aleijado em virtude de um ferimento que sofreu há vinte e cinco anos num obscuro acidente em Harvard. Se quiser que eu diga mais...

— Não. Muito obrigado. Entendo. Muito bem. Agora que você sabe quem é o sujeito, tudo está uma belezinha. Por quê? Para quem você vai mandar a conta?

Duas das dobras nas bochechas de Wolfe abriram-se um pouco, e eu sabia que ele achava que estava sorrindo. Eu disse: — Talvez você só esteja contente porque sabe que teremos bolinhos de milho com molho de enchovas no almoço e porque só faltam dez minutos para ele ser servido.

— Não, Archie. — As dobras estavam se fechando vagarosamente. — Mencionei que andei alimentando uma idéia. Pode ser que seja fértil ou não. Como de costume, você me forneceu o incentivo. Com sorte nosso risco será ínfimo. Há muitas abordagens possíveis, mas creio que... sim. Telefone para o senhor Andrew Hibbard. Em Columbia, ou na casa dele.

— Certo. Você mesmo fala?

— Sim. Escute no outro aparelho e faça as anotações de costume.

Peguei o número na agenda e liguei. Primeiro, na universidade. Não consegui falar com Hibbard. Fui transferido para umas duas ou três extensões e quatro ou cinco pessoas, e finalmente descobri que ele não estava em nenhum lugar por lá, mas ninguém parecia saber onde ele estava. Tentei a casa dele, um número em Academy, na mesma vizinhança. Lá, uma mulher tonta quase me irritou. Ela insistiu em saber quem eu era e parecia duvidar de tudo. Por fim pareceu concluir que o senhor Hibbard não estava em casa. No final da ligação, Wolfe estava ouvindo na extensão.

Virei-me para ele. — Posso tentar novamente e talvez, com sorte, falar com um ser humano.

Ele balançou a cabeça. — Depois do almoço. Faltam dois minutos para a uma.

Levantei e me espreguicei, pensando em quantas críticas destrutivas eu poderia fazer enquanto comia os bolinhos de milho, especialmente com o molho de Fritz. Foi nesse momento que a idéia de Wolfe resolveu vir até ele em vez de esperar um pouco mais até que ele fosse até ela. O que aconteceu em seguida foi coincidência também, embora não fosse importante. Ela devia estar tentando ligar para nosso número quando eu estava ao telefone.

E o telefone tocou. Sentei-me novamente e atendi. Era uma voz de mulher, e ela pediu para falar com Nero Wolfe. Perguntei com quem estava falando e, quando ela respondeu "Com Evelyn Hibbard", pedi-lhe que aguardasse e cobri o bocal com a mão.

Sorri para Wolfe. — É uma Hibbard.

As sobrancelhas dele se ergueram.

— Uma Hibbard fêmea, de nome Evelyn. Voz jovem, talvez uma filha. Atenda.

Ele atendeu na extensão e eu reaproximei o fone do ouvido, deixando bloco e lápis a postos. Quando Wolfe perguntou a ela o que desejava, concluí uma vez mais que ele era o único homem que já conheci que usava exatamente o mesmo tom de voz com as mulheres e com os homens. Havia muitas mudanças em sua voz, mas elas não se baseavam em sexo. Rabisquei meus sinais no bloco rapidamente, a maioria deles de uso particular, enquanto continuava a ouvir a conversa:

— Tenho um bilhete de apresentação para o senhor, dado por uma amiga, a senhorita Sarah Barstow. O senhor deve se lembrar dela, senhor Wolfe, o senhor... o senhor investigou a morte do pai dela. Se possível, eu poderia ir até aí imediatamente? Estou na rua 52. Posso chegar em quinze minutos.

— Lamento, senhorita Hibbard, já tenho um compromisso. Poderia vir às duas e quinze?

— Ah. — Um leve engasgo se seguiu à interjeição. — Eu tinha esperança que... resolvi isso quinze minutos atrás. Senhor Wolfe, é muito urgente. Se o senhor pudesse...

— Se a senhorita puder dizer o quão urgente...

— Eu preferia não fazer isso pelo telefone... mas isso é uma tolice. É o meu tio, Andrew Hibbard, ele foi falar com o senhor há umas duas semanas, o senhor deve se lembrar. Ele desapareceu.

— Não diga. Quando?

— Na noite de terça-feira. Quatro dias atrás.

— Não teve notícias dele?

— Nada. — A voz da senhorita Hibbard hesitou. — Absolutamente nenhuma.

— Não diga.

Vi os olhos de Wolfe dirigirem-se para o relógio — quatro minutos depois da uma — e dirigirem-se novamente para a porta que dava para o corredor, na qual se encontrava Fritz, pronto para ser chamado.

— Visto que noventa horas já se passaram, podemos arriscar mais uma. Às duas e quinze? É conveniente para a senhorita?

— Se o senhor não pode... está bem. Eu irei.

Os dois aparelhos foram desligados simultaneamente. Fritz disse, como de costume:

— O almoço está servido, senhor.

3

Tenho uma atitude engraçada em relação às mulheres. Já encontrei dúzias delas com as quais não me importaria de casar, mas nunca balancei tão forte a ponto de perder o equilíbrio. É verdade que não sei se alguma delas teria se casado comigo, pois nunca dei a nenhuma a oportunidade de reunir dados suficientes para compor uma opinião inteligente. Quando conheço uma garota nova não há dúvida de que me interesso por todas as possibilidades e estou plenamente aberto, e nunca me esquivei do assunto, até onde posso dizer, mas nunca fiquei excessivamente entusiasmado. Por exemplo, vejamos as mulheres que conheço em meu ramo de atividade — isto é, no ramo de atividade de Nero Wolfe. Nunca encontrei uma garota — a não ser que fosse um item de liquidação — sem que meus olhos fizessem o melhor possível para auxiliar meu julgamento e sem que ela causasse alguma reação em meu sangue. Posso sentir uma cutucada no acelerador. Mas então, é claro, os negócios se iniciam, seja lá o que venha a acontecer, e acho que o problema é que sou excessivamente escrupuloso. Adoro fazer um bom serviço, muito mais do que qualquer outra coisa em que eu possa pensar, e suponho que seja isso que atrapalhe.

Essa Evelyn Hibbard era pequena, morena e inteligente. O nariz era arrebitado demais e ela piscava demais, mas ninguém que conhecesse a mercadoria teria destinado aquela garota ao cesto de saldos. Ela estava com um vestido de sarja cinza, uma estola de pele e um chapeuzinho vermelho de aba fina meio caído. Sentava-se ereta, sem cruzar as pernas, e seus tornozelos e toda a perna até os joelhos eram bem torneados, sem a menor promessa de obesidade.

Eu estava sentado atrás de minha mesa com o bloco de anotações, e depois dos primeiros minutos só consegui olhar para ela entre uma anotação e outra. Se a preocupação sobre o tio a estava consumindo, e eu acho que estava, ela estava seguindo aquilo que Wolfe chama de a teoria anglo-saxônica para lidar com emoções e sobremesas: congele-as e esconda na barriga. Estava sentada na cadeira que ajeitei para ela, mantendo seus belos olhos escuros sobre Wolfe, mas de vez em quando piscava para mim. Ela havia trazido consigo um pacote embrulhado em papel pardo e segurava-o no colo. Wolfe estava reclinado, com o queixo abaixado e os antebraços apoiados nos braços da cadeira. Era seu costume não fazer o menor esforço para juntar os dedos sobre o ponto mais alto da barriga antes de passada uma hora após uma refeição.

Ela contou que, junto com uma irmã mais nova, vivia com o tio num apartamento na rua 113. A mãe das duas morrera quando eram crianças. O pai havia se casado novamente e morava na Califórnia. O tio não havia se casado. Ele, tio Andrew, saíra na noite de terça-feira por volta das nove horas e não havia voltado. Não tiveram notícias dele. Ele saiu sozinho, dizendo casualmente para Ruth, a irmã mais nova, que ia respirar ar fresco.

Wolfe perguntou: — Esse tipo de ação tinha precedente?

— Precedente?

— Ele nunca havia feito isso antes? A senhorita não tem idéia de onde ele possa estar?

— Não. Mas... eu acho... que ele foi morto.

— Suponho que sim. — Wolfe abriu um pouco os olhos. — É natural que a senhorita vislumbrasse essa possibilidade. Ao telefone mencionou a visita que ele fez a mim. Sabe qual foi a razão dessa visita?

— Sei tudo. Foi por intermédio de minha amiga, Sarah Barstow, que ouvi falar do senhor. Convenci meu tio a vir procurá-lo. Sei o que ele lhe contou e sei o que o senhor disse a ele. Eu disse ao meu tio que ele era um romântico sentimental. E era mesmo. — Ela parou de falar, manteve os lábios fechados por um momento para que eles ganhassem renovada firmeza. Pude ver porque naquele momento eu havia levantado a cabeça. — Mas isso eu não sou. Sou durona. Acho que meu tio foi assassinado e o homem que o matou chama-se Paul Chapin, o escritor. Vim até aqui para lhe dizer isso.

Pois aí estava a idéia que Wolfe alimentara, vindo bater à porta de seu escritório e sentar-se numa de suas cadeiras. Mas tarde demais? Os quinhentos por semana tinham ido dar uma volta.

Wolfe disse: — Era previsível. Obrigado por ter vindo. Mas pode ser que haja a necessidade de contatar a polícia e o promotor público.

Ela assentiu com um movimento de cabeça. — O senhor corresponde à descrição que Sarah Barstow fez. A polícia já foi contatada desde o meio-dia da quarta-feira. A pedido do reitor da universidade, eles têm mantido o caso em sigilo. Não houve nenhum tipo de publicidade. Mas a polícia... é a mesma coisa que me mandar jogar xadrez com o campeão mundial. Senhor Wolfe... — Os dedos em suas mãos crispadas, apoiados sobre o pacote no colo, fecharam-se um pouco mais, e sua voz ficou mais firme. — O senhor não sabe. Paul Chapin possui a astúcia e a sutileza que mencionou em seu primeiro aviso, a mensagem que ele enviou depois de ter matado o juiz Harrison. Ele é verdadeiramente maldoso... muito maldoso, muito perigoso... ele não é humano, o senhor sabe...

— Ora, senhorita Hibbard, o que é isso? — Wolfe suspirou. — Ele certamente é um homem, por definição. Ele realmente matou um juiz? Nesse caso a vaidade está, sem dúvida, a favor dele. Mas você mencionou o primeiro aviso. Por acaso tem uma cópia dele?

Ela confirmou. — Tenho. — Apontou para o pacote. — Tenho todos os avisos, incluindo... — Ela engoliu em seco. — ... o último. O doutor Burton me deu o que foi enviado para ele.

— O que surgiu após o aparente suicídio.

— Não. Aquele que... um outro chegou a eles esta manhã. Suponho que todos tenham recebido; depois que o doutor Burton me contou, telefonei para uns dois ou três deles. O senhor entende, meu tio havia desaparecido... entende, e...

— Entendo. De fato. Perigoso. Quero dizer, em relação ao senhor Chapin. Todo risco é perigoso no tipo de tarefa à qual ele se dedica. Então a senhorita tem todos os avisos. Consigo? Nesse pacote?

— Sim. Também tenho maços de cartas que Paul Chapin enviou a meu tio em diversas ocasiões, e um tipo de diário que meu tio mantinha, e um livro-caixa que mostra quantias transferidas para Paul Chapin de 1919 a 1928 por meu tio e por outros, e uma lista dos nomes e endereços dos membros, isto é, dos homens que estavam presentes ao acontecido em 1909. Mais algumas outras coisas.

— Que despropósito. A senhorita tem tudo isso? Por que não entregou à polícia?

Evelyn Hibbard balançou a cabeça. — Decidi não fazer isso. Essas coisas estavam num arquivo muito pessoal de meu tio. Eram preciosas para ele e agora são preciosas para mim... de uma forma diferente. A polícia não conseguiria tirar nada delas, mas talvez o senhor possa. E o senhor não as estragaria, não é?

Na pausa ergui os olhos e vi os lábios de Wolfe estendendo-se ligeiramente para a frente... depois sendo retraídos e depois para a frente de novo... Aquilo me perturbava. Sempre perturbou, mesmo quando eu não tinha a menor idéia do que significava. Continuei olhando para ele. Ele disse: — Senhorita Hibbard. Está querendo dizer que afastou esse arquivo dos olhos da polícia, guardando-o, e agora o traz para mim? Contendo os nomes e endereços dos membros da Liga da Expiação? É notável.

Ela olhou fixamente para ele. — Por que não? O arquivo não possui informações que eles não possam obter facilmente em outras fontes, do senhor Farrell, ou do doutor Burton, ou do senhor Drummond... qualquer um deles...

— Mesmo assim, é notável. — Wolfe estendeu a mão em direção à mesa e apertou um botão. — A senhorita gostaria de um copo de cerveja? Eu bebo cerveja, mas nunca imporia minhas preferências. Temos um excelente vinho do Porto, Solera, um Dublin encorpado, Madeira e mais especialmente um *vin du pays* húngaro que recebo diretamente da adega do produtor. Pode escolher...

Ela recusou: — Obrigada.

— Importa-se se eu tomar cerveja?

— De forma alguma.

Wolfe não se recostou novamente. Disse: — Será que poderia abrir o pacote? Estou especialmente interessado no primeiro aviso.

Ela começou a desamarrar os barbantes. Levantei-me para ajudá-la. Ela me passou o pacote e eu o depositei sobre a mesa de Wolfe, tirando o papel. Era uma caixa-arquivo de papelão, grande, velha e desbotada, mas intacta. Passei-a para Wolfe, e ele a abriu com a precisão estudada e cordial que suas mãos exibiam diante de seres inanimados.

Evelyn Hibbard disse: — Está na letra *I*. Meu tio não os chamava de avisos. Chamava de intimações.

Wolfe concordou com um movimento de cabeça. — Do destino, suponho. — Ele retirou alguns papéis da caixa. — O seu tio é, sem dúvida, um romântico. Sim, eu disse é. É sensato rejeitar todas as suposições, até mesmo as dolorosas, até que a conjuntura possa se erguer com as pernas dos fatos. Aqui está. Ah! *Devias ter me matado, observado o último e sórdido suspiro*. Seria o senhor Chapin, em sua malevolência, um poeta? Posso ler?

Ela consentiu. Ele leu:

Devias ter me matado, observado o último e sórdido suspiro
Esguerar-se para fora de minha narina qual escravo
[*fugitivo*
Furtivo escapando ao jugo.
Devias ter me matado.
Mataste o homem,
Devias ter me matado!

Mataste o homem, mas não
A cobra, a raposa, o rato que escava sua toca,
O gato paciente, o falcão, o macaco que arreganha os
[*dentes,*
O lobo, o crocodilo, o verme que viaja voraz
Até a superfície do lodo e afunda de novo a se esconder.
Ah! Tudo isso deixaste em mim,
E mataste o homem.
Devias ter me matado!

Há muito eu disse, confia no tempo.
Banal, disse eu, o tempo irá cobrar o que lhe é devido.
Eu disse à cobra, ao macaco, ao gato, ao verme:
Confia no tempo, pois todas as suas qualidades juntas
Não são tão certeiras nem letais. Mas agora eles dizem:
O tempo é lento demais; deixai-nos agir, Mestre.
Mestre, começai a contar!
Eu disse não.
Mestre, deixai-nos agir. Mestre, começai a contar!
E os sentia em mim. Vi a noite, o mar,
As rochas, as estrelas neutras, o penhasco à espera.
Ouvi a todos vós, e os ouvia:
Mestre, deixai-nos agir. Mestre, começai a contar!
Vi um deles lá, seguro na beirada da morte;

Contei: Um!
Sei que irei contar dois, e três, e quatro...
Sem esperar que o tempo cobre o que lhe é devido.
Devias ter me matado!

Wolfe continuou sentado com o papel nas mãos e olhou para a senhorita Hibbard. — É provável que o senhor Chapin tenha empurrado o juiz de um penhasco. É de presumir que tenha sido de improviso. Presumo também que ninguém tenha visto o ocorrido, pois não foram levantadas suspeitas. Havia algum penhasco por perto?

— Sim. Em Massachusetts, perto de Marblehead. Em junho passado. Havia várias pessoas lá, na propriedade de Fillmore Collard. O juiz Harrison veio de Indiana, para a colação de grau do filho. Deram pela falta dele naquela noite, e no dia seguinte encontraram o corpo na base do penhasco, espatifado entre as rochas perto da arrebentação.

— O senhor Chapin estava entre essas pessoas?

Ela confirmou. — Ele estava lá.

— Mas não me diga que essa reunião era para os tais fins de expiação. Não era uma reunião dessa inacreditável liga, era?

— Ah, não. De toda forma, senhor Wolfe, ninguém que fosse sério o bastante jamais a chamou de liga. Até mesmo o tio Andrew não era... — ela se interrompeu, fechou os lábios, ergueu o queixo e continuou — tão romântico assim. As pessoas eram um grupo qualquer, a maioria da turma de 1912, que Fillmore Collard havia trazido de Cambridge. Sete ou oito que pertenciam à... bem, à liga... estavam lá.

Wolfe acenou afirmativamente com a cabeça e olhou para ela durante algum tempo, e então voltou ao arquivo e começou a tirar coisas de suas divisões. Folheou algumas páginas soltas que estavam em uma pasta, deu uma olhada num livro de registros, remexeu em diversos papéis. Por fim olhou para a senhorita Hibbard novamente:

— E este aviso quase poético foi mandado a cada um deles depois que voltaram para suas casas e os surpreendeu?

— Sim, alguns dias depois.

— Entendo. Imagino que a senhorita saiba que o pequeno esforço do senhor Chapin foi bastante tradicional. Muitos dos mais eficientes avisos da história, especialmente os antigos, foram escritos em versos. Quanto aos méritos poéticos do senhor Chapin, deixando-se de lado a sonoridade da tradição, sua criação me parece verborrágica, bombástica e decididamente irregular. Não sou exatamente um especialista em prosódia, mas tenho um bom ouvido.

Não era do feitio de Wolfe ficar tagarelando quando havia negócios a tratar, e eu ergui os olhos perguntando-me aonde ele estava querendo chegar. Ela também estava olhando para ele. Meu momento de divagação foi breve, porque ele continuou:

— Além disso, suspeito que especificamente na segunda estrofe, supondo que possamos chamar isso de estrofe, ele tenha cometido um plágio. Já faz muitos anos que li Spenser, mas num canto de minha memória que não está de todo empoeirado existe um bestiário... Archie. Poderia, por favor, trazer-me aquele Spenser? Na terceira prateleira, à direita da porta. Não, mais para a frente, mais ainda, azul-escuro, com gravação na lombada. Esse mesmo.

Peguei o livro e entreguei-o a Wolfe, que o abriu e começou a folheá-lo.

— *O calendário do pastor*, tenho certeza, e creio que em *Setembro*. Não que isso importe. Mesmo que eu encontre a passagem, esse triunfo dificilmente valerá os minutos que desperdicei. Perdoe-me, senhorita Hibbard. *Touros que resfolegam... Galo sobre o monturo... Essas ovelhas lupinas apanhariam sua presa...*, não, certamente não é isso. Animais aqui e ali, mas não o que eu tinha na memória. Terei de abandonar o triunfo: não está aqui. De toda maneira, foi agradável encontrar Spenser novamente, mesmo que por um breve momento. — Estendeu o corpo para a frente na cadeira, até um ponto perigoso, para passar o livro para a senhorita Hibbard. — Uma bela edição, que vale examinar. Impressa, é claro, em Londres, mas encadernada nesta cidade por um rapaz sueco que provavelmente morrerá de fome no próximo inverno.

Ela teve educação suficiente para olhar o livro, virando-o nas mãos, verificando seu interior e depois examinando a lombada novamente. Quando se tornou óbvio que ela já havia visto o livro de todas as maneiras possíveis, eu me levantei, peguei-o e devolvi-o à prateleira.

Wolfe estava dizendo: — Senhorita Hibbard, sei que o que quer é ação, e sem dúvida testei sua paciência. Peço desculpas. Eu poderia lhe fazer algumas perguntas?

— Com certeza. Parece-me...

— Claro. Desculpe-me. Apenas duas perguntas, acho. Primeira, a senhorita sabe se seu tio fez algum seguro de vida recentemente?

Ela balançou a cabeça de forma afirmativa e com impaciência. — Mas senhor Wolfe, isso não tem nada a ver com...

Ele a interrompeu, terminando a frase para ela. — Com a maldade absoluta de Paul Chapin. Eu sei. É possível que não. A quantia envolvida é muito grande?

— Acho que sim. Sim. Muito grande.

— A senhorita é beneficiária?

— Não sei. Suponho que sim. Ele me contou que o senhor lhe falou sobre seguro. Então, há cerca de uma semana, ele me disse que apressou as coisas e que distribuíram o seguro entre quatro empresas. Não prestei muita atenção porque minha cabeça estava em outro lugar. Eu estava zangada com ele e estava tentando convencê-lo... suponho que minha irmã Ruth e eu sejamos as beneficiárias.

— Mas não Paul Chapin?

Ela olhou para ele e abriu a boca, fechando-a novamente. Disse: — Isso não havia me ocorrido. Talvez sim. Não sei.

Wolfe balançou a cabeça afirmativamente. — Sim, um romântico sentimental poderia ter feito isso. Agora, a segunda pergunta. Por que veio até mim? O que quer que eu faça?

Ela encarou-o. — Quero que encontre provas da culpa de Paul Chapin e que cuide para que ele pague pelo que fez. Posso pagar por seus serviços. O senhor disse dez mil dólares para meu tio. Posso pagar essa quantia.

— A senhorita tem algum tipo de hostilidade pessoal contra o senhor Chapin?

— Pessoal? — Ela franziu a testa. — Existe algum tipo de hostilidade que não seja pessoal? Não conheço. Eu odeio Paul Chapin e o tenho odiado há anos, porque eu amava meu tio, e minha irmã Ruth o amava, e porque ele era um homem generoso, sensível e educado, e Paul Chapin estava arruinando a vida dele. Arruinou a vida dele... ah... e agora...

— Vamos, senhorita Hibbard. Por favor. Não pretendia me contratar para encontrar seu tio? Não tinha esperanças de que isso pudesse acontecer?

— Acho que não. Ah, se o senhor pudesse! Se fizer isso... acho que não tenho mais esperanças, não ouso ter. Mas então... mesmo que o senhor o encontre, Paul Chapin continuará a existir.

— É verdade. — Wolfe suspirou e virou os olhos na minha direção. — Archie. Por favor, embrulhe novamente o arquivo da senhorita Hibbard. Ela me perdoará se eu não tiver reposto o conteúdo nos lugares corretos. O papel e o barbante estão intactos? Ótimo.

Ela começou a protestar. — Mas o senhor vai precisar disso... vou deixá-lo...

— Não, senhorita Hibbard. Lamento. Não posso aceitar seu serviço.

Ela o encarou. Ele disse: — O caso está nas mãos da polícia e do promotor público. Eu estaria em irremediável desvantagem. Só posso desejar que tenha um bom dia.

Ela reencontrou a fala. — Que absurdo. O senhor não está falando a sério. — Adiantando o corpo na cadeira, ela explodiu: — Senhor Wolfe, isso é um ultraje! Eu lhe contei tudo... o senhor me perguntou e eu lhe contei... o motivo que está me dando não se justifica... por que...

Ele a interrompeu, com o dedo em riste e balançando e aquele tom na voz, sem erguê-la, que sempre me enervava porque nunca entendi como ele fazia aquilo. — Por favor, senhorita Hibbard. Eu disse não e apresentei meu motivo. Isso é suficiente. Queira receber de volta seu pacote. Ficou claro que estou sendo rude com a senhorita, e em tais ocasiões eu sempre me lamento por não conhecer a arte de ser rude de maneira elegante. Tenho todos os traços da simplicidade, incluindo a rudeza.

Mas ele se levantou da cadeira, o que, embora ela não soubesse, representava uma concessão extraordinária. Ela, que também se levantara, havia tirado o pacote de minhas mãos e estava doida da vida. No entanto, antes de se virar para ir embora, percebeu que estava mais desesperançosa do que brava. Ela implorou:

— Mas o senhor não percebe, isso me deixa... o que vou fazer?

— Só posso lhe dar uma sugestão. Se a senhorita não tiver feito outros arranjos e ainda quiser meus serviços, e se a polícia não tiver feito nenhum progresso, venha me ver na próxima quarta-feira.

— Mas isso significa só daqui a quatro dias...

— Lamento. Tenha um bom dia, senhorita Hibbard.

Fui abrir a porta, e ela sem dúvida havia se esquecido completamente de piscar.

Quando voltei ao escritório, Wolfe estava sentado novamente, com aquilo que, suponho, Andrew Hibbard teria chamado de estigmas de prazer. Seu queixo estava erguido, e ele estava desenhando pequenos círculos com a ponta do dedo no braço da cadeira. Parei em frente a ele e disse:

— Aquela garota é louca. Eu diria, num chute, que ela é um quinto tão louca quanto eu.

Ele murmurou. — Archie. Não me perturbe por um momento.

— Não, senhor. Não faria isso por nada. Não há nada de errado em fazer uma brincadeira, e uma grande brincadeira muitas vezes é a razão de viver de algumas pessoas, mas a posição em que o senhor nos colocou no presente momento está fazendo com que mergulhemos nas profundezas inóspitas da... espere um pouco, vou procurar a palavra, acho que está em Spenser.

— Archie, estou lhe avisando, um dia desses você vai se tornar dispensável. — Ele se mexeu um pouco. — Se você fosse mulher e se eu fosse casado com você, Deus me livre, nenhum espaço disponível neste planeta e que fosse usado para nos separar seria suficiente para me deixar à vontade. Lamento a necessidade de ter sido rude com a senhorita Hibbard. Era preciso livrar-me dela sem demora, pois há muito a ser feito.

— Ótimo. Se eu puder ajudar...

— Pode. Pegue o caderno de anotações, por favor. Anote um telegrama.

Sentei-me. Eu estava muito longe de entender o que ele pretendia, e isso sempre me irritava. Wolfe ditou:

— Tendo em vista acontecimentos recentes e terceiro aviso de Chapin convido reunião neste endereço segunda-feira nove horas noite cinco novembro sem falta. Assine Nero Wolfe e envie.

— Claro. — Eu havia anotado tudo. — Mando para qualquer pessoa que me vier à mente?

Wolfe havia levantado a borda de seu mata-borrão, tirando debaixo dele uma folha de papel que passou para mim. Disse: — Aqui estão os nomes. Inclua os de Boston, Filadélfia e Washington; os que estiverem mais longe podem ser informados mais tarde, por carta. Faça também uma cópia da lista; faça duas, guarde uma no cofre. Além disso...

Eu havia tirado o papel dele e com uma olhada percebi o que era. Encarei-o e suponho que algo em meu rosto o fez parar. Ele se interrompeu: — Guarde sua desaprovação para si próprio, Archie. Guarde suas falsas moralidades para quando estiver sozinho.

Eu disse: — Então foi por isso que você pediu que eu pegasse o Spenser, para que ela tivesse alguma coisa para olhar. Por que você roubou isso?

— Peguei emprestado.

— Sei. Conheço o significado da palavra, já olhei no dicionário. É isso o que quero dizer, por que não pediu emprestado? Ela teria deixado você ficar com o papel.

— Provavelmente não. — Wolfe suspirou. — Não quis me arriscar. Em vista de sua familiaridade com o melhor da ética, deve perceber que eu não poderia tê-la aceito como cliente e então fazer uma proposta a outros, especialmente a um grupo...

— Claro, entendo isso muito bem. Agora que entendi a idéia que você andou alimentando, eu tiraria o chapéu para você, se tivesse um. Mas ela teria emprestado o papel. Ou você poderia conseguir a informação...

— Chega, Archie. — O tom em sua voz era fraco. — De toda forma, estaremos agindo no interesse dela. Parece provável que esse assunto se mostrará complicado e caro, e não há motivo para que a senhorita Hibbard carregue esse fardo sozinha. Dentro de poucos minutos vou subir e você vai estar razoavelmente ocupado. Primeiro, envie os telegramas e copie a lista. Em seguida... redija a seguinte carta para a senhorita Hibbard, assine meu nome e envie esta noite por entrega especial: *Descobri que a folha em anexo não retornou a seu arquivo esta tarde, tendo ficado sobre minha mesa. Espero que sua ausência não lhe tenha causado nenhum inconveniente. Se ainda estiver disposta a me ver na próxima quarta-feira, não hesite em vir.*

— Sim, senhor. Mando-lhe a lista.

— Naturalmente. Certifique-se de que suas cópias estejam corretas. Faça três cópias. Creio que você sabe o endereço residencial do senhor Higgam, da Metropolitan Trust Company.

Confirmei. — Fica na Sutton...

— Fale com ele amanhã e lhe entregue uma cópia da lista. Peça a ele que obtenha relatórios financeiros dos homens listados. Que seja a primeira coisa que ele faça na segunda-feira. Não há necessidade de histórico; o que importa é a situação atual. Para aqueles em outras cidades, telegrafe. Queremos a informação para as seis horas da segunda-feira.

— O nome de Hibbard está aqui. Talvez o dos outros mortos.

— Se o pessoal do banco for competente, descobrirá o que queremos sem que seja preciso lhes perturbar a alma. Entre em contato com Saul Panzer e diga-lhe para se apresentar aqui na segunda-feira, às oito e meia da noite. Faça o mesmo com Durkin. Descubra se Gore e Cather e mais dois, à sua escolha, estarão disponíveis na manhã de terça-feira.

Sorri. — Que tal o 61º Regimento?

— Eles ficarão na reserva. Logo que tiver mandado os telegramas, telefone para a casa da senhorita Hibbard. Tente até conseguir. Use seu charme. Marque para visitá-la esta noite. Se conseguir encontrá-la, diga-lhe que lamenta o fato de eu ter recusado o serviço que ela ofereceu e que você tem minha permissão para oferecer-lhe assistência caso ela assim o deseje. Isso vai nos poupar tempo. Criará uma oportunidade para que você reúna alguns dados sobre ela, e é possível que consiga até mesmo dar uma olhada nos papéis e pertences do senhor Hibbard. Em especial em busca de alguma indicação de que ele tinha consciência de que não iria regressar logo. Estamos, é claro, de acordo com algumas tendências da lei. Por exemplo, a relutância em acreditar que um homem esteja morto só pelo fato de ele não poder ser visto no lugar que costuma ocupar.

— Sim, senhor. Posso agir como quiser?

— Pode.

— Já que vou até lá, poderia levar a lista.

— Não, envie pelo correio. — Wolfe começou a se levantar. Fiquei observando: aquilo sempre merecia ser visto. Antes que ele se dirigisse para a porta, perguntei:

— Talvez eu deva saber uma coisa que não entendi. Qual era a idéia quando você perguntou a ela sobre o seguro de vida?

— Aquilo? Era simplesmente a possibilidade de que estivéssemos diante de um grau de refinamento em vingança que nunca encontramos em nossa experiência. O ódio de Chapin, diluído, é claro, estendendo-se do tio para a sobrinha. Ele descobriu sobre a grande soma que ela iria receber do seguro e, ao planejar o assassinato de Hibbard, tramou também para que o corpo não fosse descoberto. E o dinheiro do seguro não seria entregue a ela.

— Algum dia seria entregue.

— Mas até mesmo um atraso na boa sorte do inimigo significa um pequeno prazer. Que vale esse refinamento, quando se dispõe dele. Essa era uma possibilidade. Uma outra era: vamos supor que o próprio Chapin fosse o beneficiário. A senhorita Hibbard tinha certeza de que ele iria matar-lhe o tio, de que não seria descoberto e de que ganharia uma enorme fortuna, a título de compensação por suas perdas. Essa idéia seria intolerável. Então ela matou o próprio tio (ele estava prestes a morrer de todo jeito) e se livrou do corpo de forma que não fosse encontrado. Você pode tocar nesse ponto com ela esta noite.

Respondi: — E você acha que não vou fazer isso? Ela vai ter que arrumar um álibi.

4

Havia muito a fazer na noite de sábado e no domingo também. Encontrei Evelyn Hibbard e fiquei com ela durante três horas. Telefonei para Saul, Fred e os rapazes, e me diverti muito com diversos telefonemas, e, por fim, consegui entrar em contato com Higgam, o sujeito do banco, na noite de domingo, depois que ele voltou de um fim de semana em Long Island. Os telefonemas foram de membros da liga que haviam recebido o telegrama. Cinco ou seis telefonaram, de diversos tipos: alguns assustados, outros ofendidos, e um parecia estar apenas curioso. Eu havia feito diversas cópias da lista, e à medida que atendi aos telefonemas fiz uma marca ao lado dos nomes e algumas anotações. A lista original, a de Hibbard, tinha uma data na parte superior da folha, 16 de fevereiro de 1931, e era datilografada. Alguns dos endereços haviam sido modificados depois à caneta, o que mostrava sua atualização. Quatro dos nomes não possuíam endereços, e, é claro, eu não sabia quais estavam mortos. Sem os endereços e acrescentando-se o ramo de atividade ou profissão, a lista ficou assim:

Andrew Hibbard, psicólogo
Ferdinand Bowen, corretor

Loring A. Burton, médico
Eugene Dreyer, negociante de arte
Alexander Drummond, florista
George R. Pratt, político
Nicholas Cabot, advogado
Augustus Farrell, arquiteto
William R. Harrison, juiz
Fillmore Collard, proprietário de fábrica têxtil
Edwin Robert Byron, editor de revista
L. M. Irving, assistente social
Lewis Palmer, funcionário da administração federal
Julius Adler, advogado
Theodore Gaines, banqueiro
Pitney Scott, motorista de táxi
Michael Ayers, jornalista
Arthur Kommers, gerente de vendas
Wallace McKenna, congressista por Illinois
Sidney Lang, imóveis
Roland Erskine, ator
Leopold Elkus, cirurgião
F. L. Ingalls, agência de viagens
Archibald Mollison, professor
Richard M. Tuttle, escola para garotos
T. R. Donovan
Phillip Leonard
Allan W. Gardner
Hans Weber

Para os últimos quatro não havia endereços, e não consegui encontrá-los nas listas telefônicas de Nova York ou dos subúrbios, o que me impediu de pedir relatórios financeiros ao banco. À primeira vista, pensei, vendo aqueles nomes e considerando que todos tinham passado por Harvard, o que significava largar com vantagem em relação ao comum dos mortais, a lista parecia muito interessante. Mas os relatórios bancários nos dariam maiores detalhes. Eu me diverti sendo evasivo com eles ao telefone.

Mas a verdadeira diversão apareceu no meio da tarde do domingo. Alguém havia dado com a língua nos dentes sobre o desaparecimento de Hibbard, e os jornais de domingo publicaram a notícia, embora sem grande destaque. Quando a campainha tocou, por volta das três horas, e eu atendi porque estava por perto e Fritz estava ocupado nos fundos, e quando vi os dois tiras parados ombro a ombro, deduzi de cara que estava diante de uma dupla de investigadores da central e que alguém ficara curioso em relação à minha visita ao apartamento de Hibbard na noite anterior. Então reconheci um deles e abri bem a porta com um sorriso sarcástico.

— Olá, olá. A missa demorou tanto assim?

O sujeito da direita falou (o tal que eu tinha reconhecido, com uma cicatriz no rosto): — Nero Wolfe está?

Confirmei com um movimento de cabeça. — Querem falar com ele? Por aqui, e cuidado com o degrau, cavalheiros.

Enquanto eu fechava a porta e colocava a corrente de segurança, eles tiraram os chapéus e casacos e os penduraram no mancebo. Em seguida passaram as mãos pelo cabelo, ajeitaram os coletes e pigarrearam. Estavam nervosos como se fossem novatos em sua primeira missão. Eu estava impressionado. Estava tão acostumado com Wolfe e tão familiarizado com sua capacidade que conseguia me esquecer das marcas que algumas de suas investidas haviam deixado nas cabeças de certos profissionais durões. Pedi que esperassem no corredor, fui até o escritório e contei a Wolfe que Del Bascom, da agência de detetives Bascom, estava lá com um de seus homens e queria vê-lo.

— Você perguntou o que eles querem?
— Não.

Wolfe consentiu; eu saí e os levei até ele. Bascom foi até a mesa para cumprimentá-lo. O outro cavalheiro começou a jogar o corpanzil sobre a cadeira que eu trouxera para ele, mas quase errou o alvo pelo fato de estar olhando para Wolfe. Desconfio que ele não se impressionava tanto por prestígio quanto por peso, uma vez que nunca vira Wolfe antes.

Bascom disse: — Faz quase dois anos desde a última vez que nos encontramos, senhor Wolfe, o senhor se lembra? O caso da febre do feno. Foi assim que o batizei. O senhor se lembra do funcionário que não viu o cara pegando as esmeraldas porque estava espirrando?

— Certamente que me lembro, senhor Bascom. Aquele jovem mostrou que tinha inventividade, ao empregar uma doença tão comum para uma finalidade tão incomum.

— É. Tem um monte deles que são espertos, mas poucos são tão espertos. Aquele foi um caso e tanto. Eu teria ficado coçando a cabeça por um bom tempo se não fosse pelo senhor. Nunca vou esquecer isso. Os negócios andam bons, senhor Wolfe?

— Não, estão péssimos.
— Acho que sim. É de esperar. Algumas agências estão se dando muito bem com trabalho em indús-

trias, mas nunca entrei nessa área. Eu mesmo já fui operário. De certa forma, ainda sou. — Bascom cruzou as pernas e pigarreou. — Pegou algum serviço recentemente?

— Não.
— Não pegou?
— Não.

O guincho foi tão inesperado que quase me assustou. Veio do outro investigador, que estava sentado entre Bascom e eu. Ele havia guinchado de repente:

— Não foi isso que eu ouvi dizer.

— Sei, e quem mandou abrir a matraca? — Bascom olhou para ele, visivelmente contrariado. — Eu não pedi para você fechar o bico logo que entramos aqui? — Ele se virou para Wolfe. — Sabe o que o está incomodando? Vai gostar disso, senhor Wolfe. Ele ouviu falar muito do grande Nero Wolfe, e quis mostrar que o senhor não o impressionou. — Ele se virou para o outro novamente. — Seu tonto.

Wolfe balançou a cabeça. — Sim, gostei mesmo. Eu gosto de bravatas. Mas o que estava dizendo, senhor Bascom?

— É mesmo. Bom, é melhor ir direto ao assunto. É o seguinte. Estou trabalhando num caso. Tenho cinco homens nele. Estou tirando perto de mil dólares por semana, há quatro semanas. Quando tiver encerrado o caso vou ganhar uma comissão que vai me manter afastado da assistência social durante todo o inverno. Estou prestes a entregar o pacote. Tudo de que preciso no momento é de um certo papel de embrulho e um pedaço de barbante.

— Muito bem.

— Só isso. E estou aqui para lhe pedir que não estorve.

As sobrancelhas de Wolfe ergueram-se um pouco. — Pedir-me o quê?

— Para não estorvar. — Bascom inclinou o corpo para diante e pareceu ansioso. — Veja bem, senhor Wolfe. É o caso Chapin. Estou trabalhando nele há quatro semanas. Pratt, Cabot e o doutor Burton estão me pagando. Isso não é segredo, ou, se fosse, deixaria de ser para o senhor depois da próxima segunda-feira. Pratt é um pouco meu amigo, já fiz uma ou duas coisas para ele. Ele me telefonou ontem à noite e disse que se eu quisesse cuidar de Paul Chapin era melhor me mexer, porque Nero Wolfe ia começar. Foi assim que descobri sobre os telegramas que o senhor enviou. Fucei por aí e falei com Burton, Cabot e mais um ou dois sujeitos. Burton nunca tinha ouvido falar do senhor antes e me pediu que lhe preparasse um relatório a seu respeito, mas ele me telefonou esta manhã e me disse que eu não precisava mais me preocupar com o relatório. Suponho que ele tenha investigado por conta própria e tenha recolhido um monte de informações.

Wolfe murmurou: — Agradeço o interesse que eles demonstraram.

— Não duvido. — Bascom apoiou um dos punhos sobre a mesa e pareceu ficar ainda mais ansioso. — Senhor Wolfe, quero lhe falar de profissional para profissional. O senhor seria o primeiro a concordar que nossa profissão deve ter dignidade.

— Não de maneira explícita. Afirmar a dignidade significa perdê-la.

— Hein? Talvez. De toda forma é uma profissão, como o direito. Como o senhor sabe, é inadequado a um advogado solicitar que um cliente se afaste de outro advogado. Ele seria expulso da ordem dos advogados. Nenhum advogado com um mínimo de decência tentaria fazer isso. E o senhor não acha que nossa profissão é tão digna quanto o direito? Essa é a única questão. Percebe?

Bascom esperou uma resposta, os olhos fixos no rosto de Wolfe, e provavelmente supôs que o lento desdobrar das maçãs do rosto de Wolfe fosse simplesmente um fenômeno natural, como a ondulação num oceano. Por fim, Wolfe disse: — Senhor Bascom, que tal deixar de lado as sutilezas das alusões? Se quer pedir alguma coisa, faça-o de maneira clara.

— Diabos, e eu não o fiz? Pedi ao senhor que não estorvasse.

— O senhor quer dizer ficar fora daquilo que chamou de o caso Chapin? Lamento mas vou ter que recusar seu pedido.

— Não vai atender a meu pedido?

— Certamente que não.

— E o senhor acha que está tudo muito bem tirar os clientes de outro profissional?

— Não tenho a menor idéia. Não vou começar a apresentar uma defesa de minha conduta para o senhor. E se acontecer de minha situação ser indefensável? Eu simplesmente estou dizendo que recuso seu pedido.

— É, achei que faria isso. — Bascom tirou o punho da mesa e descontraiu um pouco. — Meu irmão afirmou que o senhor se considerava um cavalheiro e que cumpriria sua palavra. Pois eu digo que o senhor pode ser um cavalheiro, mas tonto o senhor não é.

— Receio que nem uma coisa, nem outra.

— Muito bem. Agora que nos livramos dessa questão, talvez possamos falar de negócios. Se o senhor vai assumir o caso Chapin, isso nos deixa de fora.

— Provavelmente. Não necessariamente.

— Deixa, sim. O senhor vai tirar tudo o que eles têm. Sei quando perdi, e posso lidar com isso. De toda forma, eu não iria conseguir ficar muito tempo nesse caso. Deus o ajude. Eu adoraria passar aqui uma vez por semana para ver como andam as coisas. Vou lhe dizer uma coisa, esse aleijado do Chapin é o maior pilantra que já apareceu. Eu disse que estava prestes a entregar o pacote. Escute, não há a menor chance. A menor. Eu já havia praticamente desistido e tinha três homens na cola dele para ver se o pegávamos na próxima... e, Deus do céu, lá se vai Hibbard, e não conseguimos nem achar o que sobrou dele, e quer saber de uma coisa? Meus três homens não sabem onde Chapin estava na noite de terça-feira! É possível uma coisa dessas? Parece idiota, mas eles não são idiotas, são homens excelentes. Então, como eu disse, eu adoraria dar uma passada por aqui...

Wolfe interrompeu: — O senhor disse algo sobre negócios.

— Falei mesmo. Estou pronto para lhe oferecer uma barganha. É claro que o senhor tem os seus métodos, todos nós os temos, mas nessas últimas quatro semanas levantamos um monte de informações que nos custaram um bom dinheiro para conseguir. É tudo confidencial, naturalmente, mas se os seus clientes são os mesmos que os meus isso não importa. Economizaria para o senhor um bom tempo, algumas despesas e outro tanto de investigação. O senhor pode ter tudo o que sabemos e posso assessorá-lo a qualquer hora, quantas vezes quiser. — Bascom hesitou por um momento, molhou os lábios e concluiu. — Pela quantia de mil dólares.

Wolfe recusou, balançando a cabeça lentamente.— Mas, senhor Bascom, todos os seus relatórios vão estar disponíveis para mim.

— Claro, mas o senhor sabe como são os relatórios. O senhor sabe, não há nada de errado com eles, mas... O senhor teria algumas informações realmente quentes se eu permitisse que o senhor interrogasse qualquer um dos meus homens. Eu acrescentaria isso ao nosso trato.

— Duvido que valha tanto dinheiro.

— Ah, seja razoável.

— Eu sempre tento ser. Pago cem dólares pelo que está me oferecendo. Por favor! Não vou discutir esse valor. E não me considere mal-educado se eu lhe disser que estou ocupado e que preciso de todo o tempo disponível. Agradeço sua visita, mas estou ocupado. — O dedo de Wolfe moveu-se para apontar os livros que estavam sobre sua mesa, um deles contendo um marcador. — Aí estão os cinco romances escritos por Paul Chapin. Consegui obter os quatro primeiros ontem à noite. Eu os estou lendo. Concordo com o senhor sobre este ser um caso difícil. É possível, ainda que extremamente improvável, que eu o tenha resolvido até a meia-noite.

Tive de engolir uma risada. Wolfe gostava mesmo de bravatas. Era um dos melhores truques para formar sua reputação.

Bascom encarou-o. Depois de alguns segundos ele empurrou a cadeira para trás e levantou-se, e o investigador que estava ao meu lado levantou-se com um resmungo. Bascom disse: — Não vou mais tomar seu tempo. Creio que mencionei que todos temos nossos métodos, e tudo o que tenho a dizer é que dou graças a Deus por isso.

— É verdade. Vai querer os cem dólares?

Bascom, virando-se, balançou a cabeça afirmativamente. — Aceito. Tenho a impressão de que o senhor está jogando dinheiro fora, visto que já comprou os romances, mas eu aceito, ora.

Fui abrir a porta e eles me acompanharam.

5

Estava tudo pronto na segunda-feira por volta da hora do jantar, e desfrutamos da refeição sossegadamente. Fritz sempre ficava feliz e se esforçava um pouco mais quando sabia que as coisas estavam funcionando bem no escritório. Naquela noite pisquei para ele quando percebi como a sopa estava cheia de cogumelos e, quando senti o gostinho de estragão no molho da salada, mandei um beijo para ele. Ele ficou vermelho. Wolfe sempre fazia elogios aos pratos que ele preparava, manifestando adequadamene esses elogios, e Fritz sempre ficava vermelho. E sempre que eu achava um jeito de lhe prestar minhas homenagens, ele ficava vermelho, juro por tudo o que há, somente para me agradar, e não para me deixar chateado. Sempre me perguntei se Wolfe reparava naquilo. A atenção que ele dedicava à comida era tão lúcida, tão abrangente, que eu diria, sem maiores reflexões, que ele não reparava, mas toda consideração sem maiores reflexões sobre Wolfe não valia grande coisa.

Assim que terminamos o jantar, Wolfe foi para o quarto dele, como havia dito que iria fazer. A encenação ia começar. Acertei uns detalhes com Fritz por alguns minutos na cozinha e em seguida subi e troquei de roupa. Vesti o terno cinza de quadriculado minúsculo, uma das melhores roupas que já tive, com uma camisa azul-claro e uma gravata azul-escuro. Antes de descer parei no quarto de Wolfe, que ficava no mesmo andar, para lhe fazer uma pergunta. Ele estava sentado na poltrona forrada, ao lado da luminária de leitura, com um dos romances de Paul Chapin, e eu fiquei lá em pé, esperando até que ele marcasse a página com uma lapiseira.

Perguntei: — E se algum deles trouxer consigo algum objeto estranho, como um advogado, por exemplo? Devo deixar entrar mesmo assim?

Sem levantar os olhos, ele acenou afirmativamente com a cabeça. Saí e fui para o escritório.

O primeiro chegou cedo. Eu não esperava que a fila de entrada começasse a se formar antes das nove, mas faltavam vinte para as nove quando ouvi Fritz dirigindo-se para a porta da frente e abrindo-a. Então a maçaneta da porta do escritório virou, e Fritz fez entrar a primeira vítima. Ele precisava de um barbeiro, as calças eram largas e o cabelo estava despenteado. Seus olhos azul-claros olharam em torno e pousaram sobre mim.

— Droga — disse ele —, você não é Nero Wolfe.

Admiti que ele estava certo e revelei minha identidade. Ele não estendeu a mão. Disse:

— Sei que cheguei cedo para a festa. Meu nome é Mike Ayers, trabalho na seção de cidades do *Tribune*. Eu disse a Oggie Reid que precisava de uma noite de folga para poder salvar minha vida. Parei num lugar qualquer para tomar uns drinques, e depois de algum tempo me ocorreu que eu era um otário, porque não haveria motivo para não haver bebida por aqui. E não me refiro a cerveja.

Eu disse: — Quer gim ou gim?

Ele sorriu. — Essa foi boa. Uísque. Não precisa diluir.

Fui até a mesa que eu e Fritz havíamos armado num canto do escritório e servi uma dose. Fiquei pensando num brinde: Viva Harvard! Aos belos dias de faculdade, e assim por diante. Também pensei que, se ficasse muito alto, ele seria um aborrecimento, mas, se eu me recusar a mimá-lo, ele vai se mandar. E depois de praticamente ter decorado os relatórios financeiros de nossos convidados, eu sabia que ele havia trabalhado durante quatro anos no *Post* e estava no *Tribune* havia três, e ganhava noventa dólares por semana. Jornalistas são um de meus pontos fracos: nunca consegui me livrar da sensação de que eles sabem coisas que eu não sei.

Servi outra dose, e ele se sentou com o copo e cruzou as pernas. — Diga uma coisa: é verdade que Nero Wolfe era eunuco num harém do Cairo e começou a vida recolhendo depoimentos das garotas do creme dental Pirâmides?

Como um otário, por meio segundo caí na provocação. — Escute aqui — eu disse —, Nero Wolfe é exatamente... — Então parei e dei risada. — Claro. Só que ele não era eunuco, era um camelo.

Mike Ayers balançou a cabeça. — Isso explica tudo. Quero dizer, explica por que é difícil para um camelo passar pelo buraco de uma agulha. Eu nunca vi Nero Wolfe, mas já ouvi falar dele e já vi uma agulha. Sabe de mais alguma coisa?

Tive de lhe servir mais uma dose antes que o cliente seguinte chegasse. Dessa vez foi uma dupla, Ferdinand Bowen, o corretor, e o doutor Loring A. Burton. Fui buscá-los no corredor para me livrar de Mike Ayers. Burton era um sujeito bem-apessoado, com boa postura sem ser empertigado, bem vestido e independente, com cabelo escuro, olhos pretos e uma boca cansada. Bowen era de estatura mediana, e todo ele dava a impressão de estar cansado. Vestia-se de preto e branco, e se quisesse vê-lo alguma vez, o que eu não queria, teria ido a um teatro onde fosse haver uma estréia e esperaria no saguão. Tinha pés pequenos em sapatos elegantes, e mãozinhas efeminadas e elegantes em elegantes luvas cinza. Quando começou a tirar o casaco, precisei me afastar para não ser atingido no olho por seus braços. Não simpatizo com gente que tem esse tipo de atitude em relação a seus semelhantes em espaços pequenos. Em especial, acho que eles deveriam ficar fora dos elevadores, mas não gosto deles em nenhum lugar.

Levei Burton e Bowen ao escritório e expliquei-lhes que Wolfe desceria em breve, e lá eles encontraram Mike Ayers, que chamou Bowen de Ferdie, oferecendo-lhe um drinque, e chamou Burton de Lorelei. Fritz trouxe mais um, Alexander Drummond, o florista, um sujeitinho elegante com um bigode fino. Ele era o único da lista que havia estado antes na casa de Wolfe, havia alguns anos, com um bando de alguma associação que tinha ido ver as plantas. Eu me lembrava dele. Depois disso, chegaram todos mais ou menos juntos: Pratt, o deputado estadual; Adler e Cabot, advogados; Kommers, gerente de vendas da Filadélfia; Edwin

Robert Byron, editor de uma revista; Augustus Farrell, arquiteto, e um sujeito chamado Lee Mitchell, de Boston, que disse estar representando Collard e Gaines, o banqueiro. Tinha uma procuração de Gaines.

A conta somava doze que haviam chegado até as nove e dez, incluindo Collard e Gaines. É claro que todos se conheciam, mas não se podia dizer que estivessem se divertindo muito, nem mesmo Mike Ayers, que andava carrancudo pelo escritório com um copo vazio na mão. Os outros estavam quase todos sentados com aquela atitude de velório. Fui até a mesa de Wolfe e apertei a campainha três vezes. Em poucos minutos ouvi o zumbido do elevador.

A porta do escritório abriu e todos se voltaram para ela. Wolfe entrou, e Fritz fechou a porta atrás dele. Ele andou balançando até a mesa e, a meio caminho, parou, virou-se e disse "Boa noite, cavalheiros". Continuou até a cadeira, encostou o assento na parte de trás dos joelhos, segurou nos braços e desceu sobre ela.

Mike Ayers chamou minha atenção acenando com o copo para mim e gritando: — Ei! Eunuco *e* camelo!

Wolfe ergueu a cabeça um pouco e disse num de seus melhores tons de voz: — O senhor está sugerindo esses acréscimos à lista íntima de animais do senhor Chapin?

— Hã? Ah. Estou sugerindo que...

George Pratt disse: — Cale a boca, Mike — e Farrell, o arquiteto, agarrou e puxou-o para uma cadeira.

Eu havia entregue a Wolfe uma lista que mostrava aqueles que estavam presentes, e ele passou os olhos por ela. Levantou os olhos e disse: — Estou feliz por ver que o senhor Cabot e o senhor Adler estão aqui. Acredito que ambos sejam advogados. Seu conhecimento e suas mentes treinadas vão nos impedir de cometer erros vulgares. Também noto a presença do senhor Michael Ayers, jornalista. Ele faz parte do grupo de vocês, então, estou apenas observando que o risco de publicidade, caso queiram evitá-lo...

Mike Ayers rosnou: — Não sou jornalista, sou repórter. Já entrevistei Einstein...

— Até que ponto está bêbado, senhor Ayers?

— Droga, como é que vou saber?

A sobrancelha de Wolfe ergueu-se. — Cavalheiros?

Farrell disse: — Mike está bem. Esqueça-o. Ele está bem.

Julius Adler, o advogado, com a compleição de um grafite de lapiseira, com a aparência de um balconista engravatado, a não ser pelos olhos e pela maneira de se vestir, disse: — Eu diria que sim. Sabemos que esta é sua casa, senhor Wolfe, e que o senhor Ayers está alto, mas afinal de contas não acho que o senhor tenha nos chamado aqui para censurar nossos hábitos particulares. O senhor tem algo a nos dizer?

— Ah, sim, senhor...

— Meu nome é Adler.

— Sim, senhor Adler. Sua observação exemplifica o que eu sabia que viria a ser o principal obstáculo de minha conversa com os senhores. Eu tinha consciência de que desde o início os senhores demonstrariam antagonismo. Estão todos muito assustados, e um homem assustado é hostil quase que por reflexo, como mecanismo de defesa. Ele suspeita de tudo e de todos. Eu sabia que os senhores me tratariam com desconfiança.

— Que bobagem. — Era Cabot, o outro advogado.
— Não estamos assustados e não temos motivos para desconfiar do senhor. Se o senhor tem algo a nos dizer, que diga.

Eu disse: — Senhor Nicholas Cabot.

Wolfe acenou com a cabeça. — Se não está assustado, senhor Cabot, não há nada a discutir. Falo sério. Podem ir embora. — Wolfe abriu os olhos e deixou-os passear lentamente pelos onze rostos. — Vejam bem, cavalheiros, só os convidei para virem aqui esta noite após fazer diversas suposições. Se alguma delas estiver errada, esta reunião é uma perda de tempo, para vocês e para mim. A primeira suposição é a de que vocês estão convencidos de que o senhor Paul Chapin assassinou dois, possivelmente três, de seus amigos. A segunda suposição é a de que estão preocupados com o fato de que, a menos que alguma coisa seja feita, ele virá matá-los. A terceira é a de que minhas habilidades estão à altura da tarefa de eliminar sua preocupação. E a quarta é que não se importarão de pagar bem por esse serviço. Então?

Eles se entreolharam. Mike Ayers começou a se levantar da cadeira e Farrell puxou-o de volta. Pratt murmurou em tom suficientemente alto para que fosse ouvido por Wolfe: — Por mim, tudo bem.

Cabot disse:

— Estamos convencidos de que Paul Chapin é um perigoso inimigo da sociedade. Isso naturalmente nos diz respeito. Quanto a suas habilidades...

Wolfe balançou um dedo na direção dele. — Senhor Cabot, se lhe agrada manter a ficção de que o senhor veio até aqui esta noite para proteger a sociedade, não vou lhe estragar a diversão. A pergunta é: quanto isso lhe custará?

Mike Ayers surpreendeu-nos a todos com um grito inesperado: — Nick, seu velhaco! — Seguido imediatamente por uma lamúria em falsete: — Nicky, querido...

Farrell cutucou-o na altura das costelas. Alguém resmungou: — Ponham uma mordaça nele. — Mas os olhares de dois ou três outros na direção de Cabot mostraram que Wolfe estava certo; a única forma de lidar com aquele sujeito era pondo o dedo na ferida.

Uma nova voz interrompeu suave e tranqüila. — Que importa se estamos assustados ou não? — Era Edwin Robert Byron, o editor. — De minha parte, não tenho problema em dizer que estou assustado, mas que diferença isso faz? A mim me parece que a questão é: o que o senhor Wolfe propõe fazer a respeito? Supondo que sua premissa esteja correta...

— Premissa o cacete! — Mike Ayers levantou-se, livrando-se de Farrell, e dirigiu-se para a mesa de bebidas. Antes de chegar lá, virou-se e disse abruptamente: — Você tem toda a razão, estamos mortos de medo. Nos assustamos com qualquer barulho, ficamos olhando por cima do ombro o tempo todo e derrubamos coisas, você sabe muito bem disso. Levante a mão aquele que não passou a noite de ontem em claro pensando em como ele pegou Andy e o que teria feito com ele. Você ouviu falar sobre nossa pequena organização, não é, Wolfe, seu velho falso? A Liga da Expiação? Pois vamos mudar o nome para Clube da Súplica, ou talvez Liga da Pena Branca. — Ele encheu o copo e o ergueu. Não me incomodei em avisá-lo de que ele havia pegado a garrafa de licor. — Meus prezados colegas! Um brinde à Liga da Pena Branca! — Ele engoliu a bebida de um só movimento. — Que a minha seja uma pluma de avestruz. — Franziu a sobrancelha e fez uma careta de nojo e indignação. — Quem diabos pôs esterco de cavalo neste uísque?

Farrell soltou uma bela gargalhada, e Pratt o acompanhou. Drummond, o florista, dava risadinhas. Bowen, o corretor, entediado ou fingindo muito bem, tirou um charuto, cortou-lhe a ponta e acendeu-o. Eu estava na mesa de bebidas, tentando encontrar a garrafa certa para Mike Ayers, pois eu sabia que ele iria querer lavar o gosto que estava em sua boca. Lee Mitchell, de Boston, levantou-se:

— Cavalheiros, se me permitem uma observação. — Ele tossiu. — É claro que não faço parte de seu grupo, mas estou autorizado a dizer que tanto o senhor Collard quanto o senhor Gaines estão, na verdade, apreensivos, e estão satisfeitos com as credenciais do senhor Wolfe, além de estarem dispostos a levar em consideração as sugestões por ele feitas.

— Ótimo. — O tom de Wolfe abreviou o burburinho motivado pelo comentário. Ele virou os olhos na minha direção. — Archie, por favor, distribua as folhas.

Elas estavam na primeira gaveta de minha mesa, umas vinte cópias, só para garantir, e eu as tirei de lá e circulei pelos presentes. Wolfe mandara vir cerveja e estava enchendo o copo. Após tomá-lo pela metade, disse:

— Como podem ver, é apenas uma lista com seus nomes seguidos por um valor em dinheiro. Posso explicar tudo mais facilmente com a leitura de um memorando que está aqui... ou não? Archie?

— Aqui está ele, senhor.
— Obrigado. Eu o ditei desta maneira. Poderá ser redigido com a fraseologia jurídica formal ou não, como queiram. Por mim, é suficiente que seja um memorando rubricado. Por questão de concisão, eu me refiro aos senhores, ausentes e presentes, como *a liga*. Isto é o que está escrito:

1. Incumbo-me de afastar da liga todas as preocupações e expectativas de danos provenientes de
(a) Paul Chapin
(b) A pessoa ou as pessoas que enviaram os avisos datilografados e em forma de versos
(c) A pessoa ou as pessoas responsáveis pelas mortes de William R. Harrison e Eugene Dreyer, e pelo desaparecimento de Andrew Hibbard.
2. A decisão quanto ao desempenho satisfatório da incumbência será tomada por meio de voto majoritário dos membros da liga.
3. As despesas da incumbência serão de minha responsabilidade, e, na eventualidade de meu fracasso em realizá-la satisfatoriamente, a liga se desobriga de todo e qualquer tipo de pagamento.
4. Caso se decida que a incumbência foi realizada de maneira satisfatória, os membros da liga deverão me pagar a quantia anotada após seus nomes na lista anexa; fica estabelecido que os membros são conjuntamente responsáveis pelo pagamento do valor total.

— Creio que isso é o suficiente. É claro que, se desejarem acrescentar uma data máxima para a realização...

Nicholas Cabot interrompeu-o: — Isso é ridículo. Não vou nem discutir. — Com um sorriso, Julius Adler disse: — Acho que deveríamos agradecer ao secretário do senhor Wolfe por ter feito a soma dos valores e nos poupado do choque. Cinqüenta e seis mil, novecentos e quinze dólares. Ora! — Suas sobrancelhas ergueram-se e mantiveram-se assim. Kommers, que havia gastado pelo menos dez dólares para vir da Filadélfia, pronunciou-se pela primeira vez: — Não conheço muita coisa sobre suas habilidades, senhor Wolfe, mas acabei de aprender algo novo sobre sua coragem. — Os outros se juntaram ao coro; parecia que queriam nos empurrar de um penhasco.

Wolfe esperou e depois de um minuto ergueu a palma da mão, o que era um gesto bastante violento para ele. — Por favor, cavalheiros. Não há motivo para controvérsias. É uma questão muito simples: ofereço-me para vender aos senhores alguma coisa por um preço fixo contra a entrega. Se pensam que o preço é exorbitante, isso significa que não possuem a compulsão da compra. No entanto, devo observar a esse respeito que no sábado a senhorita Evelyn Hibbard ofereceu-se para me pagar dez mil dólares pelo serviço proposto. Não há um único valor nessa lista que chegue a dez mil dólares. E a senhorita Hibbard nem está sendo ameaçada.

George Pratt disse: — É, e você a recusou como cliente para que pudesse nos garfar. Cheio de boa vontade, né?

— Seja como for, o memorando é totalmente ridículo. — Nicholas Cabot estava em pé diante de Wolfe, olhando para o memorando que pegara da mesa. —

Que conversa mole é essa sobre pessoa ou pessoas responsáveis? O que queremos é que Paul Chapin receba o que merece. Essa tentativa de encontrar subterfúgios para...

— Estou surpreso com o senhor, senhor Cabot. — Wolfe suspirou. — Usei esses termos principalmente porque eu sabia que haveria dois advogados astutos aqui e desejei antecipar-me às objeções que eles pudessem fazer. As circunstâncias tornaram a idéia da culpa de Paul Chapin tão fixa na cabeça de vocês que chegou a desequilibrá-los. Eu não poderia me comprometer a acabar especificamente com as preocupações de vocês simplesmente levando o senhor Chapin a ser acusado de assassinato, porque, se assim o fizesse, e a investigação provasse que ele é inocente, teríamos que lidar com duas dificuldades. A primeira é que eu teria que incriminá-lo a fim de receber meu pagamento, o que não seria razoável com ele e também um grande aborrecimento para mim. A segunda é que o verdadeiro responsável pelos incômodos continuaria livre para prosseguir sua carreira, e os senhores, cavalheiros, continuariam assustados... ou mortos. Minha intenção foi a de abarcar...

— Que besteira. — Cabot jogou o memorando sobre a mesa com impaciência. — Estamos convencidos de que foi Chapin. Sabemos que foi ele.

— E eu também. — Wolfe balançou a cabeça para cima e para baixo, deixando-a em repouso em seguida. — Sim, estou convencido de que é Chapin a quem vocês devem temer. Mas ao preparar este documento pensei que seria melhor cobrir todas as contingências, e o senhor, como advogado, deve concordar a esse respeito.

Afinal de contas, o que realmente se sabe? Muito pouco. Por exemplo: e se Andrew Hibbard, atormentado pelo remorso, foi levado a empreender uma vingança em nome do homem a quem todos vocês feriram? *Devias ter me matado*. E se, depois de matar dois de vocês, descobriu que não tinha mais estômago para a coisa, foi para algum lugar e acabou com a própria vida? Isso não iria contradizer nada do que sabemos agora. E se algum outro entre vocês, ou mesmo alguém de fora da liga, quis acertar umas contas pessoais e tirou vantagem do cheiro que saía do guisado de Chapin para despistar? Poderia ser o senhor, senhor Cabot, ou o doutor Burton, ou o senhor Michael Ayers... qualquer um. O senhor diz que é besteira, e eu concordo, mas por que não cobrir todas as possibilidades?

Cabot pegou novamente o memorando e o releu. Julius Adler levantou-se, foi até a mesa e juntou-se à verificação do documento. Os outros murmuravam entre si. Mike Ayers estava escarrapachado em sua poltrona com as mãos enfiadas nos bolsos e os olhos bem fechados. Julius Adler disse:

— A última cláusula está fora de questão. Essa coisa de responsabilidade conjunta pelo valor total. Não vamos aceitá-la.

As bochechas de Wolfe desdobraram-se um pouco.
— Concordo, senhor Adler. Não insistirei nisso. Na verdade, inseri esse item de propósito, de forma que houvesse alguma coisa que vocês pudessem retirar.

Adler grunhiu. Drummond, o florista, que se juntara a eles, junto com Pratt e Arthur Kommers, deu outra risadinha. Cabot olhou para Wolfe franzindo a sobrancelha e disse: — Você não é muito esperto, não é?

— Moderadamente. Não sou muito bom em negociações, sou meio indelicado. É uma falha de temperamento que não deve ser superada. Por exemplo, a proposta que fiz a vocês: posso simplesmente apresentá-la e dizer, é pegar ou largar. Compenso a desvantagem tornando a proposta tão atraente que não é fácil de ser recusada.

Fiquei surpreso, de repente, por ver um esboço de sorriso no rosto de Cabot, e por um segundo quase cheguei a gostar dele. Ele disse: — É claro. Tenho pena de sua inabilidade.

— Obrigado. — Wolfe moveu os olhos para avaliar a reação dos outros. — Então, cavalheiros? Vou mencionar dois outros aspectos. Primeiro, não incluí no memorando nenhuma linha que diga que os senhores devam cooperar comigo, mas, obviamente, espero que isso aconteça. Gostaria de me sentir à vontade para mandar o senhor Goodwin e outros homens que trabalham para mim visitá-los em horários razoáveis, e eu mesmo gostaria de conversar com alguns de vocês. Posso fazer isso?

Três ou quatro cabeças acenaram positivamente. George Pratt, com o grupo que estava próximo à mesa de Wolfe, disse: — Para nós, tudo bem. — Cabot sorriu abertamente e murmurou: — Não se esqueça de sua inabilidade.

— Ótimo. O segundo aspecto diz respeito a dinheiro. Na minha opinião, as somas que listei são adequadas, mas não extorsivas. Se eu falhar no sentido de satisfazer aos senhores, não levo nada, portanto as coisas ficam assim: o senhor Gaines estaria disposto neste momento a me pagar oito mil dólares, e o doutor

Burton sete mil, e o senhor Michael Ayers cento e oitenta, por uma garantia de libertação do medo que os assola? Suponho que os senhores concordem ser adequado que as quantias sejam estipuladas de acordo com a capacidade de pagamento.

Mais uma vez as cabeças moveram-se afirmativamente. Ele os estava convencendo, estava alinhavando tudo direitinho. Pensei comigo: "Chefe, você é demais, só isso, você é simplesmente demais". Lee Mitchell, de Boston, falou novamente:

— É claro que não posso falar de modo definitivo pelo senhor Collard e pelo senhor Gaines. Acho que posso dizer... o senhor provavelmente poderá contar com eles. Voltarei a Boston esta noite e eles lhe enviarão um telegrama amanhã.

Cabot disse: — Pode tirar Elkus da lista. Ele não lhe daria nem um centavo sequer.

— Não?

— Não. Ele é tão sentimental quanto era Andrew Hibbard. Ele seria capaz de nos ver todos mortos antes de ajudar a pegar Paul Chapin.

— Não diga. É desastroso permitir que os caprichos do coração afetem a mente. Veremos... Cavalheiros! Agora eu gostaria de satisfazer minha curiosidade quanto a uma questão. Falando francamente, não imagino que seja possível para qualquer um de vocês dizer, em algum momento do futuro, que agi com desumanidade ou com uma índole vingativa que os senhores não esperavam ou desejavam. Meu entendimento é o de que todos vocês estão convencidos de que Paul Chapin é um assassino, de que ele ameaçou matar vocês e de que ele deveria ser preso, desmascarado, condenado e executado. Vou pedir ao senhor Goodwin que faça uma chamada. Se meu entendimento estiver correto, por favor respondam *sim*.

Ele acenou para mim. Peguei a lista pela qual eu havia verificado a presença. Antes que eu conseguisse chamar alguém, Lee Mitchell disse: — A esse respeito eu posso responder pelo senhor Collard e pelo senhor Gaines. Absolutamente. A resposta deles é *sim*.

Houve uma certa agitação, mas ninguém disse nada. Comecei a chamar: — Ferdinand Bowen.

O corretor disse, rouco mas firme: — Sim.

— Doutor Loring A. Burton.

Por um momento não veio a resposta, então Burton murmurou num tom de voz tão baixo que mal foi ouvido. — Não. — Todos olharam para ele. Ele olhou ao redor, engoliu em seco, e disse, repentina e explosivamente: — Bobagem! Sim, é claro! Bobagem romântica. Sim!

Farrell disse para ele: — Espero que sim. A única pergunta é por que você não foi o primeiro.

Continuei: — Augustus Farrell.

— Sim.

Chamei os outros, Drummond, Cabot, Pratt, Byron, Adler, Kommers; todos disseram *sim*. Chamei o seguinte: Michael Ayers. Ele ainda estava escarrapachado na poltrona. Repeti o nome dele. Farrell, que estava ao lado dele, cutucou-o na costela: — Mike! Ei! Diga sim. — Mike Ayers agitou-se um pouco, abriu uma pequena fenda dos olhos e gemeu — Sim! — e fechou os olhos novamente.

Voltei-me para Wolfe. — Isto é tudo, senhor.

Eu geralmente ouvia Fritz quando ele ia para a frente da casa para atender à campainha, mas daquela vez não ouvi. Suponho que o motivo fosse eu estar muito interessado na lista que estava chamando. Portanto, fiquei surpreso quando vi a porta do escritório sendo aberta. Os outros me viram olhar e olharam também. Fritz deu três passos dentro do escritório e esperou até que Wolfe fizesse um sinal para ele.

— Um cavalheiro gostaria de vê-lo, senhor. Não tinha cartão. Pediu-me para apresentá-lo como senhor Paul Chapin.

— Não diga. — Wolfe não se moveu. — Não diga. Faça-o entrar.

6

Fritz saiu para trazer o visitante. Perdi uma aposta, mas Wolfe provavelmente não — não sei; eu deveria estar prestando atenção nas expressões nos rostos de nossos convidados, mas não foi o que fiz: meus olhos estavam grudados na porta. Imagino que os de todos os outros estivessem lá também, a não ser os de Wolfe. Ouvi o barulho dos passos de Paul Chapin: uma bengala sobre as lajotas de borracha do corredor.

Ele entrou mancando e parou a alguns passos da porta. Do lugar onde estava não conseguia ver Wolfe, devido ao grupo que havia se reunido em frente à mesa. Ele olhou para o grupo e para os que estavam nas cadeiras, moveu a cabeça duas vezes, o queixo esticado, como se fosse um cavalo nervoso que tentava se livrar das rédeas. Por fim, disse: — Olá, colegas. — E mancou para a frente de novo, entrando no escritório de maneira a poder ver Wolfe, não sem antes lançar para mim um olhar penetrante. Ele estava em pé a menos de dois metros de onde eu estava. Estava vestido para a noite, com um casaco apropriado para o jantar. Não era alto, possivelmente abaixo da estatura mediana do que acima dela. Não se podia dizer que fosse magricelo, mas podia-se ver a estrutura óssea de seu rosto — maçãs do rosto não salientes, um nariz comum e olhos claros. Quando deu as costas para mim de forma a ficar de frente para Wolfe, percebi que seu casaco não descia direto sobre o bolso do quadril esquerdo, e descruzei as pernas e posicionei os pés para trás, só por precaução.

Não houve respostas audíveis para a saudação dele. Ele olhou ao redor novamente, de novo para Wolfe e sorriu para ele. — Senhor Wolfe?

— Sim. — Wolfe tinha os dedos entrelaçados sobre a barriga. — Senhor Chapin.

Paul Chapin balançou a cabeça afirmativamente. — Eu estava no teatro. Transformaram um de meus livros numa peça. Então pensei em dar uma passada por aqui.

— Qual livro? Li todos eles.

— Leu? Não diga. Eu não diria... *O calcanhar de ferro*.

— Ah, sim. Esse. Aceite meus cumprimentos.

— Obrigado. Espero que não se importe de eu ter passado por aqui. Eu sabia sobre esta reunião, é claro. Fiquei sabendo por três dos meus amigos, Leo Elkus, Lorry Burton e Alex Drummond. Por favor, não os culpe por isso, a não ser, possivelmente, ao Leo. Ele não fez por mal, acho, mas os outros estavam tentando me assustar. Tentaram fazer isso com um fantasma, mas, para que um fantasma surta efeito, seus terrores precisam ser conhecidos pela vítima. Infelizmente o senhor me era desconhecido. Suponho que tenha terrores, não?

Desde a primeira palavra que disse, Chapin havia mantido os olhos sobre Wolfe, ignorando os outros. Eles o olhavam com reações variadas: Mitchell de Boston, com curiosidade, Bowen, com um rosto indecifrável, Cabot, com indignação incômoda, Mike Ayers, com uma careta de nojo... E eu observava a todos. De repente, o doutor Burton levantou da cadeira, foi até a mesa, agarrou Chapin pelo braço e disse:

— Pelo amor de Deus, Paul. Saia daqui! Que coisa terrível! Saia!

Drummond, o florista, interrompeu, sua voz de tenor transformada pela intensidade num guincho feroz: — Você chegou ao limite, Paul! Depois do que nós... depois do que eu... seu assassino desgraçado!

Outros, rompendo a tensão, começaram a se manifestar. Wolfe impediu-os de prosseguir dizendo, com voz forte: — Cavalheiros! O senhor Chapin é meu convidado! — Olhou para Chapin apoiado na bengala. — O senhor deveria se sentar. Pegue uma cadeira, Archie.

— Não, obrigado. Não vou me demorar. — Chapin sorriu ao redor. Talvez aquele fosse simplesmente um sorriso agradável, a não ser por seus olhos claros, nos quais não havia o menor traço de sorriso. — Fico num pé só há vinte e cinco anos. É claro que todos vocês sabem disso, não preciso lhes dizer. Lamento se os aborreci vindo aqui esta noite. Na verdade, eu não gostaria de atrapalhar meus colegas por nada no mundo. Vocês têm sido tão generosos comigo, e sabem muito bem disso. Se me permitem expressar-me de maneira um tanto literária e sentimental sobre o assunto... vocês têm diminuído o fardo de minha vida. Nunca me esquecerei disso, já lhes disse mais de mil vezes. É claro que, agora que encontrei o meu ofício, agora que consigo andar com meus próprios pés, quer dizer, com meu próprio pé — ele sorriu para todos novamente —, conseguirei encontrar meu caminho pelo resto de minha jornada sem a ajuda de vocês. Mas sempre lhes serei grato. — Virou-se para Wolfe. — Assim são as coisas, sabe? Mas não vim aqui para dizer isso, vim para falar com o senhor. Estive pensando que possivelmente o senhor é um homem razoável e inteligente. Não é?

Wolfe estava olhando para ele. Eu dizia para mim mesmo: cuidado, Paul Chapin, cuidado com esses olhos semicerrados; se quiser um conselho, cale a boca e se mande daqui bem depressa. Wolfe disse:

— Ocasionalmente atinjo esse pináculo, senhor Chapin.

— Tentarei acreditar no senhor. Poucas pessoas conseguem isso. Eu apenas queria lhe dizer o seguinte: meus amigos desperdiçaram muito tempo e dinheiro perseguindo uma miragem que alguém espertamente projetou para eles. Vou ser franco, senhor Wolfe, foi um choque para mim. Saber que eles suspeitavam de *mim*, sabedores do quão grato eu sou pela bondade que têm demonstrado! É realmente inacreditável. Quis vir até aqui e lhe dizer isso para poupar a perda de seu tempo e de seu dinheiro também. O senhor não seria tolo a ponto de perseguir uma miragem, seria?

— Eu lhe asseguro, senhor, sou por demais imóvel para perseguir seja o que for. Mas talvez, tendo em vista que o senhor está, por suas próprias palavras, fora de tudo isso, talvez o senhor tenha uma teoria que diga respeito aos incidentes que perturbaram seus amigos. Se tiver, ela poderia nos ajudar.

— Receio que não. — Chapin balançou a cabeça com pesar. — Sem dúvida, parece mais que provável que isso seja uma piada de mau gosto, mas não tenho idéia...

— Assassinato não é piada, senhor Chapin. A morte não é uma piada.
— Ah não? É mesmo? Tem certeza? Pegue um bom exemplo. Pegue a mim, Paul Chapin, como exemplo. O senhor ousaria afirmar que a minha morte não seria uma piada?
— Por quê? Por que seria?
— Claro que sim. Um horrível anticlímax. Os pretensos horrores da morte, considerando-se no meu caso o que a teria precedido, seriam indescritivelmente engraçados. É por isso que sou tão grato a meus amigos, por sua consideração, por sua solicitude...

Um grito por trás o interrompeu, um grito profundamente angustiado, na voz do doutor Burton: — Paul! Paul, pelo amor de Deus!

Chapin virou-se, apoiado na perna boa. — Sim? — Sem erguer a voz, ele imprimiu a ela um tom de escárnio que teria secado o amor divino. — O que é, Lorry?

Burton olhou para ele, ficou calado, balançou a cabeça e virou o rosto para outro lado. Chapin voltou-se para Wolfe novamente. Wolfe disse:
— Então o senhor concorda com a teoria da piada.
— Concordar não é exatamente o termo. Parece provável. No que me diz respeito, senhor Wolfe, a única questão é a seguinte: sou vítima da ilusão que meus amigos têm de que sou um perigo para eles. Na verdade, eles têm medo de mim. De *mim*! Sofro bastante com isso, sofro mesmo. O fato é que seria difícil conceber uma criatura mais inofensiva do que eu. Eu mesmo estou com medo! Um medo natural de todas as coisas. Por exemplo, por conta de minha patética imperfeição

física, ando constantemente com medo deste ou daquele tipo de violência física, e habitualmente ando armado. Veja...

Paul Chapin estava levando a todos na conversa. Quando ele levou a mão para trás e seus dedos começaram a vasculhar por debaixo do casaco, duas ou três pessoas no grupo soltaram gritos de aviso, e eu saltei para a frente. Com o impulso, e pelo fato de ele estar se equilibrando na bengala, eu quase o derrubei, mas agarrei-lhe o pulso direito e não deixei que ele levasse um tombo. Com a mão esquerda, tirei a arma do bolso de trás.

— Archie! — Wolfe gritou comigo. — Solte o senhor Chapin.

Soltei-lhe o pulso. Wolfe ainda estava bravo: — Devolva-lhe aquele... objeto.

Olhei para a arma. Era um trinta-e-dois, velho, e percebi rapidamente que não estava carregado. Paul Chapin, com os olhos claros inexpressivos, estendeu a mão. Devolvi-lhe a arma, e ele deixou-a ficar sobre a palma da mão como se fosse um prato de doces.

Wolfe disse: — Diacho, Archie. Você privou o senhor Chapin da oportunidade de um gesto dramático e eficaz. Eu sei, senhor Chapin. Aceite minhas desculpas. Posso ver a arma?

Chapin entregou-a e Wolfe a examinou. Girou o cilindro, aberto e fechado, engatilhou-a, apertou o gatilho, examinou-a novamente. Disse: — Uma arma horrorosa. Ela me assusta. Armas sempre me assustam. Posso mostrá-la ao senhor Goodwin?

Chapin deu de ombros, e Wolfe passou a arma para mim. Levei-a até a lâmpada de minha mesa e examinei-a com cuidado. Engatilhei-a, vi o que Wolfe havia visto e sorri. Então ergui os olhos e encontrei os olhos de Paul Chapin sobre mim, e parei de sorrir. Era possível dizer que não havia ainda expressão naqueles olhos, mas por trás deles havia algo que eu não gostaria de trazer à vista de todos. Devolvi-lhe a arma, e ele a enfiou de novo no bolso dizendo, parte para mim e parte para Wolfe, num tom de voz tranqüilo:

— É isso, percebe? O efeito é psicológico. Aprendi um bocado de psicologia com o meu amigo Andy Hibbard.

Exclamações irromperam por todos os lados. George Pratt parou na frente de Chapin e o encarou, as mãos abrindo e fechando ao lado do corpo. — Cobra traiçoeira! Se você não fosse um maldito aleijado, eu o surraria até você se tornar inofensivo...

Chapin não pareceu intimidado. — Sei, George. E quem é que me transformou num maldito aleijado?

Pratt não recuou. — Eu contribuí para isso, é verdade. Foi um acidente, e eles acontecem conosco também, talvez não tão ruins quanto o seu. Droga, será que você nunca vai esquecer? Será que não existe um homem em você? Será que seu cérebro ficou distorcido...

— Não. Homem? Não. — Chapin interrompeu-o e sorriu para ele. Olhou em seguida para os outros à sua volta. — No entanto, vocês, meus colegas, todos vocês são homens. Não são? Todos vocês. Deus os guarde. Essa é uma idéia, contar com a proteção divina. Deviam tentar. Eu tentei, certa vez. Agora lhes peço licença. — Ele se virou para Wolfe. — Boa noite, senhor. Já vou embora. Obrigado por sua cortesia. Espero não ter exigido demais de sua inteligência.

Ele inclinou a cabeça para Wolfe e para mim, virou-se e começou a sair. Sua bengala havia batido três vezes sobre o tapete quando a voz de Wolfe o fez parar:

— Senhor Chapin, eu quase ia me esquecendo. Posso lhe pedir que fique mais alguns minutos, por favor? Apenas um pequeno...

A voz de Nicholas Cabot interrompeu-o: — Pelo amor de Deus, Wolfe, deixe-o ir embora...

— Por favor, senhor Cabot. Importam-se, cavalheiros? Apenas um pequeno favor, senhor Chapin. Uma vez que o senhor não é culpado de nenhuma intenção maldosa, e tendo em vista quão ansiosos estamos para vermos seus amigos se livrarem dos problemas deles, acredito que o senhor irá me ajudar num pequeno teste. Sei que parecerá sem sentido para o senhor, algo sem a menor importância, mas eu gostaria de tentar mesmo assim. O senhor me ajudaria?

Chapin havia se virado para Wolfe. Pareceu-me que sua expressão era de cautela. Ele disse: — Talvez. O que é?

— Algo bastante simples. Suponho que o senhor use máquina de escrever.

— Claro que sim. Eu mesmo datilografo os meus textos.

— Temos aqui uma máquina de escrever. O senhor concordaria em sentar-se à mesa do senhor Goodwin e datilografar algo que eu ditasse?

— E por que eu deveria fazer isso? — Ele hesitou e agora certamente estava sendo cauteloso. Olhou ao redor e encontrou doze pares de olhos sobre si; então sorriu e disse com tranqüilidade: — Mas por outro lado, por que não? — Ele mancou na minha direção.

Posicionei a máquina, inseri uma folha de papel, levantei e lhe ofereci minha cadeira. Ele balançou a cabeça e eu me afastei; ele encostou a bengala na mesa e sentou-se, ajeitando a perna ruim com as mãos. Todos permaneceram em silêncio. Ele olhou para Wolfe e disse: — Não sou muito rápido. Devo escrever em espaço duplo?

— Seria melhor espaço simples. Assim ficará mais parecido com o original. Está pronto? — Wolfe inesperada e repentinamente empostou a voz: — *Devias ter me matado...* vírgula... *observado o último e sórdido suspiro...*

O silêncio era absoluto. Durou dez segundos. Então os dedos de Chapin começaram a se mover, e a máquina de escrever começou a tiquetaquear, firme e rápida. Segui as palavras que eram escritas. Ele escreveu as três primeiras palavras mas hesitou na quarta. Parou no *t* de *matado*, parou completamente. Novo silêncio. Daria para ouvir uma pluma caindo. Os sons que o romperam vieram de Paul Chapin. Ele se moveu sem pressa mas com uma boa dose de firmeza de propósito. Empurrou a cadeira para trás, levantou-se, pegou a bengala e saiu batendo forte com ela. Esbarrou em mim, e Arthur Kommers teve de sair de seu caminho. Antes de chegar à porta, parou e se virou. Não parecia especialmente perturbado e seus olhos claros não apresentavam nada de novo, pelo menos que eu pudesse ver da posição em que me encontrava.

Ele disse: — Eu teria ajudado com prazer em todo e qualquer teste verdadeiro, senhor Wolfe, mas não quero ser vítima de um truque. A propósito, referi-me à inteligência, e não a alguma esperteza vulgar e óbvia.

Ele se virou novamente. Wolfe murmurou "Archie" e eu fui ajudá-lo a vestir o casaco e abri a porta para que saísse.

7

Quando voltei ao escritório todos estavam conversando. Mike Ayers fora até a mesa para pegar uma bebida, e mais três ou quatro haviam se juntado a ele. O doutor Burton estava em pé com as mãos enfiadas nos bolsos, carrancudo, ouvindo o que Farrell e Pratt diziam. Wolfe havia descruzado os dedos e coçava o nariz com um deles, o que demonstrava seu tumulto interior. Quando me aproximei de sua mesa, Cabot, o advogado, estava lhe dizendo:

— Acho que vai fazer jus ao seu pagamento, senhor Wolfe. Agora eu começo a entender sua reputação.

— Não vou fazer desconto por lisonjas, senhor. — Wolfe suspirou. — De minha parte, acredito que, se eu receber meu pagamento, eu o terei merecido. Seu amigo, o senhor Chapin, é um homem especial.

Cabot concordou. — Paul Chapin é um gênio distorcido.

— Todo gênio é distorcido. Inclusive eu. Mas, nesse sentido, toda vida é assim. Um desvairado e fútil fermento de substâncias que originalmente deveriam ocupar o espaço sem perturbá-lo. Mas, ora, aqui estamos, no meio da perturbação, e a única forma que nos ocorreu de torná-la tolerável é nos juntarmos a ela e fazer o máximo de agitação que nosso engenho possa sugerir.

De que maneira Paul Chapin conseguiu sua distorção especial? Refiro-me ao famoso acidente. Conte-me a respeito. Entendo que ocorreu na faculdade, um caso um tanto nebuloso.

— Sim. Foi algo terrível. — Cabot sentou-se na beira da mesa. — Não há dúvida, mas, meu Deus, ocorreu com outros homens, na guerra, por exemplo... puxa vida. Suponho que Paul foi distorcido desde o início. Ele era calouro, e o resto de nós estava no segundo ano ou mais à frente. O senhor conhece o Pátio?

— O Pátio?

— Em Harvard.

— Nunca estive lá.

— Muito bem. Havia os dormitórios. Thayer Hall. Foi numa das entradas de Thayer Hall, chamada de "Curva do Inferno". Estávamos fazendo uma cervejada lá embaixo, e havia alguns de fora (era por isso que sujeitos como Gaines e Collard estavam presentes). Estávamos nos divertindo bastante por volta das dez horas quando um sujeito chegou e disse que não conseguia entrar em seu quarto. Ele havia deixado a chave dentro do quarto e a porta bateu. É claro que todos começamos a bater palmas.

— Essa foi uma verdadeira obra-prima, esquecer a própria chave?

— Ah, não. Estávamos aplaudindo a oportunidade. Se uma pessoa saísse por uma das janelas do corredor, ou dos quartos, poderia andar por uma saliência estreita até a janela de qualquer quarto trancado e entrar nele. Era uma proeza e tanto (eu não tentaria hoje nem se me dessem a Suprema Corte) mas eu fiz, no meu ano de calouro, e muitos outros fizeram também. Sempre que um veterano esquecia a chave, era costume designar um calouro para fazer o serviço. Bem, quando esse colega, era Andy Hibbard, quando ele anunciou que havia ficado trancado pelo lado de fora, é óbvio que acolhemos a oportunidade para um pequeno trote. Começamos a procurar uma vítima. Alguém ouviu um barulho no corredor, nós olhamos e descobrimos alguém que estava passando e chamamos até nós. Ele veio. Era Chapin.

— Ele era calouro.

Cabot balançou a cabeça afirmativamente. — Paul tinha personalidade, uma força interior, já naquela idade. Talvez já fosse distorcido. Não sou psiquiatra. Andy Hibbard contou-me... mas isso não ajudaria em nada. De toda forma, costumávamos deixá-lo em paz. Mas então lá estava ele, entregue a nós pelo acaso. Alguém contou-lhe o que esperavam que fizesse. A reação dele foi bastante tranqüila. Ele perguntou em que andar ficava o quarto de Andy, e nós respondemos que ficava no quarto andar, três andares acima de onde estávamos. Ele disse que sentia muito, que sendo assim ele não poderia fazer o que queríamos. Ferd Bowen disse-lhe: "Qual é o problema, você não é aleijado, é?". Nós nos lembramos desse detalhe por conta do que aconteceu aqui. Ele respondeu que era perfeitamente são. Bill Harrison, que sempre foi muito sério, perguntou se ele sofria de vertigens. Ele respondeu que não. Nós o fizemos subir as escadas. Geralmente não mais que uma dúzia de nós subia para ver a coisa, mas, tendo em vista a maneira como ele estava reagindo, trinta e cinco colegas subiram. Não encostamos a mão nele. Ele foi porque sabia o que aconteceria se não fosse.

— O que aconteceria?

— Ah, coisas. O que viesse às nossas cabeças. Sabe como são alunos de faculdade.

— Mais do que gostaria.

— É. Bem, ele foi. Nunca vou esquecer seu rosto quando ele estava saindo pela janela do corredor, de costas. Estava branco como um lençol, mas havia alguma outra coisa nele também, não sei o quê. Aquilo me incomodou. Incomodou Andy Hibbard também, porque ele pulou para a frente e chamou Chapin de volta, disse-lhe que ele mesmo iria. Os outros agarraram Andy e disseram-lhe para deixar de ser tonto. Todos que conseguiram se amontoaram para olhar pela janela. A noite era de luar. Outros correram para um dos quartos e olharam pelas janelas de lá. Chapin subiu bem na saliência, ergueu-se e moveu-se um pouco para o lado, a mão estendida o máximo que ele podia, tentando alcançar a janela seguinte. Não vi acontecer, não estava olhando, mas disseram que de repente ele começou a tremer e caiu.

Cabot parou de falar. Enfiou a mão no bolso atrás da cigarreira e acendeu um cigarro. Ele não segurou o fósforo da maneira firme como deveria ter feito. Deu algumas tragadas e disse: — Foi isso. Foi isso o que aconteceu.

Wolfe grunhiu. — O senhor disse que foram trinta e cinco?

— Sim. Foi o que aconteceu. — Cabot deu outra tragada. — Todos demos contribuições, é claro, e fizemos o que podíamos. Ele ficou no hospital durante dois meses e passou por três operações. Não sei onde ele conseguiu uma lista com nossos nomes, talvez tenha sido com Andy. Andy ficou muito abalado com tudo. De toda maneira, no dia em que saiu do hospital, ele mandou a todos nós cópias de um poema que havia escrito. Agradecendo-nos. Foi uma jogada inteligente. Apenas um de nós foi esperto o bastante para ver o tipo de agradecimento que aquilo representava. Pitney Scott.

— Pitney Scott é o motorista de táxi.

Cabot ergueu as sobrancelhas. — Deveria escrever a história de nossa turma, senhor Wolfe. Pit começou a beber em 1930, uma das baixas da Grande Depressão. E não era como Mike Ayers, para aborrecer as outras pessoas. Era para sua própria destruição. Percebi que a parcela dele na lista é cinco dólares. Eu pagarei.

— Não diga. Isso indicaria que o senhor está preparado para aceitar a minha proposta.

— Claro que estou. Todos nós estamos. Mas o senhor sabe disso. O que mais podemos fazer? Estamos ameaçados de morte, não há dúvidas. Eu não tenho a menor idéia sobre se Paul já pensava em fazer isso, por que esperou tanto tempo. Talvez seu recente sucesso tenha dado o toque de confiança do qual ele precisava, ou dinheiro para financiar seus planos. Não sei. É claro que aceitamos sua proposta. O senhor sabia que há um mês Adler, Pratt e Bowen discutiram seriamente a idéia de contratar um gângster para matá-lo? Eles me convidaram para entrar na coisa, mas eu não entrei (o escrúpulo de todo mundo começa em algum lugar e eu acho que o meu começava naquele ponto) e eles abandonaram a idéia. O que mais podemos fazer? A polícia está de mãos atadas, o que é compreensível, e não depõe contra eles, que estão preparados para frustrar as ações de muitos tipos de homens, mas não de Paul Chapin, essa capacidade eu reconheço que ele tem. Três de nós contrataram detetives um mês atrás, e daria na mesma se tivéssemos convocado uma tropa de escoteiros. Eles passaram dias procurando a máquina de escrever na qual os avisos foram escritos e nunca a encontraram. Mas, mesmo que a tivessem encontrado, eles nunca teriam sido capazes de usá-la contra Paul Chapin.

— Certo. — Wolfe estendeu a mão e apertou o botão que chamava Fritz. — Seus detetives vieram falar comigo e ofereceram-se para colocar o que descobriram à minha disposição, com o consentimento de vocês. — Fritz apareceu e Wolfe pediu cerveja. — Senhor Cabot, o que quer dizer o senhor Chapin ao afirmar que vocês mataram o homem dentro dele?

— Bom... era uma poesia, não era?

— Poderia ser chamada assim. É apenas poesia, ou é também uma informação técnica?

— Não sei. — Cabot abaixou os olhos. Eu o observava e pensei comigo que ele realmente estava encabulado. Então havia alguma esquisitice na vida amorosa do espertinho, hein? Ele continuou: — Eu não saberia dizer. Duvido que algum de nós saiba. O senhor teria que perguntar ao médico dele.

Uma nova voz interrompeu-os. Julius Adler e Alex Drummond haviam chegado perto alguns minutos antes e estavam ouvindo. Adler, suponho, porque era advogado e, portanto, não confiava em advogados, e Drummond porque era tenor e eu nunca vi um tenor que não fosse curioso. A interrupção veio de Drummond, com uma risadinha:

— Ou à mulher dele.

Wolfe perguntou rispidamente: — Mulher de quem?

— Ora, de Paul.

Se cheguei a ver Wolfe surpreso com alguma coisa umas três vezes em sete anos, aquela era a quarta vez. Ele até se mexeu na cadeira. Olhou para Cabot, e não para Drummond, e perguntou: — Que bobagem é essa?

Cabot confirmou. — Claro, Paul tem uma esposa.

Wolfe encheu um copo com cerveja, bebeu a metade de um só gole, deixou assentar um pouco e depois tomou o resto. Olhou à sua volta, à procura do lenço, mas ele havia caído no chão. Tirei um da gaveta onde eu os guardava, e ele enxugou os lábios. E disse: — Fale-me sobre ela.

— Bem... — Cabot procurava as palavras. — Paul Chapin é cheio de distorções, por assim dizer, e sua mulher é uma delas. Ela se chama Dora Ritter. Eles se casaram há três anos e moram num apartamento na rua Perry.

— Como ela é e quem era antes de se casar?

Cabot hesitou de novo, desta vez de maneira diferente. Ele não parecia estar procurando palavras, parecia estar querendo se safar da pergunta. Por fim, disse: — Eu não vejo como... eu realmente não vejo como isso pode ajudá-lo de alguma maneira, mas suponho que o senhor queira saber. Mas eu preferiria não... é melhor o senhor saber isso do próprio Burton. — Ele se virou e chamou: — Lorry! Venha até aqui um minuto.

O doutor Burton estava com um grupo numa das mesas, conversando e tomando uísque. Ele olhou para trás, fez alguma observação para Farrell, o arquiteto, e foi até a mesa de Wolfe. Cabot lhe disse:

— O senhor Wolfe acabou de me perguntar quem é a mulher de Paul. Talvez eu esteja sendo mais delicado do que as circunstâncias exigem, mas eu preferiria que você contasse.

Burton olhou para Wolfe e franziu a testa. Olhou para Cabot, e sua voz tinha um tom de irritação: — Por que não você ou qualquer um? Todo mundo sabe.

Cabot sorriu. — Eu disse que talvez eu tenha sido delicado demais.

— Acho que sim. — Burton virou-se para Wolfe. — Dora Ritter era uma criada minha. Ela tem uns cinqüenta anos, é extremamente feia, muitíssimo competente e teimosa como uma mula. Paul Chapin casou-se com ela em 1931.

— Por que ele se casou com ela?

— Não tenho a menor idéia. Chapin é um psicopata.

— Foi isso que o senhor Hibbard me disse. Que tipo de criada ela era?

— Como assim?

— Ela trabalhava em seu escritório, por exemplo?

Burton estava franzindo a testa. — Não. Ela trabalhava para a minha mulher.

— Há quanto tempo o senhor a conheceu e há quanto tempo Chapin a conheceu? Espere. — Wolfe balançou o dedo em riste. — Preciso pedir que tenha paciência comigo, doutor Burton. Acabei de receber um choque, estou imerso em confusão. Eu li todos os romances escritos por Paul Chapin e, portanto, naturalmente supus possuir um entendimento razoavelmente completo de seu caráter, temperamento, seu modo de raciocínio e de ação. Eu achava que ele seria incapaz de seguir quaisquer dos caminhos tradicionais que levam ao matrimônio, emocionais ou práticos. Ao descobrir que ele tem uma esposa, fiquei verdadeiramente chocado, desesperado, até. Preciso saber o máximo possível sobre ela.

— Ah, é? — Burton olhou para ele, avaliando-o, com irritação. — Então eu mesmo posso contar. Era uma fofoca comum. — Ele olhou para os outros. — Eu sabia de tudo, embora, naturalmente, não tenham precisado me dizer nada. Se reluto em prosseguir é apenas porque o assunto é... desagradável.

— É?

— Sim, é. Presumo que o senhor não saiba que, entre todos de nosso grupo, eu fui o único que conheceu Paul Chapin antes da faculdade. Nós somos da mesma cidade, crescemos mais ou menos juntos. Ele estava apaixonado por uma garota. Eu a conhecia, era apenas uma das garotas que eu conhecia. Ele estava apaixonado por ela e finalmente conseguiu, com muita persistência, se entender com ela antes de ir para a faculdade. Então aconteceu o acidente, e ele ficou aleijado, e tudo acabou. Na minha opinião teria acabado de toda maneira, mais cedo ou mais tarde, sem a intervenção de um acidente. Eu não ia para casa durante as férias, passava meus verões trabalhando. Só depois que eu havia terminado a faculdade de medicina é que voltei para fazer uma visita, e descobri que aquela garota havia se tornado... quer dizer... eu me casei com ela.

Ele olhou para a cigarreira de Cabot, que lhe estava sendo oferecida pelo advogado, balançou a cabeça negativamente, virou-se para Wolfe e continuou: — Nós viemos para Nova York. Tive sorte em minha profissão. Tenho jeito com os pacientes e muito tino para tratar o íntimo das pessoas, especialmente as mulheres. Ganhei muito dinheiro. Acho que foi em 1923 que minha esposa contratou Dora Ritter, é, ela ficou conosco durante oito anos. Sua competência era uma jóia na orelha de um preto...

— Etíope.

— Bem, é um preto do mesmo jeito. Certo dia Paul veio me ver e disse que ia se casar com a criada de minha mulher. Isso é o que foi desagradável. Ele tornou tudo muito desagradável.

Wolfe inclinou a cabeça. — Posso imaginá-lo explicando que a atitude em questão fosse como uma paráfrase da antiga instituição do garoto que era educado como príncipe mas castigado no lugar dele.

O doutor Burton balançou a cabeça para cima, assustado, e encarou Wolfe. — Como diabos o senhor sabia disso?

— Ele disse isso?

— Essas palavras. Era uma paráfrase.

— Suspeitei que ele a teria usado. — Wolfe coçou a orelha, e eu sabia que ele estava satisfeito. — Depois de ter lido todos os romances que Chapin escreveu, tornei-me familiarizado com seu estilo de pensamento e gosto por alusões. Então ele se casou com ela. E ela, como só tinha a pedra preciosa e o resto não valia nada, não podia se dar ao luxo de melindres. Eles formam um casal feliz? O senhor ainda a vê?

— Não muito. — Burton hesitou e então continuou: — Eu a vejo muito raramente. Ela aparece uma ou duas vezes por semana para arrumar o cabelo de minha mulher e de vez em quando para costurar. Eu geralmente não estou em casa nessas ocasiões.

Wolfe murmurou: — É sempre uma tentação nos apegarmos à competência quando a encontramos.

Burton concordou com um movimento de cabeça. — Acho que sim. Minha mulher acha impossível resistir a ela. Dora é uma bruxa especial.

— Ora. — Wolfe bebeu um pouco de cerveja. — Obrigado, doutor. É costume dizer que se pode encontrar romance nos lugares menos prováveis. O senhor Chapin já não me perturba mais, visto que se enquadra em minhas suposições. A propósito, isto provavelmente esclarecerá outro aspecto. Permita-me... Archie, você poderia pedir ao senhor Farrell que se juntasse a nós?

Fui buscar Farrell e o levei até a mesa. Ele foi brusco. O uísque estava lhe dando alguma confiança. Ele lançou um olhar cordial para Wolfe.

— Senhor Farrell. No começo da noite o senhor dirigiu uma observação ao senhor Burton, dizendo que era de admirar que ele não tivesse sido o primeiro. Suponho que o senhor quisesse dizer a primeira vítima da campanha do senhor Chapin. Essa observação significou algo em especial?

Farrell pareceu incomodado. — Eu disse isso?

— Disse.

— Não me lembro. Acho que pensei estar fazendo uma piada, não sei.

Wolfe disse, cheio de paciência: — O doutor Burton acabou de me contar sobre o casamento de Chapin e a antiga ocupação da mulher dele. Pensei que talvez...

— Ah, ele contou? — Os olhos de Farrell dardejaram sobre Burton. — Então por que o senhor está me perguntando?

— Não seja impaciente, senhor Farrell. Deixe-me salvar sua vida de maneira cordial. Sua observação se referia a isso?

— Claro. Mas que diabos os assuntos particulares de Lorrie Burton têm a ver com isso? Ou os meus ou os de qualquer outro? Pensei que iríamos pagar ao senhor para que impedisse...

Ele interrompeu a frase. Olhou para os outros ao redor e seu rosto ficou vermelho. Voltou-se para Wolfe novamente, usando um tom de voz completamente diferente: — Desculpe-me. Por um instante eu esqueci.

— Esqueceu o quê?

— Nada de muito importante. Apenas que estou fora. Em seu total de cinqüenta mil, a parcela que me coube é de dez dólares. Suas fontes de informação estão atualizadas. O senhor tem alguma idéia sobre o que os arquitetos têm enfrentado nos últimos quatro anos? Até mesmo aqueles que são realmente bons. Projetei a nova prefeitura de Baltimore em 1928. Agora não consigo nem sequer... não está pensando em fazer alguma construção, senhor Wolfe? Uma cabine telefônica, um canil ou qualquer outra coisa? Eu ficaria feliz em poder fazer os projetos... Ah, que diabos. De toda forma, esqueci que estou aqui por obrigação, e não vou pagar o que devo. Vamos, Lorrie, venha terminar seu drinque. Você deveria estar na cama, em casa, está pior do que eu. — Ele segurou o braço de Burton.

Eles começaram a se afastar, mas pararam ao som da voz de Wolfe: — Senhor Farrell, preciso tanto dos seus dez dólares quanto dos nove mil do senhor Collard. Se o senhor tem algo a dizer...

— Eu não. Não tenho nada a dizer. E também não vou contribuir com dez mangos para o pote da retribuição. Vou tirar dez em uísque.

George Pratt disse a Cabot: — Vamos, Nick, tome alguma coisa — e eles foram atrás dos outros dois. Alex Drummond ficou sozinho num dos cantos da mesa de Wolfe. Ele ameaçou entrar no cortejo, mas depois recuou. Virou-se para Wolfe com os olhinhos brilhantes, aproximou-se dele e abaixou a voz:

— É... senhor Wolfe. Imagino que suas fontes de informação sejam muito boas.

Wolfe respondeu, sem olhar para ele: — Elas são excelentes.

— Imagino que sim. A situação de Gus Farrell começou a ficar ruim de poucos meses para cá, mas reparei que o senhor já sabia disso. Bem... fiquei me perguntando se o senhor poderia me esclarecer a respeito de um outro item de sua lista. Apenas por curiosidade.

— Satisfazer a sua curiosidade não faz parte do meu contrato.

— Não, não faz. Mas estive me perguntando: por que o senhor pediu oito mil a Gaines, sete mil a Burton, e assim por diante, e a Ferd Bowen apenas mil e duzentos? Ele está muito bem em Wall Street... quero dizer, muito bem mesmo. Não está? A firma Galbraith e Bowen... — Drummond abaixou mais ainda a voz. — Francamente, é mais do que curiosidade... ele cuida de alguns pequenos investimentos para mim...

Wolfe olhou para ele e desviou o olhar novamente. Por um instante pensei que não fosse dar resposta alguma, mas deu, de olhos fechados. — Não precisa menosprezar seus investimentos. Eles não terão o menor efeito na parcela que o senhor deverá pagar, pois ela já foi calculada e firmada pelo contrato. Quanto à sua pergunta, minhas fontes de informação são excelentes, mas não infalíveis. Se o senhor Bowen se queixar de que foi vítima de depreciação, terei prazer em levar seu protesto em consideração.

— Claro — concordou Drummond. — Mas se o senhor pudesse me contar, confidencialmente...

— Agora, se me dá licença. — Wolfe abriu os olhos, ergueu o queixo e levantou um pouco o tom da voz: — Cavalheiros! Cavalheiros! Posso lhes dar uma palavra?

Eles se aproximaram da mesa, três ou quatro que estavam perto das estantes e o resto perto da mesa de bebidas. Dois ou três que estavam sentados não se levantaram. Drummond, que era cara-de-pau demais para demonstrar qualquer tipo de constrangimento com a esfrega que Wolfe havia lhe dado, afastou-se. Mike Ayers jogou-se numa cadeira novamente, esticando as pernas. A boca estava aberta num bocejo descomunal, mas de repente ele fechou os lábios com firmeza, com um olhar surpreso e indignado ao mesmo tempo. Pensei em ir até ele e fazê-lo deitar no tapete, mas achei que ele iria resistir. Wolfe estava se dirigindo a eles da maneira elegante de sempre:

— Já está ficando tarde, e não quero retê-los além do tempo necessário. Entendo que estejamos de acordo...

Arthur Kommers interrompeu: — Tenho que sair num minuto para tomar o trem da meia-noite para Filadélfia. O senhor precisa da minha rubrica?

— Obrigado, senhor. No momento não preciso dela. Há uma frase a ser eliminada. Peço ao senhor Cabot que prepare cópias em seu escritório amanhã de manhã e que as mande para mim para que eu as distribua. — Ele olhou para o advogado, e Cabot concordou com um movimento de cabeça. — Obrigado. — Nesse sentido, senhor Farrell, desejo lhe fazer uma proposta. O senhor está quebrado, mas me parece ser razoavelmente inteligente. Estar quebrado não é desonra, apenas uma catástrofe. O senhor pode me ajudar. Por exemplo, pode tirar, ou enviar, cópias do memorando para os membros da liga que não estão presentes esta noite e tentar obter a cooperação deles. Posso lhe pagar vinte dólares por dia. Haverá outros pequenos serviços para o senhor, caso aceite.

O arquiteto o encarava. — O senhor é mesmo uma figura, senhor Wolfe, ora se é. Mas eu não sou detetive.

— As tarefas que lhe confiarei serão modestas e não vou esperar intrepidez de sua parte.

— Está bem. — Farrell riu. — Os vinte dólares vêm a calhar.

— Ótimo. Apareça aqui amanhã às onze. Agora o senhor, doutor Burton. Sua antiga relação com Paul Chapin o deixa num lugar especial para os meus propósitos. O senhor poderia jantar comigo amanhã?

Sem hesitar, Burton balançou a cabeça. — Lamento, amanhã tenho um compromisso.

— O senhor poderia vir até aqui depois do jantar? Pedoe-me por não me oferecer para ir até o senhor.

Minha falta de inclinação para sair de casa tem um fundamento razoável.

Mas Burton balançou a cabeça novamente. — Lamento, senhor Wolfe, mas não posso vir. — Ele hesitou por um instante e continuou: — Para ser franco, não quero vir. É uma fraqueza de minha parte. Não sou tão fraco quanto Andy Hibbard e Leo Elkus. Respondi sim às suas perguntas esta noite, apesar da crueza com que as fez. O que, é claro, o senhor fez de propósito. Respondi sim e pagarei minha parte, mas não irei além disso. Não vou discutir as formas e os meios de expor a culpa de Paul Chapin, de condená-lo e levá-lo à cadeira elétrica. Ah, não me leve a mal. Não finjo estar me apoiando num princípio, tenho perfeita consciência de que é apenas um preconceito temperamental. Eu não moveria um único dedo para proteger Paul ou para salvá-lo das conseqüências de seus crimes. Na verdade, na medida em que isso tudo pode ser considerado uma questão pessoal entre mim e ele, estou pronto para derrotá-lo valendo-me de violência semelhante à dele.

— O senhor está pronto? — Wolfe havia aberto os olhos para olhá-lo. — O senhor quer dizer que está preparado?

— Não especialmente. — Burton pareceu estar irritado. — Isso não tem importância. Parece que eu sempre falo demais quando o assunto é Paul Chapin. Deus sabe como eu gostaria de nunca tê-lo conhecido. Acho que isso se aplica, é claro, a todos nós. Só quis dizer... bem, durante anos eu tenho mantido uma pistola automática na gaveta de minha escrivaninha. Uma noite na semana passada Paul Chapin foi me visitar. É claro que durante anos ele sempre foi bem-vindo à minha casa, embora raramente aparecesse. Nessa ocasião, por conta dos acontecimentos recentes, eu disse ao mordomo que o segurasse no salão de entrada. E antes de me dirigir para lá, tirei a arma da gaveta e a guardei no bolso. Foi só isso que eu quis dizer. Eu não me importaria nem um pouco de usar violência caso as circunstâncias assim o exigissem.

Wolfe suspirou. — Lamento por sua fraqueza, doutor Burton. Mas então o senhor poderia nos dizer em qual noite o senhor Chapin foi visitá-lo e o motivo dessa visita.

— Isso não ajudaria o senhor. — Burton disse abruptamente. — Era algo pessoal... isto é, apenas uma bobagem neurótica.

— É o que diziam a respeito das ambições imperiais de Napoleão. Muito bem, senhor. Peço-lhe que não abandone os retalhos de humanidade que lhe sobraram. Muitos de nós nem retalhos possuem. De alguma forma terei que realizar minha tarefa sem sua ajuda. Assim sendo, devo perguntar: cavalheiros, qual de vocês tinha mais intimidade com o senhor Hibbard?

Eles se entreolharam. George Pratt disse: — Todos nós víamos Andy de vez em quando. — Julius Adler acrescentou: — Eu diria que, entre nós, Roland Erskine era seu amigo mais íntimo. Eu me poria em segundo lugar.

— Erskine, o ator? — Wolfe olhou para o relógio. — Pensei que ele poderia se juntar a nós depois do teatro, mas a esta hora será difícil. Creio que ele deva estar trabalhando.

Drummond disse: — Ele faz o papel principal em *O calcanhar de ferro*.

— Então ele não poderia vir jantar. Pelo menos, não num horário civilizado. — Wolfe olhou para Julius Adler. — O senhor poderia trazer o senhor Erskine até aqui amanhã às duas da tarde?

— Talvez. — O advogado pareceu aborrecido. — Acho que consigo. O senhor não poderia ir até o meu escritório?

— Lamento, senhor. Creia-me, lamento mesmo. Mas, conhecendo meus hábitos como conheço, essa idéia parece extravagantemente improvável. Se o senhor puder trazer o senhor Erskine até aqui...

— Está certo. Verei o que posso fazer.

— Obrigado. É melhor se apressar, senhor Kommers, ou vai perder o trem. Outra razão, e uma das melhores, para ficar em casa. Cavalheiros, no que diz respeito aos nossos negócios, não tenho mais motivos para retê-los aqui. Mas em relação à observação que fiz ao senhor Kommers, penso que nenhuma publicação antes ou depois da invenção da imprensa, nenhum tratado teológico e nenhum credo político ou científico, nenhuma dessas coisas jamais foram tão rigidamente dogmáticas ou tão ofensivamente arbitrárias em seus preconceitos do que os horários dos trens. Se algum dos senhores puder ficar mais uma meia hora para me ajudar a elucidar algumas questões...

Byron, o editor de revista, que estivera enfiado em sua concha durante toda a noite, de repente despertou. Ele se levantou da cadeira e posicionou a cabeça entre alguns ombros para poder ver Wolfe. — Sabe, essa idéia poderia ser desenvolvida num pequeno artigo de primeira linha. Mais ou menos seiscentas a setecentas palavras. Poderia se chamar "A tirania da roda", com uma margem colorida composta de trens, aviões e navios de cruzeiro em velocidade máxima. É claro que os navios não têm rodas, mas o senhor poderia adaptar esse aspecto. Se eu pudesse convencê-lo, senhor Wolfe...

— Receio que o senhor tenha apenas me desconcertado, senhor Byron.

Cabot, o advogado, sorriu. — Nunca vi um homem que fosse mais difícil de desconcertar do que o senhor, nem mesmo por Eddie Byron. Boa noite, senhor Wolfe. — Ele pegou o memorando, dobrou-o e o guardou no bolso. — Eu lhe mando as cópias amanhã de manhã.

Eles começaram a se preparar para partir. Pratt e Farrell levantaram Mike Ayers e deram-lhe uns tapinhas no rosto. Byron começou a tentar convencer Wolfe novamente sobre o artigo, mas foi puxado por Adler. Kommers já havia ido embora. Os outros se dirigiram para o corredor, e eu os acompanhei enquanto pegavam casacos e chapéus. Bowen e Burton saíram juntos, da mesma forma que haviam chegado. Segurei a porta para que Pratt e Farrell conseguissem carregar Mike Ayers. Eles foram os últimos a sair.

Depois de fechar a porta e passar o trinco, fui até a cozinha em busca de uma garrafa de leite. Fritz estava sentado lá, lendo aquele jornal impresso em francês, ainda calçando seus sapatos de mordomo, apesar de adorar ficar de chinelos depois do jantar, por conta de algumas lembranças que a guerra deixara em seus pés e dedos. As palavras que trocamos foram as mesmas de sempre nessas circunstâncias. Ele disse "Eu poderia ter levado leite para você, Archie, se você tivesse me dito", e eu respondi: "Se eu consigo beber, posso muito bem pegar".

No escritório, Wolfe estava recostado com os olhos fechados. Levei o leite para minha mesa, enchi um copo, sentei e fiquei bebericando. O ambiente estava carregado com o cheiro de fumaça e de diferentes bebidas, as cadeiras estavam espalhadas e havia cinzas de charuto e de cigarro por todos os tapetes. Aquilo me aborreceu e eu levantei e abri uma janela. Wolfe disse: — Feche-a —, e eu me levantei novamente e a fechei. Enchi outro copo de leite.

Eu disse: — Esse Chapin é um lunático, e já passa muito da meia-noite. Estou morrendo de sono.

Wolfe continuou com os olhos fechados, além de me ignorar por completo. Eu disse: — Você percebe que poderíamos ganhar toda essa grana e nos poupar de um monte de aborrecimentos apenas fazendo um pequeno acidente acontecer a Paul Chapin? A depressão econômica fez com que acidentes assim tenham preços a partir de cinqüenta dólares. Economizar é uma atitude inteligente.

Wolfe murmurou: — Obrigado, Archie. Quando eu tiver esgotado todos os meus recursos, saberei a quem recorrer. Anote o que vou lhe dizer.

Abri a gaveta e tirei meu bloco e um lápis.

— Telefone para o escritório do senhor Cabot às nove horas e certifique-se de que os memorandos vão estar aqui lá pelas onze, prontos para o senhor Farrell. Descubra onde estão os relatórios da agência Bascom e mande buscá-los. Os homens vão estar aqui às oito?

— Sim, senhor.

— Mande um deles buscar esses relatórios. Antes disso, ponha três deles em cima de Paul Chapin. Queremos um relato completo dos movimentos dele, e que telefonem notificando tudo aquilo que julguem importante.

— Durkin, Keems e Gore?

— Você resolve. Mas Saul Panzer vai investigar os últimos passos de Andrew Hibbard. Diga-lhe para me telefonar às onze e meia.

— Sim, senhor.

— Ponha Cather para investigar o passado de Chapin fora do círculo de nossos clientes, especialmente nos dois últimos anos. Da maneira mais completa possível. Pode ser que ele dê sorte com Dora Chapin.

— Talvez eu possa fazer isso. Ela provavelmente é uma figura.

— Sua área de atuação será as mortes de Harrison e Dreyer. Primeiro leia os relatórios de Bascom e continue daí. Sempre que houver indicação de investigação que ainda pareça viável após tanto tempo, faça-a. Use os homens que for necessário, mas evite extravagâncias. Não visite nenhum de nossos clientes até que o senhor Farrell tenha falado com eles. Isso é tudo. Já é tarde.

Wolfe abriu os olhos, piscou e os fechou novamente. Mas reparei que a ponta de seu dedo estava desenhando um pequeno círculo no braço da cadeira. Sorri e disse:

— Podemos nos ocupar de todas essas coisas amanhã e no dia seguinte também, mas neste exato momento você tem uma preocupação que é a mesma que a minha. Por que esse senhor Chapin está usando um revólver do tempo da Guerra Civil com o cão serrado, de forma a ser tão perigoso quanto um canudinho de atirar feijões?

— Não tenho nenhuma preocupação, Archie. — Mas não parou de mexer o dedo. — Estou me perguntando se seria sensato tomar outra garrafa de cerveja antes de dormir.

— Tomou seis depois do jantar.

— Sete. Uma lá em cima.

— Então acho que é melhor encerrar o expediente. Falando sobre o canhão de Chapin, você se lembra daquela viciada que carregava uma caixa de pelotas de farinha na meia, o lugar de costume, e, quando descobriram isso e pensaram que ela estivesse limpa, ela ainda tinha o troço verdadeiro na bainha da saia? Claro que não estou querendo dizer que Chapin necessariamente tivesse outra arma, apenas quero dizer que, psicologicamente...

— Meu Deus! — Wolfe empurrou a cadeira para trás, não com violência, mas com determinação. — Archie, entenda o seguinte: como homem de ação você é tolerável, você é até mesmo competente. Mas nem por um momento vou aturá-lo como psicólogo. Vou dormir.

8

Em diversas ocasiões ouvi Wolfe fazer comentários sobre assassinatos. Certa vez ele disse que nenhum homem poderia realizar um feito tão complicado quanto um assassinato premeditado sem deixar ao menos uma pista. Ele também disse que a única maneira de cometer um assassinato e não ser descoberto, mesmo com investigações de excelente nível e sem confiar na sorte, era fazê-lo de improviso. Aguardar a oportunidade, manter a calma e atacar quando surgir a oportunidade. Ele acrescentou que só poderiam se dar ao luxo do assassinato de improviso aquelas pessoas que não tivessem pressa em realizá-lo.

Lá pela terça-feira à noite eu estava convencido de uma coisa a respeito da morte de William R. Harrison, juiz federal de Indianápolis: se ela tivesse sido realmente conseqüência de assassinato, ele fora feito de improviso. Gostaria também de dizer outra coisa neste momento: eu sei quando algo está fora de meu alcance. Tenho minhas limitações e nunca tentei disfarçá-las. Paul Chapin não havia ficado mais do que três minutos no escritório de Wolfe na noite de segunda-feira quando percebi que ele era um completo mistério para mim. Se eu fosse a única pessoa que pudesse desmascará-lo, ele poderia ficar sossegado. Quando as pessoas começam a ficar muito profundas e complicadas, elas me confundem. Mas quando se olha para o quadro geral isso não acontece. No quadro geral, não importa quantas peças pareçam estar fora do lugar e não se encaixar, isso nunca me atrapalha. Na terça-feira eu passei seis horas analisando o quadro geral da morte do juiz Harrison — lendo os relatórios de Bascom, conversando com seis pessoas, incluindo trinta minutos num interurbano com Fillmore Collard, tudo isso entremeado por duas refeições — e acabei concluindo três coisas a esse respeito: primeiro, se foi assassinato, ocorreu de improviso; segundo, se alguém o matou, esse alguém foi Paul Chapin; e, terceiro, havia tanta possibilidade de provar isso quanto havia de provar que a honestidade é a melhor atitude.

Havia ocorrido quase cinco meses atrás, mas as coisas que haviam acontecido depois, a começar pelos poemas datilografados que eles receberam pelo correio, haviam mantido vivas as lembranças deles. Paul Chapin dirigira até Harvard com Leopold Elkus, o cirurgião, que havia ido porque tinha um filho que estava se formando. O juiz Harrison tinha vindo de Indianápolis pelo mesmo motivo. Drummond fora para lá, segundo Elkus me contou, porque todo ano a dúvida sobre se ele teria realmente se formado numa grande universidade tornava-se avassaladora, e todo mês de junho ele voltava para se certificar. Elkus gostava muito de Drummond, do jeito que um motorista de táxi gostava de um tira. Cabot e Sidney Lang haviam ido a Boston a negócios, e Bowen era convidado de Theodore Gaines; é de presumir que estivessem arquitetando algum tipo de transação financeira. De toda forma, Fillmore Collard entrara em contato com os antigos colegas de turma e os convidara para passarem o fim de semana em sua propriedade perto de Marblehead. Eles formavam um grupo grande, mais de uma dúzia no total.

Na noite de sábado, depois do jantar, eles haviam passeado pela propriedade, enquanto escurecia, até a beira de um penhasco de trinta metros de altura, em cuja base as ondas rebentavam sobre a irregularidade das pedras. Quatro deles, incluindo Cabot e Elkus, haviam ficado na casa jogando bridge. Paul Chapin saíra mancando junto com o grupo que foi passear. Eles se separaram, alguns foram para os estábulos com Collard para ver um cavalo doente, outros voltaram para a casa, e um ou dois ficaram para trás. Foi mais ou menos uma hora depois que eles deram pela falta de Harrison, e só lá pela meia-noite é que começaram a ficar preocupados. O dia raiou antes que a maré estivesse baixa o suficiente para que encontrassem o corpo cortado e ferido na base do penhasco, preso entre as rochas.

Um acidente trágico e uma festa arruinada. Não fora outro o significado do que havia acontecido, até a quarta-feira seguinte, quando cada um deles recebeu o poema datilografado. O fato de nenhum deles, por um só momento, ter duvidado das implicações do poema, dizia muito sobre o caráter e o engenho de Paul Chapin. Cabot disse que ninguém desconfiou de nada tendo em vista a semelhança entre a forma pela qual Harrison havia morrido e o acidente que Chapin sofrera muitos anos antes. Ele caíra de determinada altura. Eles se juntaram, pensaram e tentaram se lembrar. Após um intervalo de quatro dias havia uma boa dose de discórdia.

Um homem chamado Meyer, que morava em Boston, afirmara na noite de sábado que havia ido embora deixando Harrison sentado à beira do penhasco, dizendo, de gozação, que Harrison devia ficar preparado para puxar a cordinha do pára-quedas, e que não havia mais ninguém por perto. Em seguida tentaram se lembrar de Chapin. Dois deles tinham certeza de que ele viera mancando atrás do grupo que havia voltado para a casa, que os havia alcançado na varanda e que havia entrado com eles. Bowen achava que se lembrava de vê-lo nos estábulos. Sidney Lang o vira lendo um livro logo depois que o grupo retornou, e era de opinião que ele não havia arredado o pé de sua poltrona durante uma hora ou mais.

Toda a liga estava envolvida agora, pois todos eles haviam recebido avisos. Não concluíram nada. Dois ou três deles estavam dispostos a rir de toda a situação. Leopold Elkus achava que Chapin era inocente, até mesmo dos avisos, e aconselhou que fossem procurar o culpado em outro lugar. Alguns, bem poucos no começo, eram a favor de entregar o caso para a polícia, mas foram dissuadidos, principalmente por Hibbard, Burton e Elkus. Collard e Gaines vieram de Boston e tentaram reconstituir os eventos daquela noite, traçando um quadro definitivo dos movimentos de Chapin, mas não conseguiram entrar em acordo. No fim, delegaram a Burton, Cabot e Lang a missão de ir falar com Chapin.

Chapin riu deles. Diante da insistência dos ex-colegas, ele descreveu tudo o que havia feito na noite de sábado, recordando todos os seus movimentos com clareza e detalhes. Ele os havia alcançado no penhasco, sentado num banco que havia por lá e se juntado ao grupo que voltara para a casa. Ele reparara que Harrison estava sentado na beira do penhasco. Na casa, visto que não jogava cartas, ele havia encontrado uma poltrona e ficou ali com um livro até que ouviu a agitação em torno do desaparecimento de Harrison — por volta de meia-noite. Essa foi a história que ele contou sorridente. Ele não ficara zangado, apenas levemente magoado, com o fato de que seus melhores amigos pudessem achar que ele seria capaz de desejar mal a qualquer um deles, ainda mais que sabiam que o único conflito mal resolvido em seu íntimo era entre a afeição e a gratidão em relação a eles. Ele sorria, mas estava magoado. Quanto aos avisos que haviam recebido, isso era outro assunto. A esse respeito, disse ele, era lamentável que o imaginassem capaz não apenas de violência, mas de requintes de violência, embora tudo isso se perdesse na indignação que sentia diante da acusação de ter sido o autor de versos tão ruins. Ele os criticou em detalhes e com veemência. Como ameaça, aquilo poderia ser considerado eficiente, embora disso ele não tivesse certeza, mas, como poesia, o texto era péssimo, e ele certamente nunca pensou que seus melhores amigos poderiam ofendê-lo com uma acusação daquele tipo. Mas em seguida, ele concluiu, havia percebido que teria de perdoá-los, e assim o fez, de maneira integral e sem reservas, uma vez que era óbvio que eles estavam bastante assustados, o que lhes explicava a atitude.

Se não ele, quem mandara os avisos? Ele não fazia a menor idéia. Claro que poderia ter sido qualquer um que soubesse sobre o acidente antigo e que também soubesse do mais recente. Nenhuma explicação se impunha, a menos que conseguissem descobrir alguma coisa em que focalizar as suspeitas. O carimbo do correio poderia fornecer uma pista, ou os envelopes e o papel, até mesmo a maneira como foi datilografado. Talvez pudessem tentar encontrar a máquina de escrever.

Os três haviam visitado Chapin em seu apartamento na rua Perry, e estavam sentados com ele numa pequena sala que servia de estúdio. Ao apresentar aquela útil sugestão, ele se levantou e, mancando, foi até sua máquina de escrever, deu um tapinha nela e disse-lhes, sorrindo:

— Tenho certeza de que aquela porcaria não foi escrita nesta aqui, a menos que algum de vocês tenha entrado escondido e a tenha usado sem eu saber.

Nicholas Cabot foi insistente o bastante a ponto de enfiar uma folha de papel na máquina e datilografar algumas linhas, guardando a folha no bolso e levando-a embora depois, mas um exame posterior demonstrou que Chapin estava certo. Os três haviam trazido um relatório para os outros e mais discussões ocorreram, mas passaram-se muitas semanas e o assunto havia se esgotado. Muitos deles, um pouco envergonhados de si mesmos e convencidos de que alguém tentara lhes pregar uma peça, insistiram em continuar sua amizade com Chapin. Pelo que os seis homens com que falei sabiam, o assunto nunca mais fora apresentado a Chapin.

Relatei tudo isso a Wolfe, de maneira um pouco resumida, na noite de terça-feira. O comentário dele foi:

— Então a morte desse juiz Harrison, esse homem que, em sua presunção, se permitiu ter a terrível pretensão de ser um leitor do caos, fosse ela tramada pela Providência ou por Paul Chapin, sua morte era extemporânea. Vamos esquecer isso, pode atrapalhar nosso pensamento, ainda que não saia de nossa lembrança. Se o senhor Chapin tivesse se contentado com a morte daquele homem e tivesse contido sua tendência à bazófia, ele poderia se considerar seguramente vingado, naquele caso. Mas a vaidade o atrapalhou: ele escreveu e distribuiu aquela ameaça. Isso foi perigoso.

— Como pode ter certeza?

— Certeza...?

— De que ele enviou a ameaça.

— Eu não disse que foi ele.

— Disse. Desculpe por estar vivo.

— Não quero essa responsabilidade, a mim me basta a que já tenho. Mas chega de falarmos no juiz Harrison. Seja lá qual for o caos onde ele habita agora, esperemos que ele o contemple com maior modéstia. Vou lhe contar sobre o senhor Hibbard. Quero dizer, não vou contar nada, porque não há nada a contar. A sobrinha dele, a senhorita Evelyn Hibbard, veio me ver esta manhã.

— Ah, é? Pensei que ela viria na quarta.

— Ela antecipou a visita, depois de receber informações sobre a reunião da noite passada.

— Ela disse algo de novo?

— Não acrescentou nada àquilo que lhe contou na noite de sábado. Ela havia feito outra busca minuciosa pelo apartamento, ajudada pela irmã, e não deu pela falta de absolutamente nada. Ou o senhor Hibbard não previa sua ausência, ou era um homem de inteligência e força de vontade excepcionais. Ele possuía dois cachimbos, que fumava alternadamente. Um deles está lá, no lugar de costume. Ele não fez nenhum saque no banco que pudesse ser considerado incomum, mas sempre andava com uma boa quantia em dinheiro.

— Eu já não havia falado sobre o cachimbo?

— Pode ser. Saul Panzer, depois de um dia cheio, apresentou apenas uma coisinha. Um jornaleiro que fica na rua 116 com a Broadway, que conhecia o senhor Hibbard de vista havia muitos anos, viu quando ele entrou no metrô entre nove e dez da noite na terça-feira passada.

— Isso foi a única coisa que Saul conseguiu?

Wolfe confirmou balançando a cabeça e inclinando-se para a frente para apertar o botão na mesa. — A polícia tinha conseguido essa informação também, e mais nada, apesar de já fazer uma semana do desaparecimento do senhor Hibbard. Telefonei para o inspetor Cramer hoje de manhã, e para o senhor Morley, no escritório do promotor público. Como você bem sabe, o preço que pedem por informações beira a usura, mas consegui descobrir que eles esgotaram todos os meios de que dispõem, inclusive as conjeturas.

— O Morley sempre está disposto a lhe dar uma carta a mais.

— Talvez, mas só quando tem as cartas na mão. Saul Panzer está atrás de algo que lhe sugeri, mas sem grandes perspectivas. Não há sentido em ele tentar fazer uma pescaria sozinho. Se o senhor Chapin foi dar um passeio com o senhor Hibbard e o empurrou da ponte no rio Leste, não podemos esperar que Saul mergulhe para procurar o corpo. A polícia e os homens de Bascom já investigaram e continuam a investigar as possibilidades desse tipo. Quanto ao senhor Chapin, seria inútil interrogá-lo. Ele contou, tanto a Bascom quanto à polícia, que passou a noite da última terça-feira em seu apartamento, e a mulher dele confirma isso. Ninguém na vizinhança se lembra de tê-lo visto sair.

— O que você sugeriu a Saul?

— Apenas algo para mantê-lo ocupado. — Wolfe encheu um copo com cerveja. — Mas no fronte mais crítico, no momento, nós tivemos sucesso. O senhor Farrell conseguiu a adesão de vinte indivíduos ao memorando, todos, com exceção do doutor Elkus, na cidade, e todos menos um, por telefone. O senhor Pitney Scott, o motorista de táxi, está excluído dessas estatísticas. Não há vantagem em investigá-lo, mas talvez você possa dar uma olhada nele. Ele incita um pouco a minha curiosidade, numa outra direção. As cópias do memorando foram distribuídas, esperando-se que sejam devolvidas. O senhor Farrell também está reunindo todos os avisos, todas as cópias a não ser aquelas que estão de posse da polícia. Seria bom se...

O telefone tocou. Eu quase derrubei meu copo de leite para atender. Sou sempre assim quando estamos trabalhando num caso, e acho que nunca vou mudar. Se eu tivesse prendido e condenado dez assassinos famosos e estivesse no momento empenhado em pegar um sujeito que tivesse posto uma ficha falsa numa roleta do metrô, o simples fato de Fritz ir atender à porta me daria um sobressalto.

Ouvi algumas palavras pelo telefone e disse a Wolfe: — É o Farrell. — Wolfe atendeu, e eu mantive o fone no ouvido. Eles conversaram apenas por um ou dois minutos.

Depois que desligamos eu disse: — O quê? Farrell vai levar algum Fulano para almoçar no Harvard Club? Você deve estar gastando dinheiro como um marinheiro bêbado.

Wolfe coçou o nariz. — Não estou gastando. O senhor Farrell é quem está. É claro que a decência fará com que eu o reembolse. Pedi ao senhor Farrell que conseguisse uma entrevista com o senhor Oglethorpe, e não estava em meus planos alimentá-lo. Agora não há nada a fazer a respeito. O senhor Oglethorpe é membro da empresa que publica os livros do senhor Chapin, e o senhor Farrell o conhece de passagem.

Eu sorri. — Bem, você está feito. Suponho que queira que ele publique seu ensaio sobre "A tirania da roda". A propósito, como vai indo?

Wolfe ignorou minha provocação. Ele disse: — Esta manhã lá em cima eu passei vinte minutos refletindo sobre que lugar Paul Chapin poderia escolher para datilografar algo que não quisesse que fosse relacionado a ele. Considero infantil a sugestão num dos relatórios de Bascom de que Chapin possui dois jogos de tipos para sua máquina, os quais ele substitui quando quer. Não só porque a substituição dos jogos seria um procedimento difícil, trabalhoso e desanimador, mas também pelo fato de que os jogos teriam que ser escondidos em algum lugar à mão, o que seria um grande risco. Não. Isso não. Então existe o velho truque de ir a uma loja de máquinas de escrever e usar uma das máquinas exposta para venda. Mas uma visita de Paul Chapin, com seu problema na perna, seria facilmente lembrada; além disso, essa hipótese também está excluída pelo fato de os três avisos terem sido datilografados na mesma máquina. Considerei outras possibilidades, inclusive algumas que foram exploradas por Bascom, e uma delas pareceu ser levemente promissora. O senhor Chapin poderia fazer uma visita ao escritório de seu editor e, com o pretexto de querer alterar um manuscrito ou até mesmo de escrever uma carta, poderia ter pedido para usar uma máquina de escrever. Estou contando com o senhor Farrell para descobrir isso. Caso descubra, ele poderá pedir permissão ao senhor Oglethorpe para tirar uma amostra da impressão na máquina que Chapin usou, ou, se isso não for sabido, de todas as máquinas do escritório.

— Isso faz sentido — concordei. — Estou surpreso de saber que Farrell ainda consegue pagar as mensalidades no Harvard Club.

— Quando certo tipo de homem é forçado a drásticos cortes financeiros, ele primeiro abandona sua família, depois as roupas e por último desiste de seu clube. O que me faz lembrar que dei vinte dólares ao senhor Farrell esta manhã. Por favor, faça o devido lançamento. Você também pode tomar nota em sua lista daqueles que rubricaram o memorando e arquivar as várias cópias. Anote também que temos um novo colaborador, a senhorita Evelyn Hibbard. Fiz o acerto com ela esta manhã. A quantia é três mil dólares. — Ele suspirou. — Fiz um grande desconto dos dez mil que ela ofereceu no sábado tendo em vista as novas circunstâncias.

Eu já esperava que isso ou algo parecido fosse acontecer. Fiz o registro da quantia de Farrell no livro, mas não peguei a lista. Senti vontade de pigarrear, mas sabia que não ia adiantar, então engoli em seco. Guardei o livro e me virei para Wolfe.

— Veja, senhor, não estou querendo acusá-lo de abuso. Sei que o senhor simplesmente deve ter se esquecido.

Os olhos dele se abriram em minha direção. — Archie, você está usando a abordagem críptica novamente. O que quer desta vez?

— Não, senhor, é sério. O senhor se esqueceu de que a senhorita Hibbard é *minha* cliente. Fui vê-la no sábado por sua sugestão. O senhor não podia ficar com ela porque tinha outros planos em mente. Está lembrado? É claro que, sendo assim, quaisquer arranjos que ela pudesse fazer a esse respeito deveriam ser feitos com meu aconselhamento e minha concordância.

Wolfe continuava com os olhos abertos. Ele murmurou: — Que absurdo. Brincadeira infantil. Você não seria capaz de insistir nisso.

Dei um suspiro, tentando imitar os suspiros dele da melhor maneira possível. — Odeio ter que fazer isso, senhor, odeio mesmo. Mas é a única coisa honesta que posso fazer, proteger meu cliente. É claro que o senhor entende a ética envolvida, não é preciso que eu explique...

Ele me interrompeu. — Não. Sugiro que você evite me explicar. Qual é a quantia que você aconselharia sua cliente a pagar?

— Mil dólares.

— Absurdo. Em vista da oferta original dela...

— Está bem. Não vou regatear. Divido a diferença com você. Dois mil. Paro por aqui. Não se fala mais nisso.

Wolfe fechou os olhos. — Feito, que droga! Faça o lançamento. Agora pegue seu bloco de anotações. Amanhã pela manhã...

9

Bem cedo na manhã de quarta-feira eu estava sentado na cozinha, com o *Times* à minha frente, mas não estava lendo realmente, porque estava com a mente ocupada em traçar os planos para aquele dia. Estava chegando ao fim de minha segunda xícara de café, quando Fritz surgiu vindo da porta da frente e dizendo que Fred Durkin queria falar comigo. Uma das coisas que odeio na vida é que me perturbem em meus últimos bocados do café da manhã, por isso acenei com a cabeça e não me apressei. Quando cheguei ao escritório Fred estava sentado lá, olhando carrancudo para seu chapéu no chão, onde havia caído quando ele o atirou na tentativa de acertar o mancebo que havia atrás de minha cadeira. Ele sempre errava. Levantei o chapéu do chão, entreguei-o de volta e disse:

— Aposto um dólar como você não consegue acertar uma em dez tentativas.

Ele balançou a cabeçorra irlandesa e disse: — Não tenho tempo para isso. Sou um trabalhador. Só estava esperando você terminar de palitar os dentes. Posso falar com Wolfe?

— Você está cansado de saber que não pode. Até as onze da manhã o senhor Nero Wolfe é um horticultor.

— Certo. Mas o que tenho a dizer é importante.

— Nada é tão importante assim neste horário. Pode passar para o chefe de pessoal. O manquitola jogou areia no seu olho? Por que não está atrás dele?

— Meu turno começa às nove. Não vou faltar. — Durkin agarrou o chapéu pela aba, apertou os olhos em busca de um alvo e atirou-o atrás de minha cadeira novamente, errando por uns vinte metros. Resmungou contrariado. — Escute aqui, Archie, isso tudo é um grande desperdício.

— Qual é o problema?

— Bem, vocês designaram três de nós para segui-lo vinte e quatro horas por dia. Quando Wolfe gasta dinheiro desse jeito, a coisa deve ser importante. Significa que ele realmente quer a ficha desse sujeito. Além disso, você nos disse para usar táxi sempre que precisássemos, e assim por diante. Bom, é um desperdício. Chapin mora num prédio de apartamentos na rua Perry, 203, com seis andares e um elevador. Ele mora no quinto andar. O prédio tem uma área grande na parte de trás, com algumas árvores e alguns arbustos, e na primavera fica cheio de tulipas. O ascensorista me contou que são três mil tulipas. Mas a questão é que existe uma outra casa nessa área, que tem a frente para a rua 11, construída pelo mesmo senhorio, mas e daí? Quem quiser pode sair do prédio da rua Perry pelos fundos e ir para a rua 11. E é claro que poderiam voltar pelo mesmo caminho se quisessem. É por isso que, ficando parado em frente a uma charutaria na rua Perry, com os olhos presos no número 203, eu me sinto tão útil quanto se estivesse vigiando uma das saídas do Yankee Stadium à procura de uma mulher de chapéu preto. Não que eu tenha algo para fazer, minha única preocupação é minha honestidade. Eu só queria ver o Wolfe e contar para que ele está me pagando.

— Você poderia ter telefonado para ele ontem à noite.

— Não. Ontem à noite tomei um pileque. Este é o primeiro trabalho que tenho em um mês.

— Você ainda tem dinheiro para as despesas?

— O suficiente para alguns dias. Aprendi a me controlar.

— Ok. — Peguei o chapéu dele do chão e o larguei sobre minha mesa. — Que lindo quadro você me trouxe. Isso não é bom. Acho que não há outra alternativa a não ser escalar mais três homens para a rua 11. Isso deve adiantar, seis homens para vigiar um aleijado e...

— Espere um pouco. — Fred acenou para mim. — Isso não é tudo. O outro problema é que o guarda de trânsito que fica na esquina está ameaçando nos prender. Por bloquear a rua. Existem muitos caras lá, todos atrás daquele aleijado. Tem um investigador municipal lá, acho que é da Homicídios, mas não o conheço, e um sujeitinho com um boné marrom e gravata cor-de-rosa que deve ser um dos homens de Bascom, mas também não o conheço. Mas escute isto, só como exemplo do que estou falando. Ontem à tarde um táxi apareceu e parou na frente do 203, e num minuto Chapin saiu mancando do prédio e entrou no táxi. Você precisava ver o alvoroço que foi. Parecia a Quinta Avenida na frente da catedral de St. Patrick à uma hora do domingo, a diferença é que a rua Perry é estreita. Vinha passando um outro táxi e eu pulei na frente do cara da

Homicídios e ele teve que correr meio quarteirão para pegar outro. O empregado de Bascom entrou num que aparentemente estava esperando por ele. Pensei em gritar para Chapin para que ele esperasse um minuto a fim de que pudéssemos formar uma fila, mas não foi necessário. Deu tudo certo, o motorista dele andou devagar e nenhum de nós o perdeu. Ele foi até o Harvard Club e ficou lá algumas horas, depois fez uma parada no número 248 da avenida Madison e em seguida voltou para casa, e todos nós o seguimos. Juro por Deus, Archie, nós estávamos em três, mas eu estava na frente.

— É, deve ter sido ótimo.

— E foi mesmo. Fiquei olhando para ver se os outros estavam vindo. Tive uma idéia enquanto andava atrás dele. Por que a gente não se juntava? Você arrumava mais um homem e ele, junto com Bascom e o cara da Homicídios, poderiam cobrir a rua 11 e nos deixar em paz na rua Perry. Acho que já estão completando doze horas agora, talvez estejam esperando alguém que venha trocar com eles, não sei. Que tal a minha idéia?

— Péssima. — Levantei-me e devolvi-lhe o chapéu. — Não é nada boa, Fred. Pode ir. Wolfe não vai usar investigação de segunda mão. Vou chamar três homens da Metropolitan e nós vamos cobrir a rua 11. É uma pena porque, como eu já disse a você, Wolfe quer Chapin vigiado de perto, marcação homem a homem. Volte para o trabalho e não o perca. Pelo que você descreveu, o congestionamento parece bem ruim, mas faça o melhor que puder. Vou entrar em contato com Bascom e talvez ele tire seu cachorrinho de lá, eu não sabia que ele ainda tinha dinheiro para gastar. Vá andando agora, tenho que me dedicar a algumas coisas que você não entenderia.

— Mas o meu turno só começa às nove.

— Pode ir mesmo assim. Ah, está bem. Um arremesso, só mais um. Vinte e cinco centavos contra dez.

Ele concordou, ajeitou-se na cadeira para conseguir uma boa posição e arremessou o chapéu. Foi perto. O chapéu ficou pendurado durante um décimo de segundo e depois caiu. Durkin fisgou uma moeda de dez centavos do bolso, jogou-a para mim e saiu.

Pensei em ir até o quarto de Wolfe e pedir sua permissão para a operação da rua 11, mas eram apenas oito e vinte e sempre me enjoava um pouco vê-lo na cama com a colcha de seda preta e bebendo chocolate, sem falar que ele certamente iria ficar fulo da vida, então telefonei para a agência Metropolitan e lhes dei o serviço. Pedi apenas homens de seis dólares porque era só uma precaução. Eu não conseguia imaginar por que Chapin tentaria recorrer a atitudes como sair pelos fundos. Então sentei por um minuto e fiquei pensando em quem poderia estar mantendo Bascom na jogada, e telefonei para ele na esperança de que me desse o serviço, mas ninguém atendeu. Tudo isso fez com que a minha própria programação atrasasse um pouco, então peguei o chapéu e o casaco e fui para a garagem buscar o conversível.

Eu havia reunido algumas informações sobre os negócios de Dreyer no dia anterior. Eugene Dreyer, negociante de arte, fora encontrado morto na manhã do dia 20 de setembro, quinta-feira, no escritório de sua galeria, na avenida Madison, perto da rua 56. Seu corpo foi encontrado por três tiras, um deles um tenente, que haviam arrombado a porta, seguindo ordens. Ele estava morto havia quase doze horas, e a causa foi envenenamento por nitroglicerina. Após as investigações, a polícia declarou que se tratara de suicídio, e o inquérito confirmou essa versão. Mas, na segunda-feira seguinte, todos receberam o segundo aviso. Tínhamos diversas cópias no escritório de Wolfe e o texto era o seguinte:

Dois.
Devias ter me matado.
Dois;
E sem um penhasco por perto, com as rochas esperando
[*abaixo*
Para eliminar a alma; sem as ondas prontas
Para lavá-lo de velhos crimes,
Deixei que a cobra e a raposa colaborassem entre si.
Elas encontraram o óleo mortal, de doce chama, esperta-
[*mente*
Disfarçaram-no em tabletes, facilmente dissolvíveis.
E eu, seu Mestre, eu
Encontrei o tempo, a forma segura de atingir-lhe a gar-
[*ganta,*
E contei: dois.
Um, e dois, e oitenta longos dias entre eles.
Mas esperem com paciência; não tenho pressa mas tenho
[*certeza.*
Três e quatro e cinco e seis e sete...
Devias ter me matado.

Wolfe disse que era melhor que o anterior porque era mais curto e tinha dois bons versos. Acreditei no que ele disse.

Aquilo deu início a um verdadeiro inferno. Eles esqueceram tudo sobre brincadeiras de mau gosto e gritaram para os tiras e para o escritório do promotor público que fossem prendê-lo: suicídio estava descartado. Quando fiquei sabendo sobre o rebuliço que aquele poeminha havia causado, minha tendência foi concordar com Mike Ayers e mudar o nome da Liga da Expiação para Liga da Pena Branca. Os únicos que aparentemente não tiveram ataques de tremor nos joelhos foram o doutor Burton e Leopold Elkus, o cirurgião. Hibbard ficou tão assustado quanto qualquer dos outros, até mais, mas ainda assim fora contra chamar a polícia. Ao que parece ele estava disposto a ir para a cama morrendo de medo, mas também estava pronto para o sacrifício. Elkus, é claro, também estava nessa, mas falo sobre isso logo mais.

Meu encontro com Elkus naquela manhã de quarta-feira estava marcado para as nove e meia, mas saí mais cedo porque quis passar na rua 56 para dar uma olhada na galeria onde Dreyer havia morrido. Cheguei lá antes das nove. Não era mais uma galeria, e sim uma livraria. Uma mulher de meia-idade com uma verruga na frente de uma das orelhas mostrou-se simpática comigo e disse que eu poderia olhar à vontade, sem problemas, mas não havia muito a deduzir porque tudo havia sido mudado. A pequena sala à direita, na qual a reunião havia acontecido na noite de quarta-feira e onde o corpo havia sido encontrado na manhã seguinte, ainda era um escritório, com uma escrivaninha, uma máquina de escrever e outras coisas, mas havia muitas prateleiras que eram obviamente novas. Chamei a mulher e ela apareceu no escritório. Apontei para uma porta numa das paredes e disse:

— Não sei se a senhora poderá me informar, mas esse é o armário onde o senhor Eugene Dreyer guardava os ingredientes para fazer seus drinques?

A expressão no rosto dela foi nebulosa. — Senhor Dreyer... ah... foi ele que...

— Foi ele que se suicidou neste lugar, sim, senhora. Acho que a senhora não sabia.

— Bem, na verdade... — Ela parecia surpresa. — Eu não tinha percebido que havia sido nesta saleta... é claro que eu tinha ouvido falar a respeito...

Eu disse: — Obrigado, senhora —, voltei para a rua e entrei no carro. Pessoas que deixaram de viver no Natal do ano passado e ainda não se deram conta disso me incomodam profundamente, e tudo o que tenho para elas é educação, e bem pouca.

Leopold Elkus não deixara de viver, foi o que descobri quando o encontrei em seu quarto, mas ele era um sujeito triste. Tinha estatura mediana, cabeça e mãos grandes, e olhos negros e fortes que fugiam da gente o tempo todo, não para os lados ou para cima e para baixo, mas de volta para a própria cabeça. Ele me convidou a sentar e disse num tom de voz afável e que mal se ouvia:

— Entenda, senhor Goodwin, estou recebendo o senhor apenas como uma gentileza a meus amigos que pediram que eu fizesse isso. Já expliquei ao senhor Farrell que não vou apoiar o empreendimento de seu empregador. Muito menos vou prestar ajuda.

— Ok. — Eu sorri para ele. — Não vim até aqui para brigar, doutor Elkus. Só queria fazer algumas perguntas sobre o dia 19 de setembro, quando Eugene Dreyer morreu. Sobre alguns fatos.

— Eu já respondi a quaisquer perguntas que o senhor possa fazer. Respondi à polícia diversas vezes e àquele detetive incrivelmente ignorante...

— Certo. Até aqui, estamos de acordo. Só por uma questão de gentileza para com seus amigos, não há motivo pelo qual o senhor não possa responder novamente, não é? Conversar com os tiras e com Del Bascom e depois traçar uma linha deixando Nero Wolfe e eu de fora... bem, isso seria como...

Ele deu um sorriso triste. — Enfrentar um leão e ter medo de um mosquito? — Puxa, esse sujeito era triste.

— É, acho que sim. Só que se o senhor conhecesse Nero Wolfe não o chamaria de mosquito. O negócio é o seguinte, doutor Elkus, sei que o senhor não vai nos ajudar a pegar Paul Chapin. Mas, nesse caso do Dreyer, o senhor é a minha única fonte de informações em primeira mão, portanto tenho que conversar com o senhor. Imagino que o outro homem, o especialista em arte, tenha voltado para a Itália.

Ele concordou. — O senhor Santini viajou há algum tempo.

— Então sobrou apenas o senhor. Não faz sentido eu lhe fazer uma porção de perguntas capciosas. Por que simplesmente não me conta a respeito?

Ele deu um sorriso triste novamente. — Presumo que o senhor saiba que dois ou três amigos meus suspeitam de que eu esteja mentindo para acobertar Paul Chapin.

— Sei. E o senhor está?

— Não. Eu nem o acobertaria, nem o magoaria, não importa a verdade. A história é a seguinte, senhor Goodwin. O senhor sabe, é claro, que Eugene Dreyer era um velho amigo meu, colega de classe na faculdade. Ele teve muito sucesso com sua galeria de arte antes da crise econômica. De vez em quando eu comprava coisas dele. Nunca tive a necessidade de buscar o sucesso, visto que herdei minha riqueza. Minha reputação como cirurgião decorre de minha convicção de que, no fundo, há algo errado com os seres humanos. E, por acaso, tenho a mão firme e habilidosa.

Olhei para as grandes mãos dele fechadas sobre o colo e balancei a cabeça afirmativamente diante dos olhos negros que flutuavam de volta para dentro da cabeça. Ele continuou:

— Seis anos atrás eu dei a Eugene Dreyer um pedido provisório para três quadros de Mantegna, dois pequenos e um grande. O preço era cento e sessenta mil dólares. As pinturas estavam na França. Acontece que Paul Chapin estava na Europa nessa ocasião, e eu escrevi a ele pedindo que desse uma olhada nos quadros. Depois de receber um relato dele, fiz o pedido. Suponho que o senhor saiba que durante dez anos Paul Chapin tentou ser pintor. Sua obra mostrava grande sensibilidade, mas seu traço era errático, e ele não tinha pendores para a forma. Era interessante, mas não era boa. Fiquei sabendo que ele está se encontrando na literatura, eu não leio romances. As pinturas chegaram numa época em que eu estava sobrecarregado de trabalho e não tinha tempo livre para fazer um exame adequado. Eu as recebi e paguei por elas. Nunca fiquei satisfeito com as pinturas: todas as aproximações amigáveis que eu tentava fazer com aqueles quadros, e foram muitas, foram sempre repelidas por eles com indelicadeza, uma leve aspereza, que me irritava e me deixava confuso. A princípio não suspeitei que fossem falsas, eu simplesmente não conseguia me relacionar com elas. Mas algumas observações feitas por conhecedores finalmente despertaram minhas suspeitas. Em setembro, há quase dois meses, Enrico Santini, que conhece Mantegna da mesma forma que eu conheço as vísceras humanas, visitou este país. Pedi-lhe que desse uma olhada nos meus Mantegnas e ele declarou que eram falsificações. Além disso ele disse que conhecia a origem daqueles quadros, um certo vigarista talentoso em Paris, e que era impossível que algum negociante de arte que fizesse jus a esse título tivesse feito negócio com eles de boa-fé. Imagino que, mais do que qualquer outra coisa, foram os desagradáveis cinco anos com aqueles quadros que me fizeram agir da maneira como agi com Dreyer. De maneira geral, sou fraco demais em relação às minhas próprias convicções para demonstrar algum tipo de crueldade, mas nessa ocasião não hesitei de forma alguma. Eu disse a Eugene que desejava devolver os quadros e receber meu dinheiro de volta sem demora. Ele disse que não tinha mais o dinheiro, e eu sabia disso, visto que no último ano eu havia lhe emprestado quantias consideráveis para tirá-lo do aperto. Mesmo assim, insisti que ele deveria devolver o dinheiro ou sofrer as conseqüências. Acho que no fim das contas eu teria fraquejado como de costume, e teria concordado com qualquer tipo de acerto, mas infelizmente é uma característica de meu temperamento demonstrar de vez em quando a maior determinação de propósitos quando é muito provável que a resolução não venha a ocorrer. Infelizmente, também, o senhor Santini estava prestes a retornar à Itália. Eugene solicitou um encontro com ele, o que, é claro, era um blefe. Ficou decidido que eu deveria passar lá às cinco horas da tarde de quarta-feira com o senhor Santini e Paul Chapin. Paul foi incluído por conta da inspeção que ele havia feito dos quadros na França. Eu achei que Eugene havia arranjado o apoio de Chapin, mas ao que parece isso provavelmente era incorreto. Chegamos. A tranqüilidade de Eugene..."

Eu o interrompi: — Espere um pouco, doutor. Paul Chapin chegou à galeria antes do senhor?

— Não, nós chegamos juntos. Eu estava com o meu carro e o peguei no Harvard Club.

— Ele passou a tarde por lá?

— Ora, meu caro. — Elkus lançou um olhar triste para mim.

— Tudo bem. O senhor não poderia saber isso. De toda forma, a garota que trabalha lá disse que não.

— Foi o que entendi também. Como eu estava dizendo, a tranqüilidade de Eugene era incômoda, tendo em vista o nervosismo que ela deixava de esconder. Ele preparou doses de uísque para nós, de maneira meio estabanada, mas não para si próprio. Eu estava constrangido e, portanto, agi de forma brusca. Pedi que o senhor Santini fizesse uma declaração e ele a fez; ele já a havia levado por escrito. Eugene o contradisse. Eles discutiram. Eugene estava meio irritado, mas o senhor Santini manteve-se calmo. Por fim, Eugene pediu a Paul que apresentasse seus pareceres, demonstrando claramente que esperava apoio. Paul olhou para nós e sorriu, aquele sorriso que sai de suas cápsulas de Malpighi, e com tranqüilidade fez uma curta declaração. Disse que três meses depois de sua inspeção dos quadros (um mês depois de terem sido enviados para Nova York) havia descoberto definitivamente que eles haviam sido pintados por Vasseult, o maior falsário do século, em 1924. Ele era o sujeito a quem o senhor Santini havia se referido. Paul acrescentou que havia mantido silêncio sobre esse assunto porque sua afeição tanto por mim quanto por Eugene era tão grande que ele não conseguiria fazer nada que nos magoasse. Tive medo de que Eugene pudesse ter um colapso. Estava claro que ele ficara tão surpreso quanto ofendido. Meu constrangimento, é óbvio, fez com que eu me calasse. Não sei se, em seu desespero, Eugene havia me enganado, ou se ele próprio fora enganado. O senhor Santini se levantou. Eu fiz o mesmo, e fomos embora. Paul Chapin nos acompanhou. Foi por volta do meio-dia no dia seguinte que fiquei sabendo que Eugene havia cometido suicídio, bebendo nitroglicerina, aparentemente uns poucos minutos, uma hora no máximo, depois que saímos. Fiquei sabendo quando a polícia apareceu em meu gabinete fazendo perguntas.

Continuei sentado olhando para ele. Então, de repente, endireitei-me na cadeira e perguntei-lhe: — O que fez o *senhor* pensar que foi suicídio?

— Ora, senhor Goodwin. — Ele sorriu, mais triste do que nunca. — Será que todos os detetives são iguais? O senhor sabe perfeitamente bem por que pensei ter sido suicídio. A polícia pensou que foi, e as circunstâncias apontavam nessa direção.

— Desculpe-me — disse eu. — Eu havia prometido não fazer perguntas capciosas, não é? Se o senhor está disposto a admitir que um detetive pode ter alguma idéia na cabeça, então sabe qual é a minha. Paul Chapin teve alguma oportunidade de pôr tabletes de nitroglicerina no uísque de Dreyer? Ao que parece, aquele detetive ignorante, e todos os tiras brilhantes, têm a impressão de que o senhor acha que não.

O doutor Elkus confirmou com um aceno de cabeça.
— Eu me esforcei para dar essa impressão. O senhor, é claro, sabe que o senhor Santini concordou comigo. Estamos totalmente certos de que Paul não teve essa oportunidade. Ele foi à galeria conosco, e nós todos entramos juntos no escritório. Paul sentou-se à minha esquerda, perto da porta, a pelo menos três metros de distância de Eugene. Ele apenas tocou em seu copo. Eugene preparou os drinques e os passou. Nós tomamos apenas um. Na saída, Paul estava à minha frente. O senhor Santini foi o primeiro a sair.

— É. Isso consta dos relatórios. Mas no meio de um tumulto desses, com tanta agitação, será que ninguém se mexeu, ou se levantou e sentou, ou andou para a frente ou para trás...

— De forma alguma. Nós não estávamos agitados, a não ser, possivelmente, Eugene. Ele foi o único que se levantou.

— Ele mudou de paletó, ou vestiu um, ou qualquer coisa assim depois que vocês chegaram lá?

— Não. Ele estava usando um paletó comum e não o tirou.

— A garrafa com o que restou da nitroglicerina foi encontrada no bolso do paletó dele.

— É, eu sei disso.

Recostei-me na cadeira e olhei para ele novamente. Eu teria dado o conversível e mais alguns pneus extras para saber se ele estava mentindo. Ele estava além de minha compreensão, tanto quanto Paul Chapin. Eu não conseguia perceber uma maneira de abordá-lo. Eu disse:

— O senhor poderia almoçar com o senhor Nero Wolfe amanhã à uma hora?

— Lamento. Tenho um compromisso nesse horário.

— E na sexta?

Ele balançou a cabeça. — Não. Em dia nenhum. O senhor está cometendo um erro de avaliação a meu respeito, senhor Goodwin. Não sou um nó que possa ser desfeito, ou uma noz para ser quebrada. Perca as esperanças de ver em mim um enganador, como é a maioria dos homens. Eu realmente sou tão simples quanto aparento ser. Desista também de tentar provar que Paul Chapin é culpado da morte de Eugene Dreyer. Não é exeqüível. Eu sei que não é, eu estava lá.

— E que tal sábado?

Ele balançou a cabeça e sorriu, ainda triste. Levantei-me, peguei meu chapéu e agradeci. Mas antes de me dirigir à porta eu disse:

— A propósito, o senhor conhece o segundo aviso que Paul Chapin escreveu... bem; que alguém escreveu. Por acaso a nitroglicerina é oleosa e adocicada?

— Sou cirurgião, não farmacêutico.

— E não quer arriscar um palpite?

Ele sorriu. — Nitroglicerina é uma substância inegavelmente oleosa. Dizem que tem um sabor adocicado, mas que queima. Eu nunca experimentei.

Eu o agradeci novamente e saí, fui para a rua, entrei no carro e dei a partida. Enquanto eu dirigia pelo centro, fiquei pensando que o doutor Elkus era exatamente o tipo de homem que torna a vida um maldito aborrecimento. Até agora eu nunca havia tido nenhum problema sério com um mentiroso descarado, mas um homem que pode estar falando a verdade é uma verdadeira chateação. Com o caso Harrison, e agora com esse, eu estava começando a achar que o memorando que Wolfe havia preparado ia se tornar apenas uma folha de papel que poderia ser usada para toda e qualquer finalidade, a não ser que conseguíssemos mostrar o que realmente havia por trás da história de Elkus.

Eu havia pensado em parar na rua 56 para dar outra olhada na galeria de Dreyer, mas depois de ouvir Elkus achei que seria perda de tempo, levando em consideração a forma como o lugar fora minuciosamente investigado. Continuei meu trajeto de volta para casa. O melhor lance no qual eu conseguia pensar agora era tentar alguma coisa com Santini. Ele fora interrogado pela polícia apenas uma vez, pelo fato de estar embarcando para a Itália na noite daquela quinta-feira e, é claro, os avisos ainda não haviam sido recebidos e ninguém alimentava nenhuma suspeita em especial. Wolfe tinha contatos em diversas cidades na Europa e havia um sujeito esperto em Roma que nos ajudara bastante no caso dos títulos de Whittemore. Poderíamos passar um telegrama para ele e colocá-lo atrás de Santini, e talvez conseguir alguma perspectiva nova. Eu teria de convencer Wolfe de que valeria a pena gastar noventa e nove dólares em comunicação transatlântica.

Eram quinze para as onze quando cheguei. No escritório o telefone estava tocando, então não parei para tirar o casaco e o chapéu. Eu sabia que Wolfe acabaria por atender ao telefone lá de cima, mas achei que eu mesmo poderia fazê-lo. Era Saul Panzer. Perguntei-lhe o que ele queria, e ele respondeu que queria apresentar um relatório. Relatório sobre o quê, eu perguntei, e ele disse, sobre nada, era só um relatório. Eu estava meio cheio de tudo, então fui sarcástico. Disse que, se ele não conseguisse encontrar Hibbard vivo ou morto, talvez pudesse arranjar algum boneco que pudesse fazer o serviço por ele. Disse também que acabara de levar um murro no olho por outro ângulo do caso, e que, se ele não conseguia fazer nada melhor do que eu, era melhor vir ao escritório trazendo o baralho, e desliguei na cara dele, o que é desagravo suficiente até para uma freira.

Precisei de cinco minutos para achar o endereço do detetive romano nos arquivos. Wolfe desceu na hora, exatamente às onze. Disse bom-dia, cheirou o ar e sentou-se à mesa. Eu estava impaciente, mas sabia que teria de esperar até que ele olhasse a correspondência, arrumasse as orquídeas no vaso, testasse a caneta para ver se funcionava e tocasse a campainha para pedir cerveja. Depois que tudo isso aconteceu, ele murmurou:

— Já pensou em trabalhar um pouco?

— Eu saí de mansinho às oito e meia e voltei agora mesmo. Saul acabou de telefonar. Outra ligação desperdiçada. Se quer algo para pensar, tenho uma boa para você.

Fritz trouxe-lhe a cerveja, e ele encheu o copo. Contei-lhe sobre o encontro com Elkus, cada palavra dita, até mesmo que a nitroglicerina é oleosa e adocicada. Pensei que, quanto mais eu falasse sobre Elkus, mais fácil seria para ele formar uma opinião. Em seguida lhe passei minha idéia sobre Roma. No mesmo instante, como eu esperava, ele ficou inquieto. Piscou e bebeu mais um pouco de cerveja. E disse:

— Você pode telegrafar para seis quilômetros em busca de um fato ou de um objeto, mas não atrás de uma sutileza como essa. Como último recurso você ou Saul Panzer poderiam visitar o senhor Santini em Florença; como último recurso poderia valer a pena.

Tentei argumentar com ele, porque não conseguia ver nenhuma outra ação possível. Não consegui muita coisa, mas continuei insistindo mesmo assim, por teimosia, porque meu principal argumento é que era apenas uma questão de gastar uns cem dólares. Eu estava me esquecendo de que ainda tinha de lhe contar sobre os três homens da Metropolitan que eu havia pedido para cobrir a rua 11. Continuei com a teimosia.

Fui interrompido no meio do discurso pelo som de Fritz passando pelo corredor para atender à campainha. Não retomei minha fala, mas esperei para ver quem era.

Fritz entrou e fechou a porta atrás de si. Disse que havia uma senhora lá que queria falar com Wolfe. Não tinha cartão.

— O nome?

Fritz balançou a cabeça; geralmente ele era mais seguro, mas parecia indeciso.

— Mande-a entrar, Fritz.

Eu também fiquei indeciso quando a vi. Não poderia haver alguém mais feio. Ela entrou e ficou em pé olhando diretamente para Wolfe, como se estivesse tentando resolver como cozinhá-lo. Olhando-a assim, até que não era realmente feia, quero dizer, não era horrorosa. Wolfe definiu bem no dia seguinte: era algo mais sutil do que feiúra absoluta, olhar para ela fazia com que se quisesse desesperadamente ver uma mulher bonita de novo. Seus olhos eram bem pequenos, cinzentos, e parecia que nunca mais se moveriam novamente depois de terem se fixado em algum ponto. Ela usava um casaco de lã cinza escura e um chapéu combinando, e uma enorme estola de pele ao redor do pescoço. Ela se sentou na cadeira que eu ofereci e disse com voz forte:

— Tive muita dificuldade para chegar até aqui. Acho que vou desmaiar.

Wolfe disse: — Espero que não. Talvez aceite um pouco de conhaque.

— Não. — Ela deu um pequeno suspiro. — Não, obrigada. — Ela estendeu a mão atrás da cabeça, sobre a estola, como se estivesse tentando alcançar alguma coisa atrás. — Fui ferida. Aqui atrás. Acho melhor o senhor olhar.

Wolfe disparou um olhar na minha direção e eu fui até ela. Ela havia soltado a estola na frente e eu a puxei e ergui. Então eu também soltei um suspiro meio engasgado. Não que eu nunca tivesse visto um pouco de sangue aqui e ali, mas poucas vezes naquela quantidade e de maneira tão inesperada. O interior da estola estava encharcado. A gola do casaco estava encharcada também. Ela estava horrível. O sangue ainda estava escorrendo, jorrando de cortes na parte de trás do pescoço. Não consegui perceber a profundidade deles. Ela se moveu e o sangue jorrou num pequeno esguicho. Deixei cair a estola no chão e disse para ela:

— Pelo amor de Deus, fique quieta. Não mexa a cabeça. — Olhei para Wolfe e disse: — Alguém tentou cortar-lhe a cabeça. Não sei dizer até onde vai o corte.

Os olhos de Wolfe estavam sobre ela, semicerrados.
— Então a senhora é Dora Ritter.

Ela balançou a cabeça, e o sangue espirrou mais, e eu lhe disse para parar. Ela disse: — Sou Dora Chapin. Estou casada há três anos.

10

Wolfe não disse nada. Fiquei em pé atrás dela e esperei, pronto para ampará-la caso desmaiasse e caísse para a frente, porque eu não sabia o quanto aquilo ainda poderia abrir. Wolfe não se mexeu. Continuou sentado fitando-a com os olhos quase fechados e os lábios estendendo-se para fora e retraindo-se, para fora e retraindo-se.

Ela disse: — Ele teve um ataque. Um de seus ataques de raiva.

Wolfe disse educadamente: — Eu não sabia que o senhor Chapin tinha ataques. Sinta o pulso dela.

Peguei-lhe o pulso e apliquei os dedos nele. Enquanto eu contava, ela começou a falar:

— Não são exatamente ataques. É alguma coisa que aparece em seus olhos. Eu sempre tenho medo dele, mas quando vejo aquele olhar fico aterrorizada. Ele nunca tinha feito nada contra mim antes. Esta manhã, quando vi que o olhar dele havia mudado, eu disse alguma coisa que não deveria ter dito e... veja.

Ela livrou-se de mim para pegar algo em sua grande bolsa de couro. De dentro da bolsa ela tirou alguma coisa embrulhada num jornal. Desenrolou o jornal e ergueu uma faca de cozinha manchada de sangue ainda fresco.

— Ele tinha isto e eu não sabia. Ele deve ter se preparado para me pegar quando foi para a cozinha.

Peguei a faca de sua mão, larguei-a na mesa, em cima do jornal, e disse para Wolfe:

— O pulso está um pouco acelerado, mas está bem.

Wolfe pôs as mãos nos braços da cadeira, apoiou-se e se ergueu. Disse: — Por favor, não se mexa, senhora Chapin — e deu a volta por trás dela para olhar-lhe o pescoço. Ele se inclinou, aproximando os olhos dela. Eu não o via assim ativo havia mais de um mês. Examinando os cortes, ele disse: — Por favor, balance a cabeça para a frente, só um pouco, e depois para trás novamente. — Ela obedeceu, e o sangue saiu novamente, num ponto quase espirrou sobre ele.

Wolfe endireitou-se. — Realmente! Chame o médico, Archie.

Ela começou a se virar para olhá-lo e eu a impedi. Ela protestou: — Eu não preciso de médico. Eu cheguei até aqui, posso voltar para casa de novo. Eu só queria mostrar ao senhor, e pedir que...

— Sim, senhora. Por enquanto, minha opinião deve prevalecer... se não se importa.

Eu já estava ao telefone, discando. Alguém atendeu e eu chamei o doutor Vollmer. A pessoa disse que ele não estava lá, havia acabado de sair, se fosse urgente ela ainda poderia alcançá-lo na frente do consultório. Comecei a pedir que ela fizesse isso, mas ocorreu-me que eu seria mais rápido fazendo aquilo. Desliguei e saí correndo. Fritz estava no corredor tirando o pó e eu lhe disse para ficar por ali. Quando desci os degraus que davam na entrada, notei um táxi parado em frente que, é claro, havia trazido nossa visitante. A alguns metros dali o cupê azul do doutor Vollmer estava estacionado, e ele estava abrindo a porta. Corri naquela direção e gritei. Ele me ouviu e, quando cheguei lá, ele já havia saído do carro e me esperava na calçada. Contei-lhe sobre a vítima que havia aparecido em nossa casa, e ele apanhou sua maleta dentro do carro e me acompanhou.

Em meu ramo de trabalho já vi confirmada mais de cem vezes a idéia de que nunca se pode deixar a curiosidade trancada numa gaveta. Quando chegamos, dei outra olhada para o táxi que estava lá parado e quase perdi o autocontrole por um segundo quando o motorista olhou direto para mim e piscou.

Entrei com o médico. Fritz estava no corredor e me disse que Wolfe havia ido para a cozinha e voltaria quando o doutor tivesse terminado. Eu disse a Fritz que pelo amor de Deus não deixasse ele começar a comer, e levei o doutor Vollmer para o escritório. Dora Chapin continuava sentada na mesma cadeira. Eu os apresentei, ele largou a maleta sobre a mesa e foi examiná-la. Examinou, e disse que ela talvez precisasse de alguns pontos, mas ele poderia dizer melhor se pudesse lavar o local. Mostrei-lhe onde ficava o banheiro e onde poderia encontrar ataduras e iodo, e acrescentei:

— Vou chamar Fritz para ajudá-lo. Tenho algo a fazer lá fora. Se precisar de mim estou na frente da casa.

Ele disse tudo bem, e eu fui até o corredor e expliquei a Fritz seus novos deveres. Então saí e fui até a calçada.

O táxi continuava lá. O motorista não estava mais piscando, simplesmente olhava para mim. Eu disse: — Saudações.

Ele respondeu: — Raramente falo tudo isso.

— Tudo isso quanto?

— O bastante para dizer saudações. Ou outra forma qualquer de cumprimento.

— É, entendo. Posso dar uma olhada aí dentro?

Abri a porta e enfiei a cabeça o suficiente para dar uma boa verificada no cartão preso ao painel com o nome e a fotografia do motorista. Foi apenas um palpite impetuoso, mas pensei que, se eu estivesse certo, aquilo nos pouparia tempo. Saí novamente, apoiei o pé no estribo e sorri para ele:

— Pelo que sei, você é um excelente engenheiro.

Ele pareceu confuso por um instante, então deu risada. — Isso aconteceu quando eu fazia teatro de revista. Atualmente estou fazendo papéis mais comportados. Droga, pare de rir na minha cara. Estou com dor de cabeça.

Parei de rir. — Por que você piscou para mim quando eu passei por aqui?

— E por que eu não deveria ter piscado?

— Não sei. Diacho, não seja esquisito. Só fiz uma pergunta amigável. Por que piscou?

Ele balançou a cabeça. — Eu sou excêntrico. Não disse que estava com dor de cabeça? Vamos ver se descobrimos algum lugar para onde eu possa mandar você. Seu nome é Nero Wolfe?

— Não, mas o seu é Pitney Scott. Tenho seu nome anotado numa lista e sua contribuição será de cinco dólares.

— Ouvi falar dessa lista.

— É? Quem falou?

— Ah... umas pessoas. Pode tirar o meu nome. Na semana passada eu ganhei dezoito dólares e vinte centavos.

— Você sabe a finalidade desse dinheiro.

Ele confirmou com um movimento de cabeça. — Sei disso também. Vocês querem salvar a minha vida. Escute aqui, meu camarada. Cobrar cinco dólares para salvar a minha vida é um enorme absurdo. Acredite, é uma quantia exorbitante. É quase extorsão. — Ele riu. — Suponho que essas coisas tenham um limite mínimo. Só em matemática existem números negativos. Você não faz idéia sobre o sentimento de solidez e confiança que essa idéia dá a uma pessoa. Tem alguma bebida na sua casa?

— Que tal dois dólares? Eu faço por dois.

— Ainda está muito alto.

— Um dólar.

— Ainda está me lisonjeando. Escute aqui. — Embora estivesse frio para novembro, com um vento úmido, ele não usava luvas e suas mãos eram avermelhadas e rudes. Enfiou uma delas num bolso, tirou uma moedinha e jogou-a para mim. — Vou pagar agora e tiro isso da cabeça. Agora que eu não devo mais nada a você, tem alguma bebida?

— O que você prefere?

— Eu... se fosse um bom uísque... — Ele se inclinou na minha direção e algo surgiu em seu olhar. Então se afastou abruptamente. Sua voz tornou-se áspera e pouco amigável. — Não percebe uma piada? Eu não bebo quando estou dirigindo. Aquela mulher está muito ferida?

— Acho que não, a cabeça ainda não caiu. O doutor vai cuidar dela. Ela usa os seus serviços com freqüência? E o marido dela?

Ele continuou áspero. — Eu a levo aonde ela quer quando ela me chama. O marido também. Sou motorista de táxi. O senhor Paul Chapin. Eles me dão corridas sempre que podem, pelos velhos tempos. De vez em quando me deixam encher a cara na casa deles, Paul gosta de me ver bêbado e fornece a bebida. — Ele riu, mas o tom áspero se manteve. — Sabe, você olha essa situação por todos os lados e não existe nada que possa ser mais cômico. Vou ter que ficar sóbrio para não perder nenhum lance. Pisquei para você porque agora você faz parte dessa situação, e vai se tornar tão engraçado quanto o resto.

— Isso não me preocupa nem um pouco, eu sempre fui bastante ridículo. Chapin fica bêbado com você?

— Ele não bebe. Diz que faz a perna doer.

— Você sabia que há uma recompensa de cinco mil dólares para quem encontrar Andrew Hibbard?

— Não.

— Vivo ou morto.

Pareceu-me que, atirando a esmo, eu tinha conseguido acertar alguma coisa. O rosto dele havia mudado. Pareceu surpreso, como se diante de uma idéia que não lhe havia ocorrido. E ele disse: — Bem, ele é um homem valioso, isso não é muito para oferecer por ele. Nesse sentido, Andy não é um mau sujeito. Quem ofereceu a recompensa?

— A sobrinha dele. Vai sair nos jornais amanhã.

— Bom para ela. Que Deus a abençoe. — Ele riu. — É um fato incontestável que cinco mil dólares é muito mais dinheiro do que uma moedinha. Como você explica isso. Tem um cigarro?

Tirei o maço e acendi para nós dois. Os dedos dele não estavam muito firmes, e eu comecei a sentir pena dele. Então eu disse: — Faça os cálculos. A casa de Hibbard fica em University Heights. Se você fizesse uma corrida para qualquer lugar do centro... digamos para as vizinhanças da rua Perry, não sei exatamente onde... e dali para a rua 116, quanto você ganharia por ela? Vejamos... três, doze quilômetros... seria por volta de um dólar e cinqüenta. Mas se por acaso nesse trajeto você estivesse com seu velho colega Andrew Hibbard... ou apenas o cadáver dele, ou talvez até mesmo só um pedaço dele, digamos, a cabeça e os braços... em vez de um dólar e cinqüenta você ganharia cinco mil. Como vê, tudo depende da carga que você transporta. — Para não tirar os olhos dele, soltei a fumaça pelo canto da boca. É claro que pegar no pé de um sujeito que estava doido por uma bebida mas não podia satisfazer esse desejo era a mesma coisa que chutar para longe a muleta de um aleijado, mas eu não precisava lembrar a mim mesmo que no amor e nos negócios valia tudo. Verdades fundamentais como essa ou nascem com a pessoa ou não.

O sujeito tinha autocontrole suficiente para ficar de boca fechada. Olhou por tanto tempo para os dedos trêmulos segurando o cigarro que eu acabei olhando para eles também. Por fim ele deixou cair a mão sobre um dos joelhos, olhou para mim e começou a rir, perguntando: — Eu não disse que você ia ficar engraçado? Sua voz tornou-se áspera novamente. — Escute aqui, se mande. Vamos, vá embora. Entre ou vai pegar um resfriado.

Eu respondi: — Está bem, mas e aquela bebida?

Mas aquele poço secara. Eu o cutuquei mais um pouco, porém ele havia se fechado totalmente e não estava nada amigável. Pensei em levar um pouco de uísque para a rua e deixar que ele sentisse o cheiro, mas achei que isso só pioraria as coisas e desisti dele.

Porém, antes de entrar na casa, dei a volta por trás do carro e anotei o número da placa.

Entrei na cozinha. Wolfe ainda estava lá, na cadeira de madeira com braços onde sempre se sentava para orientar Fritz e para comer quando tinha suas recaídas.

Eu disse: — Pitney Scott está aí na frente. O motorista de táxi. Ele a trouxe. Ele me pagou uma moedinha por sua parte, e disse que era isso que ele valia. Ele sabe alguma coisa sobre Andrew Hibbard.

— O quê?

— Você quer dizer o que ele sabe? Pode me revistar. Contei a ele sobre a recompensa que a senhorita Hibbard, minha cliente, está oferecendo, e ele pareceu ver o diabo pela frente. Ele é tímido, quer ser adulado. Meu palpite é que ele pode não saber exatamente onde Hibbard ou o que sobrou dele se encontra, mas ele acha que pode descobrir. Daqui a uns sete meses vai começar a alucinar. Tentei fazê-lo entrar para tomar um drinque, mas ele resistiu. Ele não vai entrar. Pode ser que a gente não consiga nada com ele neste momento, mas eu estava pensando em sugerir que você fosse dar uma olhada nele.

— Lá fora? — Wolfe ergue a cabeça. — Lá fora, depois dos degraus?

— É, só até a calçada, você não teria nem que descer a sarjeta. Ele está bem ali.

Wolfe fechou os olhos. — Não sei, Archie, não sei por que você persiste em me incomodar com suas investidas frenéticas. Esqueça essa idéia completamente. Ela não é exeqüível. Você disse que ele lhe deu uma moedinha?

— Disse, e o que você espera ganhar portando-se como um excêntrico diante de um motorista de táxi dipsomaníaco, ainda que tenha cursado Harvard? Sinceramente, senhor, às vezes o senhor abusa.

— Chega. Definitivamente. Vá ver se a senhora Chapin está apresentável.

Fui. Constatei que o doutor Vollmer já terminara e que deixara sua paciente numa cadeira do escritório, com bandagens no pescoço de maneira que tinha de mantê-lo duro, espontaneamente ou não. Ele estava dando instruções a ela sobre como agir, e Fritz estava retirando bacias, trapos e outras coisas. Esperei até que o doutor terminasse e então o levei até a cozinha. Wolfe abriu os olhos para ele. Vollmer disse:

— É um método de ataque bastante inusitado, senhor Wolfe. Muito original, acertá-la por trás dessa maneira. Ele acertou bem a região posterior externa. Tive que cortar-lhe um pouco do cabelo.

— Ele?

O doutor confirmou. — Ela explicou que o marido, com quem está casada há três anos, é o autor do talho. Com alguns cuidados, o que eu já insisti que ela tivesse, ela vai estar bem em alguns dias. Dei catorze pontos. O marido dela deve ser um homem notável e pouco convencional. Ela é notável também, a seu modo: faz o tipo espartano. Nem fechou os punhos enquanto eu a costurava; seus dedos estavam visivelmente relaxados.

— Não diga. O senhor vai precisar do nome e endereço dela para seus arquivos.

— Já os tenho, obrigado. Ela os escreveu para mim.

— Obrigado, doutor.

Vollmer foi embora. Wolfe levantou-se, puxou o colete em mais uma de suas inúteis tentativas de cobrir a faixa de camisa amarelo-canário que aparecia, envolvendo-lhe o magnífico estômago, e saiu na minha frente em direção ao escritório. Eu ainda me detive por lá para pedir a Fritz que limpasse o interior da estola da melhor maneira que pudesse.

Quando me juntei a eles Wolfe estava de volta à sua cadeira e ela estava sentada de frente para ele. Wolfe estava dizendo:

— Alegro-me por não ter sido pior, senhora Chapin. O médico lhe disse que deve tomar cuidado e não fazer movimentos bruscos por alguns dias, para que os pontos não se soltem. A propósito, os honorários dele... a senhora pagou?

— Sim. Cinco dólares.

— Ótimo. Eu diria que é razoável. O senhor Goodwin me disse que seu táxi está esperando. Diga ao motorista para ir devagar. O balanço é sempre abominável, e no seu estado é até perigoso. Não é preciso que a seguremos mais por aqui.

Os olhos dela estavam fixos nele novamente. Apesar de lavada e embrulhada, sua aparência não havia melhorado. Ela inspirou pelo nariz e soltou o ar de forma que se pudesse ouvir.

Por fim, ela disse: — O senhor não quer que eu lhe conte a respeito? Quero contar o que ele fez.

A cabeça de Wolfe moveu-se para a direita e para a esquerda. — Não é necessário, senhora Chapin. A senhora deveria ir para casa descansar. Eu me encarregarei de notificar a polícia sobre o acontecido. Posso entender sua relutância, afinal de contas, o próprio marido, com quem está casada há três anos... eu cuidarei disso para a senhora.

— Eu não quero a polícia. — Aquela mulher com certeza poderia furar os próprios olhos. — O senhor acha que quero que meu marido seja preso? Na posição em que ele se encontra, com sua fama... toda a publicidade... o senhor acha que quero isso? Foi por isso que vim até aqui... para contar ao senhor sobre o que aconteceu.

— Mas, senhora Chapin. — Wolfe balançou o indicador para ela. — Veja bem, a senhora veio ao lugar errado. Infelizmente para a senhora, veio ver o único homem em Nova York, o único homem no mundo, que entenderia imediatamente o que de fato aconteceu em sua casa esta manhã. Suponho que era inevitável, visto que foi exatamente esse homem, eu mesmo, a quem a senhora desejou enganar. O diabo no seu caso é que eu tenho profunda aversão a ser enganado. Vamos dizer que estamos quites. A senhora realmente precisa descansar, após a tensão nervosa e a perda de sangue. Vá para casa.

É claro que, como já havia acontecido outras vezes, eu estava boiando, na verdade nadando bem lá atrás e tentando acompanhá-lo. Por um minuto pensei que ela ia se levantar e ir embora. Ela começou a fazer isso. Mas em seguida voltou a olhar para ele. E disse:

— Sou uma mulher instruída, senhor Wolfe. Trabalhei como criada, algo de que não me envergonho, mas tenho instrução. O senhor está tentando falar de uma maneira que eu não possa entendê-lo, mas eu entendo.

— Ótimo. Então não há necessidade de...

— Seu gordo idiota! — Disse ela de maneira repentina e violenta.

Wolfe balançou a cabeça. — Gordo, é fato, embora eu prefira o termo gargantuesco. Idiota apenas no sentido mais amplo da palavra, como característica comum à raça. Não foi muito nobre de sua parte, senhora Chapin, falar sobre minha corpulência, uma vez que falei sobre sua estupidez apenas em termos gerais e me abstive de demonstrá-la. Mas vou demonstrá-la agora. — Ele mexeu o indicador para apontar para a faca que ainda estava na mesa, sobre o jornal. — Archie, você poderia, por favor, limpar essa arma doméstica?

Eu não entendi, pensei que ele estivesse blefando com ela. Peguei a faca e fiquei parado com ela na mão, olhando de um para o outro. — Lavo a evidência?

— Por gentileza.

Levei a faca até o banheiro e abri a torneira, esfreguei o sangue com um pedaço de gaze e a enxuguei. Pela porta aberta eu não conseguia ouvir nenhuma conversa. Voltei para o escritório.

— Agora — instruiu Wolfe — segure o cabo firmemente com a mão direita. Venha até a mesa, de forma que a senhora Chapin possa vê-lo melhor. Vire-se. Assim. Erga o braço e coloque a faca contra o pescoço.

Tenha a bondade de certificar-se de que não esteja usando a lâmina, de forma a não levar esta demonstração longe demais. Você notou o comprimento e a posição dos cortes na senhora Chapin? Faça a mesma coisa em você. Isso. Isso, muito bom. Um pouco mais alto. Mais um, um pouco mais baixo. Diacho, tenha cuidado. É o bastante. Está vendo, senhora Chapin? Ele fez direitinho, não acha? Não estou insultando sua inteligência insinuando que a senhora esperava que acreditássemos que os ferimentos não eram autoinfligidos, pela posição que a senhora escolheu para fazê-los. É mais provável que a senhora os tenha selecionado puramente por precaução, sabendo que na frente, perto da jugular anterior...

Ele se interrompeu, porque não havia ninguém mais para quem falar, a não ser eu. Quando me virei depois da demonstração ela já estava se levantando da cadeira, a cabeça erguida e dura e a boca apertada. Sem uma palavra, sem nem sequer se incomodar em fitá-lo com aqueles olhinhos de vidro cinzento, ela simplesmente levantou-se e foi embora. E ele não prestou atenção, continuou com o discurso até o momento em que ela abriu a porta do escritório e saiu. Percebi que ela deixou a faca para trás, mas pensei que poderíamos guardá-la em nossa coleção de bugigangas. Então, de repente, saí correndo em direção à entrada.

— Ei, senhora, espere um minuto! Sua estola!

Peguei das mãos de Fritz, alcancei a mulher ainda na porta da frente e cobri seus ombros com a estola. Pitney Scott havia saído do táxi e veio ajudá-la a descer os degraus, e eu entrei.

Wolfe estava passando os olhos por uma carta da companhia Hoehn que chegara com a correspondência da manhã. Após terminar, ele a colocou sob um peso de papel — um pedaço de madeira petrificada que certa vez fora usado para arrebentar a cabeça de um sujeito — e disse:

— As coisas em que pensa uma mulher são inacreditáveis. Certa vez conheci uma mulher na Hungria cujo marido tinha dores de cabeça freqüentes. Essa mulher tinha o costume de aliviar essas dores com a aplicação dedicada de compressas frias. Ocorreu-lhe um dia misturar na água em que ela molhava as compressas uma grande quantidade de um veneno potente que ela mesma havia destilado de uma erva. O resultado foi satisfatório. O homem em quem ela tentou experimentar a mistura era eu. A mulher...

Ele estava apenas tentando evitar que eu o aborrecesse com os negócios. Eu o interrompi. — É, eu sei. A mulher era uma bruxa que você apanhou cavalgando a cauda de um porco. Apesar disso, já está na hora de eu correr atrás do prejuízo nesse caso em que estamos trabalhando. Você pode começar me dando um empurrãozinho e explicando em detalhes como sabia que Dora Chapin fazia a própria manicure.

Wolfe balançou a cabeça. — Isso não seria um empurrãozinho, Archie, seria uma longa e contínua propulsão. Não vou fazê-lo. Lembre-se apenas de uma coisa: eu li todos os romances de Paul Chapin. Em dois deles Dora Chapin é personagem. Ele, é claro, aparece em todos. A mulher que se casou com o doutor Burton, a mulher inalcançável de Paul Chapin, parece estar em quatro deles. Não consigo descobri-la no último. Leia os livros, e estarei mais disposto a discutir as conclusões às quais eles me conduziram. Mas mesmo assim, é claro, não vou tentar tornar claras aos seus olhos as visões que os meus perceberam. Deus nos criou, você e eu, bastante desiguais em alguns aspectos, e seria inútil tentar qualquer interferência em Seus planos.

Fritz apareceu na porta e anunciou que o almoço estava pronto.

11

Às vezes eu pensava se não era um espanto o fato de Wolfe e eu estarmos juntos. As diferenças entre nós, ou pelo menos algumas delas, mostravam-se claramente quando estávamos à mesa das refeições, mais do que em qualquer outro lugar ou ocasião. Ele era um *gourmet* e eu apenas engolia a comida. Não que eu não soubesse distinguir o que era bom do que era ruim. Depois de sete anos de educação por meio da cozinha de Fritz eu até saberia distinguir o supremo do excelente. Mas o que de fato mais atraía Wolfe em relação à comida eram as reações que aconteciam no nível de suas papilas gustativas, ao passo que comigo o importante é que a comida dirigia-se para minha barriga. Para evitar algum mal-entendido, eu deveria acrescentar que Wolfe nunca se abalou com o problema de o que fazer quando ele tivesse terminado a degustação. Ele simplesmente acabava com a comida. Eu já o vi, durante uma das recaídas, liquidar um ganso de quatro quilos e meio entre as oito e a meia-noite, enquanto eu ficava num canto comendo sanduíches de presunto, tomando leite e desejando que ele engasgasse. Nessas ocasiões ele sempre comia na cozinha.

A mesma coisa acontecia com os negócios, quando estávamos cuidando de um caso. Já tive vontade de chutá-lo umas mil vezes, observando-o andar sem pressa até o elevador para ir brincar com suas plantas no andar de cima, ou para ler um livro, ou para discutir com Fritz o melhor lugar de armazenagem para ervas secas, enquanto eu me matava por aí, na expectativa de que ele me dissesse onde ficava o buraco certo. Reconheço que ele era um grande homem. Ao declarar-se um gênio, tinha o direito de afirmar isso, independentemente de sê-lo ou não. Reconheço que ele nunca nos deixou numa fria com suas excentricidades. Mas, visto que sou apenas humano, às vezes não conseguia evitar o desejo de chutá-lo, quando ele dizia coisas do tipo "Paciência, Archie: se você comer uma maçã antes que ela esteja madura, sua única recompensa será uma dor de barriga".

Bem, naquela tarde de quarta-feira, depois do almoço, eu estava chateado. Ele estava indiferente comigo, até mesmo do contra. Ele não aprovou o telegrama para que o sujeito em Roma conversasse com Santini. Disse que era inútil e que ele esperava que eu aceitasse a palavra dele. Não quis me ajudar a armar alguma coisa para trazer Leopold Elkus até o escritório. Segundo ele, aquilo seria inútil também. Ele continuava tentando ler um livro enquanto eu ficava em cima dele. Disse que havia apenas duas pessoas no caso com quem ele sentia alguma inclinação para conversar, Andrew Hibbard e Paul Chapin, e ele ainda não estava pronto para Chapin e não sabia onde Hibbard estava, ou se havia morrido. Eu sabia que Saul Panzer ia todos os dias ao necrotério, de manhã e à tarde, para dar uma olhada nos presuntos, mas eu não sabia o que mais ele estava fazendo. Também sabia que Wolfe havia conversado com o inspetor Cramer pelo telefone naquela manhã, mas não havia nada de especial nisso. Cramer desistira de Paul Chapin havia uma semana, e a única coisa que o mantinha acordado era a rotina de respirar.

Saul havia telefonado por volta do meio-dia, e Wolfe conversara com ele da cozinha enquanto eu estava lá fora com Pitney Scott. Um pouco depois das duas, Fred Durkin ligou. Ele disse que Paul Chapin havia ido ao barbeiro e a uma farmácia, e que o investigador da polícia e o sujeito de boné marrom e gravata cor-de-rosa ainda estavam na jogada, e que ele estava pensando em formar um clube com eles. Wolfe continuou lendo. Por volta das quinze para as três, Orrie Cather telefonou, dizendo que havia conseguido alguma coisa que queria nos mostrar e se ele poderia aparecer com ela; ele estava na estação de metrô da rua 14. Eu lhe disse que sim. Então, pouco antes de Orrie chegar, um telefonema fez com que Wolfe abaixasse o livro. Era Farrell, o arquiteto, e Wolfe conversou com ele. Ele contou que tivera um excelente almoço com o senhor Oglethorpe e que a discussão não fora fácil, mas que ele finalmente o persuadiu. Ele estava ligando do escritório do editor. Por diversas vezes, Paul Chapin achou conveniente usar uma máquina de escrever de lá, mas havia alguma discordância quanto a qual ou quais ele teria usado, então ele iria colher amostras de uma dúzia delas. Wolfe disse-lhe para se certificar de que o número de fábrica da máquina aparecesse em cada uma das amostras.

Depois que desligamos eu disse: — Ok, isso parece estar dando certo. Mas, mesmo que você prove que ele foi o autor dos avisos, isso é apenas o começo. A morte de Harrison fica de fora, você nunca conseguirá estabelecer a ligação. E vou lhe dizer uma coisa: o mesmo se aplica a Dreyer, a menos que você consiga que Leopold Elkus venha até aqui e faça uma operação nele. Você precisa encontrar um furo na história dele e abri-lo, ou estamos acabados. O que diabos estamos esperando? Para você está tudo bem, você se mantém ocupado, tem um livro para ler; por falar nisso, que raio de livro é esse?

Levantei-me para dar uma olhada, uma capa cinzenta gravada em dourado: *O abismo da mente*, de Andrew Hibbard. Resmunguei: — É, talvez ele esteja lá, talvez ele tenha caído nele.

— Há muito tempo — suspirou Wolfe. — Pobre Hibbard, não conseguiu se livrar de suas tendências poéticas nem em seu título. Não mais do que Chapin consegue excluir a selvageria de seus enredos.

Voltei para minha cadeira. — Escute, chefe. — Não havia nada que ele odiasse mais do que ser chamado de "chefe". — Estou começando a compreender. Suponho que o doutor Burton também tenha escrito livros, e Byron, e talvez Dreyer, e, é claro, Mike Ayers. Vou pegar o carro e dirigir até o condado de Pike para caçar uns patos e quando você terminar sua leitura mande-me um telegrama aos cuidados de Cleve Sturgis e eu me arrasto de volta e nós vamos cuidar desse caso de assassinato. E vá com calma, não se apresse: se você comer uma maçã antes que ela amadureça, você vai ter intoxicação alimentar, ou erisipela ou alguma coisa, pelo menos é o que eu peço a Deus. — Eu olhava firme para ele, sem obter o menor resultado a não ser o fato de me sentir como um tonto, porque ele simplesmente fechou os olhos para não olhar para mim. Levantei-me da cadeira e fiquei olhando para ele mesmo assim. — Que droga, tudo o que estou pedindo é um pouco de cooperação de sua parte! Uma drogazinha de telegrama para aquele detetive de Roma! Estou lhe pedindo, se eu tiver que me matar para... e o que *você* quer agora?

A pergunta fora para Fritz. Ele havia aparecido na porta. Estava carrancudo porque nunca gostou de me ouvir gritar com Wolfe, e eu fiz uma carranca para ele também. Então vi alguém em pé atrás dele, relaxei o rosto e disse:

— Entre, Orrie. Onde está o que você conseguiu? — Voltei-me para Wolfe, amansei a voz e carreguei no respeito: — Ele telefonou há pouco, dizendo que havia encontrado alguma coisa que queria nos mostrar. Eu lhe contei, mas o senhor estava muito envolvido com seu livro.

Orrie estava com um pacote mais ou menos do tamanho de uma mala pequena, embrulhado em papel marrom e amarrado com um barbante grosso.

Eu disse: — Espero que sejam livros.

Ele balançou a cabeça. — Não é suficientemente pesado para que sejam livros. — Depositou o pacote na mesa, olhou ao redor e puxei uma cadeira para ele.

— O que é?

— Sei lá. Eu trouxe aqui para abrir. Pode ser que seja só um monte de nada, mas eu tive uma intuição.

Tirei o canivete do bolso, mas Wolfe balançou a cabeça e disse para Orrie: — Continue.

Orrie sorriu. — Bom, como eu estava dizendo, pode ser um monte de nada, mas fiquei tão aborrecido depois de um dia e meio sem descobrir coisa alguma sobre aquele aleijado a não ser o lugar onde ele compra seus mantimentos e quantas vezes ele engraxa os sapatos, que, ao aparecer alguma coisa que parecia ser um pouquinho diferente, fiquei animado. Estive seguindo suas instruções...

— Sim. Fale do pacote.

— Certo. Hoje de manhã passei pela livraria Greenwich. Comecei a falar com um sujeito lá, e disse que supunha que ele tivesse os livros de Paul Chapin em sua biblioteca circulante, e ele respondeu que sim, e eu disse que gostaria de ver um, e ele me deu um e eu o examinei...

Não pude evitar: bufei e o interrompi. Orrie pareceu surpreso, e Wolfe moveu os olhos na minha direção. Eu me sentei.

— Então eu disse que Chapin deveria ser um sujeito interessante e perguntei se ele já tinha visto o cara, e ele disse é claro, Chapin morava na vizinhança e comprava livros lá e aparecia com freqüência. Ele me mostrou uma fotografia autografada de Chapin na parede, junto com algumas outras. Uma mulher de cabelo escuro estava sentada atrás do balcão no fundo da loja, e ela chamou o sujeito com quem eu estava falando para dizer que o senhor Chapin não tinha vindo buscar o pacote que havia deixado lá havia algumas semanas e, como as mercadorias do Natal estavam chegando, o pacote estava ocupando espaço, e não seria melhor telefonar para o senhor Chapin para que ele mandasse alguém pegar o pacote? O sujeito disse que talvez, mais tarde ele ligaria, era cedo demais para o senhor Chapin estar acordado.

Fiz o depósito de um dólar, peguei meu livro e fui até um bar para tomar uma xícara de café e pensar.

Wolfe balançou a cabeça demonstrando compreensão. Orrie olhou para ele com desconfiança e continuou: — O que pensei foi o seguinte: duas semanas atrás foi mais ou menos o tempo em que os tiras estiveram em cima do Chapin. E se ele ficou esperto e percebeu que os tiras iam dar uma geral na casa dele, e tinha lá alguma coisa que ele não queria que eles vissem? Havia um monte de coisas que ele poderia fazer, e uma delas seria fazer um embrulho e levar para seus amigos na livraria e pedir que guardassem para ele. Arranjei um envelope e uma folha em branco e fui até o escritório de uma imobiliária e pedi para usar uma máquina de escrever. Escrevi um bilhete simpático para a livraria. Eu tinha olhado bem para a assinatura de Chapin na fotografia autografada e consegui reproduzi-la direitinho. Mas então fiquei com receio de mandar, porque não fazia muito tempo que eu estivera lá e ouvira falar no pacote. Resolvi esperar até a tarde. Depois arranjei um garoto e mandei-o à livraria com o bilhete, e não é que deu certo, eles entregaram o pacote para ele. — Orrie moveu a cabeça na direção da mesa. — Está aí.

Levantei e peguei o canivete de novo. Wolfe disse: — Não. Desamarre-o. — Comecei a desfazer o nó, que era bem complicado. Orrie enxugou a mão na testa e disse: — Pelo amor de Deus, se for só linha de pesca ou lâmpadas ou alguma coisa assim, vocês vão ter de me dar um drinque. Esta foi a única folga que tive.

Eu disse: — Entre outras coisas, existe uma possibilidade de encontrarmos um jogo de tipos para máquina de escrever. Ou cartas de amor da senhora Loring A.

Burton, hein? Este nó é horrível. Ele não queria que eu ou qualquer outra pessoa o soltasse. Mesmo que eu consiga, nunca vou poder amarrá-lo da maneira como estava. — Peguei o canivete novamente e olhei para Wolfe. Ele consentiu, e eu cortei o barbante.

Tirei o papel, várias camadas. Não era uma mala, mas era de couro legítimo e não uma imitação. Era uma caixa oblonga feita de couro de bezerro, um trabalho especial, muito bem-feito, com linhas gravadas a ferro nas bordas. Era uma bela peça. Orrie resmungou:

— Puxa vida, vou dançar por furto.

Wolfe disse: — Continue —, mas não se levantou para poder ver.

— Não consigo. Está trancada.

— Ora.

Fui até o cofre, peguei alguns de meus molhos de chave, voltei e comecei a tentar. A fechadura não era nada de especial; em poucos minutos consegui destrancá-la. Larguei as chaves e abri a tampa. Orrie ergueu o pescoço para olhar também. Não dissemos nada por alguns segundos, então olhamos um para o outro. Eu nunca tinha visto uma expressão de tanto desagrado em seu rosto.

Wolfe perguntou: — Está vazia?

— Não, senhor. Vamos ter de dar aquele drinque ao Orrie. Não é dele, é dela. Quer dizer, pertence a Dora Chapin. É a caixa de luvas e meias dela, talvez também de outras frivolidades.

— Não diga. — Para minha surpresa, Wolfe demonstrou interesse. Seus lábios estenderam-se para fora e retraíram-se. Ele até mesmo ia se levantar. Ele o fez, e eu empurrei a caixa na direção dele.

— É mesmo. Desconfio que... sim, deve ser isso. Archie, tenha a bondade de removê-las e espalhá-las sobre a mesa. Vamos, vou ajudá-lo. Você não, Orrie, a menos que lave as mãos primeiro... Ah, ainda mais íntimas! Mas na maioria são meias e luvas. Com mais calma, Archie, tenha respeito pela dignidade a que aspira a raça. O que temos aqui diante de nós é a alma de um homem. As qualidades podem ser deduzidas... por exemplo, vocês repararam que as luvas, ainda que variando em cor e material, são todas do mesmo tamanho? Entre vinte ou mais pares não há uma única exceção? Será possível pedir mais lealdade e fidelidade? *Ah, fosse eu uma luva sobre aquela mão...* Mas com Romeu era apenas retórica. Para Paul Chapin a luva é o verdadeiro tesouro, sem a menor esperança de doçura ou amargura além dela. Mais uma vez, não podemos nos entusiasmar. É uma distorção considerar este ou aquele aspecto de um fenômeno em detrimento dos outros. No presente caso, por exemplo, não podemos nos dar ao luxo de esquecer que esses artigos são feitos com materiais e mão-de-obra caros, e que devem ter custado ao doutor. Burton algo em torno de trezentos dólares e que ele, portanto, teria o direito de esperar que tivessem mais uso. Na verdade, alguns deles são praticamente novos. No total...

Orrie estava sentado novamente, olhando de maneira fixa para ele. Eu o interrompi: — Onde Burton entra nisso tudo? Estou perguntando isso em língua de gente.

Wolfe remexeu nas luvas mais um pouco e ergueu um pé de meia para olhá-lo contra a luz. Vê-lo mexendo com lingerie como se ele entendesse me dava uma nova percepção quanto à medida de suas pretensões. Ele ergueu mais uma e deixou cair suavemente sobre a mesa, tirou um lenço do bolso e enxugou as mãos, cuidadosamente, dedos e palmas. Então sentou-se.

— Leia os poetas anglo-saxões, Archie. O próprio Romeu era inglês, apesar da geografia. Não estou tentando confundir você, estou apenas me atendo a uma tradição.

— Tudo bem. Onde Burton entra nisso tudo?

— Eu já disse, ele pagou as contas. Ele pagou por esses artigos, a mulher dele os usou; Dora Ritter, mais tarde Dora Chapin, se apropriou deles, e Paul Chapin os considerava um verdadeiro tesouro.

— Como você sabe tudo isso?

— Como não saber? Aqui estão estas coisas usadas, mantidas por Paul Chapin num elegante receptáculo trancado, e, em época de crise, removido por ele para um lugar seguro contra a curiosidade inamistosa. Você viu o tamanho das mãos de Dora Chapin, e agora vê estas luvas: elas não pertencem a ela. Na noite de segunda-feira você ouviu a história da paixão de Chapin pela mulher que agora é a esposa do doutor Burton. Você sabe que durante anos Dora Chapin, que na ocasião era Ritter, foi camareira pessoal da senhora Burton, e que ela ainda a visita para fazer o cabelo da senhora Burton, pelo menos uma vez por semana. Sabendo dessas coisas, a mim me pareceria que apenas a estupidez mais desesperada...

— Sim, senhor. Concordo com a parte da estupidez. Mas por que seria Dora a pessoa a pegar essas coisas? Talvez o próprio Chapin as tenha pegado.

— Pode ser. Mas é improvável. Com certeza ele não retirou as meias da perna dela, e duvido que tivesse familiaridade com seu toucador. A fiel Dora...

— Fiel a quem? À senhora Burton, mexendo nas coisas dela desse jeito?

— Mas, Archie, depois de ter visto Dora, você não a considera uma figura rara? Qualquer um pode ser fiel a um patrão. Milhões de pessoas fazem isso, constantemente, todos os dias. É uma das lealdades mais imbecis e vulgares que existem. Mesmo que pudéssemos, não precisamos conjeturar quanto aos primeiros sentimentos de compaixão de Dora ao perceber o amargo tormento que existia no coração do romântico aleijado. Eu gostaria de acreditar que tudo foi uma barganha decente e honrosa, que Paul Chapin se ofereceu para pagar a ela, e realmente o fez, para pegar para ele um par de luvas usado por sua inatingível amada, mas receio que não possa acreditar nisso. Depois de ter visto Dora, desconfio que isso tenha sido um produto do romance à qual ela se dedicou; e é isso que representa sua fidelidade. Isso pode até mesmo explicar a continuação das visitas à senhora Burton depois que o casamento a liberou das necessidades de ordem prática. Não há dúvida de que novos itens são acrescentados de vez em quando. Que lance de sorte para Chapin! O odor da amada, o tecido que entrou em contato íntimo com a pele de sua adorada, lhe é entregue por encomenda. Mais ainda, os dedos que uma hora atrás brincavam nos cabelos de sua dama agora estão lhe passando o café depois do jantar. Ele desfruta, todos os dias, das mais delicadas associações com a pessoa que é objeto de sua paixão, e foge completamente aos contatos forçados e banais que de maneira geral produzem deleites de duvidoso proveito. Mas chega de falar nessa vantagem do indivíduo, essa sede peculiar chamada de emocional. É um fato que a raça humana não pode ter continuidade apenas com luvas e meias dentro de caixas de couro. O problema biológico é uma outra questão.

Orrie Cather disse: — Conheci um sujeito no exército que costumava carregar o lenço de uma garota e o beijava antes de dormir. Certo dia alguns camaradas lhe tiraram o lenço do bolso da camisa sem que ele percebesse e enfiaram alguma coisa no lugar. Vocês precisavam ter ouvido o sujeito quando ele aproximou o lenço do rosto naquela noite. Ficou uma fera. Mais tarde se deitou e chorou como um bebê.

Eu disse: — É preciso ter massa cinzenta para ter uma idéia dessas. — Wolfe olhou para Orrie, fechou os olhos por alguns segundos e os abriu novamente. E disse:

— Não há lenços nesta coleção. O senhor Chapin é um epicuro. Archie, guarde os objetos novamente, com cuidado, tranque a caixa, embrulhe-a e encontre um lugar para ela no armário. Orrie, pode voltar às suas atividades, você sabe quais são as instruções. Você não nos trouxe a solução de nosso caso, mas levantou a cortina que dá para um outro aposento do edifício que estamos investigando. Telefone às seis e cinco, como de costume.

Assobiando, Orrie saiu pelo corredor.

12

Eu também tinha uma bela peça de couro nas mãos, não tão grande quanto a caixa de tesouro de Paul Chapin, mas mais bonita. Sentado atrás de minha mesa por volta das cinco da tarde daquela quarta-feira, matando tempo enquanto esperava por um visitante que havia telefonado, eu a havia tirado do bolso interno do paletó e a observava. Ela estava comigo havia apenas algumas semanas. Era marrom, de pele de avestruz, com um acabamento dourado em toda a volta. Em um dos lados os desenhos de filetes dourados eram bem finos e separados uns dos outros por um centímetro, e deles brotavam flores, orquídeas. O artesanato era tão bom que dava a impressão de o artista ter copiado uma das catléias de Wolfe. O outro lado estava coberto com automáticas Colt, cinqüenta e duas pistolinhas de ouro perfeitas, todas apontando para o centro. Na parte de dentro, podia-se ler *A. G. presente de N. W.* gravado em ouro. Eu a ganhara de Wolfe no dia 23 de outubro, durante o jantar, e nem sabia que ele sabia a data do meu aniversário. Eu levava nela minhas licenças de porte de arma e de detetive. Só a trocaria por toda a cidade de Nova York, e ainda assim se na barganha fossem incluídas algumas das áreas residenciais elegantes em volta da cidade.

Quando Fritz apareceu e disse que o inspetor Cramer havia chegado, eu a guardei novamente no bolso.

Deixei Cramer se acomodar numa poltrona e subi até a estufa. Wolfe estava com Horstmann perto da bancada de transplante de mudas, espalhando osmunda e inclinando-se para sentir-lhe o cheiro; mais ou menos uma dúzia de vasos com *Odontoglossums*, muito grandes, estavam atrás dele. Esperei até que ele se virasse e senti minha garganta secando.

— Que foi?

Engoli em seco. — Cramer está lá embaixo. O austero inspetor.

— E daí? Você me ouviu falando com ele ao telefone.

— Escute aqui — eu disse. — Quero que isto fique muito bem entendido. Eu só subi até aqui por um motivo, porque pensei que talvez você tivesse mudado de idéia e quisesse vê-lo. Sim ou não é o suficiente. Ficar me dando bronca não vai ser nada além de pura infantilidade. Você sabe o que eu penso.

Wolfe abriu os olhos um pouco mais, piscou o olho esquerdo para mim duas vezes e virou o rosto para a bancada novamente. Tudo o que eu conseguia ver eram suas enormes costas, que poderiam ser alguma coisa num desfile do dia de Ação de Graças. Ele disse a Horstmann:

— É o bastante. Pegue o carvão vegetal. Acho que acabou o esfagno.

Desci até o escritório e disse a Cramer: — O senhor Wolfe não pode descer. Está muito fraco.

O inspetor riu. — Eu não esperava que fosse diferente. Conheço Nero Wolfe há mais tempo que você, filho. Você não julga que eu tivesse pensado em arrancar quaisquer segredos dele, não é? Qualquer coisa que ele pudesse me contar, já teria contado a você. Posso acender meu cachimbo?

— Claro. Wolfe odeia quando fazem isso. Ele que se dane.

— O que é isso, você está fingindo alguma coisa? — Cramer encheu o cachimbo, aproximou um fósforo aceso do bocal e soltou uma baforada. — Você... não precisa fazer isso. Wolfe lhe contou o que... eu contei a ele pelo telefone?

— Ouvi a conversa. — Bati em meu bloco de anotações. — E anotei tudo.

— Não acredito. Muito bem. Não quero que George Pratt venha me incomodar, estou velho demais para apreciar esse tipo de coisa. O que aconteceu aqui na noite de anteontem?

Eu sorri. — Apenas o que Wolfe lhe contou. Só isso. Ele fechou um pequeno contrato.

— É verdade que ele arrancou quatro mil dólares de Pratt?

— Ele não arrancou nada de ninguém. Ofereceu algo para vender, e eles fizeram o pedido.

— É. — Ele soltou a fumaça. — Você conhece Pratt? Pratt acha engraçado ter que usar um investigador particular quando a municipalidade dispõe de uma magnífica equipe de homens inteligentes e corajosos para tirar esses problemas de letra. Ele disse tirar de letra. Eu estava lá. Ele estava falando com o subcomissário.

— Não diga. — No mesmo instante mordi o lábio. Eu sempre me sentia um idiota quando me pegava imitando Wolfe. — Talvez ele estivesse se referindo à Secretaria da Saúde. Nunca tinha pensado nisso antes, um tira tirando alguma coisa de letra.

Cramer resmungou. Recostou-se na poltrona, olhou para o vaso de orquídeas e soltou uma baforada. Logo em seguida ele disse:

— Tive uma experiência estranha esta tarde. Uma mulher ligou para a delegacia e disse que queria que Nero Wolfe fosse preso porque ele havia tentado cortar a garganta dela. Eles a passaram para mim porque sabiam que eu achava que Wolfe estivesse nesse caso. Eu disse que mandaria um homem até ela para pegar os detalhes, e ela me deu o nome e o endereço. Fiquei pasmo quando descobri quem era.

Eu disse: — Essa é boa. Nem imagino quem possa ser.

— Claro que imagina. Aposto como você está confuso. Então, algumas horas depois, um sujeito veio falar comigo. Foi convidado a vir. Um motorista de táxi. Disse que não queria ser acusado de perjúrio e que viu sangue na mulher quando ela entrou em seu táxi na rua Perry. Essa foi uma das coisas que eu queria mencionar a Wolfe pelo telefone, mas a imagem dele, em minha mente, fatiando a garganta daquela mulher, era tão notável que não consegui falar. — Ele chupou o cachimbo e acendeu-o novamente. Continuou a falar, dessa vez com a voz mais forte e sisuda. — Veja bem, Goodwin. Que diabos aconteceu? Tentei falar com essa mulher do Chapin umas três vezes, e mal consegui que ela me dissesse o próprio nome. Ela passou um zíper na boca e não abriu mais. Wolfe entra no caso na noite de segunda-feira, e na quarta de manhã ela já está aqui para mostrar a ele sua operação. O que diabos acontece para que todos acabem vindo até ele?

Eu sorri. — É a natureza compassiva dele, inspetor.

— Sei. Quem talhou o pescoço dela?

— Sei lá. Ela lhe disse, foi o Wolfe. Pode prender e enquadrar.

— Foi o Chapin?

Balancei a cabeça. — Se eu souber esse segredo, ele está enterrado aqui — disse eu, batendo no peito.

— Muito obrigado. Agora, escute aqui. Estou falando sério. Você me considera um cara honesto?

— Sem sombra de dúvida.

— Sou?

— Você sabe muito bem que é.

— Ok. Então vou lhe dizer uma coisa: eu não vim aqui para melar o contrato. Estou atrás de Chapin há mais de seis semanas, desde que Dreyer dançou, e tudo o que consegui é exatamente nada. Talvez ele tenha matado Harrison, e eu tenho plena certeza de que matou Dreyer, e parece que pegou Hibbard, e fez com que eu me sentisse um amador. Ele é mais liso que sabão. No meio do tribunal, ele confessa que cometeu um assassinato, e o juiz o obriga a pagar uma multa de cinqüenta dólares por desacato! Mais tarde eu descobri que ele mencionou o ocorrido a seu editor com antecedência, para um golpe publicitário! Ele está coberto sob todos os ângulos. É liso ou não é?

Concordei: — É liso.

— É. Bom, tentei uma coisa aqui e outra ali. Para começo de conversa, percebi que a mulher o odeia e tem medo dele, e provavelmente sabe o bastante para nos deixar satisfeitos, se conseguíssemos fazê-la falar.

Então, quando fiquei sabendo que ela veio correndo até aqui para falar com Wolfe, eu naturalmente supus que ele houvesse descoberto algumas coisas. E quero dizer o seguinte: você não precisa me contar absolutamente nada se não quiser. Não estou tentando me intrometer. Mas, seja lá o que vocês conseguiram com a mulher de Chapin, talvez possam fazer um uso melhor dessas informações se verificarem se elas se encaixam com algumas que eu tenho, e vocês são bem-vindos...

— Mas, inspetor, espere um instante. Se o senhor acha que ela veio aqui amigavelmente, com a intenção de entregar o serviço, como explica o telefonema dela pedindo a prisão de Wolfe?

— Vamos, filho. — Os olhos penetrantes de Cramer brilharam diante de mim. — Eu não disse que conheço Nero Wolfe há mais tempo que você? Se ele quisesse me fazer pensar que ela não havia confidenciado coisas para ele, isso seria exatamente o que ele diria para ela fazer.

Eu ri. Enquanto ria ocorreu-me que não faria mal se Cramer continuasse a acalentar essa idéia, então ri um pouco mais. Eu disse: — É, ele poderia, ele bem que poderia, mas não foi o que fez. O motivo por ela ter lhe telefonado para pedir-lhe a prisão — espere até eu contar a Wolfe sobre isso — o motivo é que ela é uma psicopata. E o marido dela também. Os dois são psicopatas. Esse é o termo chique para malucos.

Cramer concordou. — Já ouvi essa palavra. Temos um departamento... ora...

— E o senhor tem absoluta certeza de que ele matou Dreyer.

Ele concordou novamente. — Acho que Dreyer foi assassinado por Paul Chapin e Leopold Elkus.

— Não diga! — Olhei para ele. — Isso pode vir a ser interessante. Elkus, é?

— É. Você e Wolfe não vão falar. Você quer que eu fale?

— Eu iria adorar.

Ele encheu o cachimbo mais uma vez. — Você está por dentro do caso Dreyer. Você sabe quem comprou os tabletes de nitroglicerina? Foi o Dreyer. Claro. Uma semana antes de morrer, no dia seguinte ao telefonema de Elkus dizendo que os quadros eram falsos e que ele queria o dinheiro de volta. Talvez ele tenha pensado em suicídio, talvez não. Eu acho que não. Há muitos motivos pelos quais as pessoas tomam nitroglicerina em pequenas doses.

Ele chupou o cachimbo, puxando tanto que eu pensei que a fumaça fosse sair pelo umbigo, mas ele a deixou achar a saída sozinha. — Agora, como é que Chapin tirou os tabletes do vidro naquele dia? É fácil: ele não tirou. Dreyer estava com eles havia uma semana, e Chapin entrava na galeria e saía dela com bastante freqüência. Ele havia passado algumas horas da tarde de segunda-feira por lá, provavelmente para conversar sobre os quadros de Elkus. Pode ser que ele os tenha pegado nessa ocasião e guardado para a hora oportuna. Essa hora surgiu na tarde de quarta-feira. Espere um pouco. Eu sei o que Elkus diz. Ele diz que na manhã de quinta-feira um investigador também interrogou Santini, o especialista italiano, e tudo estava certo, mas na ocasião o procedimento nada mais era do que rotina. Depois disso enviei uma solicitação para a

Itália, e eles encontraram Santini em Florença e tiveram uma longa conversa com ele. Ele disse que tudo ocorreu da maneira como ele relatou ao investigador na primeira vez, mas ele havia se esquecido de mencionar que, depois que todos saíram do escritório, Elkus voltou para buscar alguma coisa e ficou sozinho no escritório durante mais ou menos meio minuto. E se o copo de Dreyer estivesse lá, ainda com bebida dentro, e Elkus, tendo pegado os tabletes de Chapin, tivesse armado tudo para o outro?

— Por que motivo? Só para fazer uma brincadeira de mau gosto?

— Não sei qual é o motivo. Essa é uma das coisas nas quais estamos trabalhando agora. Por exemplo, e se os quadros que Dreyer vendeu a Elkus fossem autênticos (passaram-se seis anos) e Elkus os guardou e colocou falsificações no lugar para poder pedir o dinheiro de volta? Estamos investigando isso. No instante em que eu conseguir alguma evidência que aponte para essa hipótese, vou tratar de arrumar acomodações gratuitas para Elkus *e* Chapin.

— O senhor ainda não tem nada?

— Não.

Sorri para ele. — De toda forma vocês estão trabalhando com um monte de belas complicações. Vou contar a Wolfe sobre isso. Espero sinceramente que ele não fique entediado. Por que vocês não resolvem acreditar que foi apenas suicídio e deixam por isso mesmo?

— De jeito nenhum. Especialmente depois do desaparecimento de Hibbard. E, mesmo que eu quisesse, George Pratt e o bando dele não deixariam. Eles receberam aqueles avisos. Eu não os culpo. Aquelas coisas parecem sérias para mim, mesmo que meio disfarçadas. Acho que você já as leu.

Confirmei com a cabeça. Ele enfiou a mão enorme num bolso interno do paletó, puxou de lá alguns papéis e começou a folheá-los. Disse: — Sou um tonto. Carrego cópias comigo para todo lugar que vou, porque não consigo me livrar da sensação de que, em algum lugar, se existir uma pista nesses textos, eu posso encontrá-la. Ouça este aqui, que ele mandou na sexta-feira passada, três dias depois que Hibbard desapareceu:

Um. Dois. Três.
Vocês não podem ver o que eu vejo:
A cabeça ensangüentada, sua tristeza, seus olhos.
Morto a não ser pelo terror e a esperança desprezível
De que o último golpe, o fim, não vai acontecer.

Um. Dois. Três.
Vocês não podem ouvir o que eu ouço:
Gemendo, ele pede piedade, a respiração desesperada
Inspira o ar em meio ao sangue que borbulha.

E em mim eu ouço, também, o alegre ritmo,
Minha alma, alegre e empertigada, que se gaba.
Sim! Ouçam! Ela diz:
Um. Dois. Três.
Vocês deviam ter me matado.

— Pois eu pergunto: isso não parece sério? — Cramer dobrou o papel novamente. — Você já viu um sujeito apanhar tanto na cabeça que as coisas explodem dentro dela? Já viu algo assim? Muito bem, ouça: *Inspira o ar em meio ao sangue que borbulha*. É essa a descrição do que acabei de falar? Eu diria que sim. O homem que escreveu isso estava olhando para a cena, estou lhe dizendo que ele estava olhando direitinho para a cena. É por isso que, no que diz respeito a Andrew Hibbard, estou interessado apenas em cadáveres. Tenho certeza absoluta de que Chapin pegou Hibbard, e a única pergunta é onde ele colocou os restos. Além disso, ele pegou Dreyer, só que contou com a ajuda de Elkus.

O inspetor parou de falar para algumas baforadas. Quando terminou, torceu o nariz e perguntou: — Ora, *você* acha que foi suicídio?

— De jeito nenhum. Acho que Chapin o matou. E talvez tenha matado Harrison, e talvez Hibbard. Eu só estou esperando para ver você, Nero Wolfe e a tal da liga provarem isso contra ele. Também estou preocupado com Elkus. Se você abordar Elkus de mau jeito, pode estragar tudo.

— Sei. — Cramer torceu o nariz de novo. — Você não gosta de eu estar em cima de Elkus? Fico me perguntando o que Nero Wolfe acha. Espero não pôr tudo a perder, espero mesmo. Suponho que você saiba que Elkus tem alguém seguindo Paul Chapin. Do que ele desconfia?

Ergui um pouco as sobrancelhas, esperando que fosse o meu único movimento. — Não, eu não sabia disso.

— Duvido que não soubesse.

— Não. É claro que vocês têm um, e nós temos... — Lembrei que não conseguira falar com Del Bascom para lhe perguntar sobre o detetive de boné marrom e gravata cor-de-rosa. — Pensei que o nanico que estava fazendo companhia aos rapazes fosse um dos especialistas de Bascom.

— É claro. Você não sabia que Bascom está fora do caso desde a manhã de ontem. Devia ter tentado falar com o nanico. Eu tentei, ontem à noite, durante duas horas. Ele diz que tem a porra do direito de ficar com a porra da boca fechada. É assim que ele fala, muito educado. Por fim eu o enxotei de lá e vou descobrir para quem ele estava trabalhando.

— Pensei que você já soubesse: para o Elkus.

— Isso é o que eu acho. Para quem mais poderia ser? Você sabe?

Balancei a cabeça. — De jeito nenhum.

— Está bem, se você não me contar, eu vou ter que adivinhar. É claro que você percebe que não sou exatamente um idiota. Mesmo que você não ache, Nero Wolfe acha. Certa vez prendi um homem que se revelou ser culpado, e foi assim que me tornei inspetor. Sei que Wolfe espera pegar esse senhor Chapin e ser muito bem pago por isso, e, portanto, se eu esperasse que ele me desse alguma dica a esse respeito, eu *seria* um idiota. Mas vou ser franco com você, nas últimas seis semanas fiz tantas tentativas para pegar esse aleijado, sem conseguir absolutamente nada, que eu não gosto dele nem um pouco e, na verdade, gostaria de lhe arrancar as tripas. Além disso, isso tudo está me dando tanto trabalho que eu já estou começando a me cansar. Eu gostaria de saber duas coisas. A primeira, até onde Wolfe já chegou? Claro que sei que ele é um gênio. Ok. Mas será que ele já tem cacife suficiente para deter aquele aleijado?

Eu respondi, com sinceridade: — Ele tem cacife para pegar qualquer um.

— Quando? Eu não vou perder o sono se ele arrancar quatro mil de Pratt. Você não pode dizer quando? Eu não posso ajudar?

Balancei a cabeça. — Duas vezes não. Mas ele vai conseguir.

— Está certo. Vou sair por aí investigando sozinho. A outra coisa que eu gostaria de saber, você poderia me contar e juro por Deus que não iria se arrepender. Quando Dora Chapin esteve aqui hoje de manhã ela contou a Wolfe que viu tabletes de nitroglicerina no bolso de um dos paletós do marido em algum momento entre 11 e 19 de setembro?

Eu sorri para ele. — Há duas maneiras de responder isso, inspetor. Uma delas seria a seguinte: se ela tivesse dito, eu tentaria responder à sua pergunta de maneira que o senhor não soubesse se ela disse ou não. A outra maneira é a que o senhor está ouvindo: ninguém perguntou isso a ela, e ela não disse nada a respeito. Ela veio até aqui apenas para ter a garganta cortada.

— Sei. — Cramer levantou-se da cadeira. — E Wolfe começou a trabalhar pelas costas dela. É o que faria. Ele é ótimo para entrar pelos fundos... Até mais. Agradecerei um outro dia. Diga a Wolfe que mandei saudações do Bronx, e diga-lhe que, no que me diz respeito, ele pode ficar com o dinheiro *e* os aplausos dos cidadãos nesse caso Chapin, e quanto antes melhor. Gostaria de começar a pensar em outras coisas.

— Pode deixar que eu digo. Que tal um copo de cerveja?

Ele recusou e foi embora. Pelo fato de ser ele o inspetor, fui até o corredor, ajudei-o com o casaco e o chapéu, e abri-lhe a porta. Parado na frente da casa havia um carro da polícia, um daqueles Cadillacs grandões, com um motorista. Puxa, aquilo é que era ser detetive, pensei.

Voltei para o escritório. Pareceu-me sombrio e triste. Eram quase seis horas, e a escuridão já começara a aparecer tinha meia hora, e eu só havia acendido uma das luzes. Wolfe ainda estava lá em cima, brincando com as plantas. Ele ainda iria ficar lá por mais uns sete minutos. Eu não estava com vontade de ficar sentado vendo-o tomar cerveja e não tinha o menor motivo para esperar alguma coisa pertinente da parte dele, por isso tomei a decisão de sair e tentar descobrir alguma coisa. Abri algumas janelas para deixar sair a fumaça do cachimbo de Cramer, peguei meu Colt da gaveta e enfiei-o no bolso por força do hábito, peguei o casaco e o chapéu e saí.

13

Eu não conhecia a rua Perry muito bem, e fiquei surpreso quando andei na frente do número 203, do outro lado da rua, depois de ter deixado o conversível a um quarteirão dali. Era um prédio de excelente aparência, com estuque em estilo espanhol, lâmpadas de ferro preto na entrada e sem saídas de incêndio. Nos dois lados da rua encontravam-se velhas casas de tijolos. Uns poucos carros estavam estacionados naquele quarteirão, e alguns táxis também. Do lado da rua em que eu estava havia uma fileira de lojinhas desbotadas: papelaria, lavanderia, doceria, charutaria, e assim por diante. Continuei andando e olhei no interior delas. Parei na doceria e entrei. Havia dois ou três fregueses, e Fred Durkin estava debruçado sobre a parte final do balcão na companhia de um sanduíche de queijo e uma garrafa de cerveja. Eu me virei e saí, andei até o lugar onde o carro estava estacionado e entrei nele. Em poucos minutos Fred apareceu e entrou, sentando-se ao meu lado. Ele ainda estava mastigando e passando a língua pelos dentes. Perguntou-me qual era o problema. Respondi que não era nada, que tinha aparecido por lá apenas para fofocar. E perguntei:

— Onde estão os outros sócios do clube?

Ele sorriu. — Ah, estão por aí. O sujeito da polícia está provavelmente na lavanderia, ele deve gostar do cheiro. Acho que o Rosinha está na próxima esquina, no Coffee Pot. Ele geralmente deserta de seu posto neste horário para comer.

— Você o chama de Rosinha?

— Ah, eu posso chamá-lo de qualquer coisa. É por conta daquela gravata. Como você quer que eu o chame?

Olhei para ele. — Você andou tomando umas e outras. Qual é o lance?

— Juro por Deus que não, Archie. Só estou contente de ver você. Aqui é solitário pra diabo.

— Você bateu algum papo com esse Rosinha?

— Não. Ele é meio reticente. Ele se esconde em algum lugar e fica pensando.

— Ok. Volte para o seu empório de picles. Se você vir algum moleque escrevendo suas iniciais no meu carro, pode lhe dar um peteleco.

Fred saiu do carro e foi embora. Logo depois eu saí também, e andei até a esquina seguinte, onde, mesmo que você fosse cego, o cheiro diria que estava no Coffee Pot. Entrei. Havia três mesinhas ao longo da parede e meia dúzia de fregueses no balcão. Rosinha estava lá, sozinho numa das mesas, encarando uma tigela de sopa, tentando tirar a colher da boca. Estava com o boné marrom, caído sobre uma das orelhas. Fui até a mesa em que ele estava e disse-lhe, em voz baixa:

— Ah, você está aqui.

Ele ergueu os olhos. Eu disse: — O chefe quer ver você agora mesmo. Eu fico por aqui enquanto isso. Não demore.

Ele olhou para mim por alguns segundos e então soltou um grito que quase me fez pular. — Seu mentiroso desgraçado.

Que tampinha! Eu poderia ter esticado a mão e lhe arrancado o dente de ouro com um safanão. Afastei a outra cadeira com o pé, sentei-me, finquei os cotovelos na mesa e olhei para ele. — Eu já disse, o chefe quer falar com você.

— Ah, é? — Ele olhou para mim com desprezo e com a boca aberta, mostrando os incisivos dourados. — O senhor não engana ninguém, viu? Que droga, eu contaria pra porra do mundo inteiro que você não engana ninguém. Com quem você acha que eu estava falando no telefone agora há pouco?

Eu sorri. — Era comigo. Escute aqui. Estou vendo que você é durão. Que tal um bom emprego?

— Sei. É por isso que eu tenho um. Agora se você tiver a bondade de tirar sua maldita carcaça da minha mesa...

— Está bem, eu tiro. Vá tomar a sua sopa e não tente me assustar com seus maus modos. Posso tomar a decisão de remover sua orelha direita para colocar no lugar da esquerda, pendurando a esquerda em seu cinto como reserva. Pode continuar a comer.

Ele deixou a colher cair na tigela e enxugou a boca com as costas da mão. — Que porra você está querendo, hein?

— Bem — disse eu —, eu estava tomando chá com o meu amigo inspetor Cramer esta tarde, e ele me contava o quanto apreciou a conversa que vocês tiveram na noite passada, e eu pensei que gostaria de conhecê-lo. Essa é uma história. E outra história poderia ser a seguinte: um certo sujeito cujo nome eu não preciso mencionar está pensando que você o está traindo, e eu deveria descobrir isso, e pensei que a maneira mais rápida seria perguntando a você. Para quantas pessoas você está trabalhando?

— Que curiosidade dos diabos! — Ele chupou com a língua alguma coisa que estava entre os dentes. — Ontem à noite aquela droga de inspetor, e agora você. Droga, minha sopa está esfriando.

Ele se levantou da cadeira, pegou a tigela e levou-a para a última mesa. Depois voltou para pegar o pão, a manteiga e o copo d'água. Esperei até que ele terminasse de se mover, então me levantei, fui até a mesa em que ele estava e sentei-me de frente para ele. Eu estava chateado porque minha abordagem inicial não dera certo. O balconista e os fregueses estavam olhando para nós, mas apenas para passar o tempo. Enfiei a mão no bolso, tirei o maço de notas e pesquei duas de vinte.

— Olhe aqui — disse eu —, eu poderia enquadrar você um dia ou dois, mas iria custar dinheiro e tempo, e seria melhor se você ficasse com o dinheiro. Aqui tem quarenta mangos. Metade agora se você me contar quem é que está pagando você, e a outra metade logo que eu confirmar o que você me disser. Eu vou descobrir de qualquer maneira, isto é só para poupar tempo.

E não é que o sujeito levantou, pegou a sopa de novo e voltou para a primeira mesa? Alguns fregueses começaram a rir, e o balconista disse, em voz alta: — Ei, deixa o cara tomar a sopa, vai ver ele só não gosta de você. — Comecei a ficar chateado o bastante para afundar o nariz de alguém, mas sabia que não havia nada a ganhar fazendo isso, então engoli o sapo e sorri. Peguei o pão, a manteiga e a água do nanico, levei até a primeira mesa e pus tudo na frente dele. Depois me afastei, joguei uma moeda sobre o balcão e disse: — Dê a ele sopa quente com veneno. — E saí.

Caminhei sem pressa pelo quarteirão, em direção ao carro. Fred Durkin estava na charutaria quando passei. Pensei em dizer-lhe para ficar de olho em seu amigo, o Rosinha, e talvez pegá-lo dando algum telefonema ou coisa do tipo, mas sabendo como a mente dele funcionava, achei melhor deixá-lo com sua tarefa principal. Entrei no carro e fui embora.

Não conseguia entender aquele nanico de jeito algum. Será possível que um investigador com aquela aparência fosse tão honesto daquele jeito? Quem estaria pagando a ele o bastante para que tratasse quarenta dólares como se fossem papel de embrulhar pão? Quem estava sendo tão cuidadoso para não querer ser descoberto enquanto seguia Paul Chapin? A idéia do inspetor não fazia sentido para mim, mesmo que Leopold Elkus tivesse ajudado com a bebida de Dreyer. Por que ele poria alguém para vigiar Chapin? Claro que era possível, mas eu estava acostumado a deixar o cérebro desenvolver livremente uma idéia até que ela ficasse no ponto. Se não era Elkus, quem seria? Poderia ser qualquer um do bando que estivesse assustado demais para ser acalmado pelo memorando de Wolfe e que pensasse precisar de seus próprios relatórios dando conta das atividades do aleijado, mas, nesse caso, por que todo o mistério? Enquanto dirigia, repassei a lista mentalmente, sem o menor resultado.

Guardei o carro na garagem e caminhei até a casa. Era quase hora do jantar quando cheguei. Wolfe estava no escritório, atrás de sua mesa. Estava fazendo alguma coisa. A cerveja havia sido posta de lado com bandeja e tudo, e ele estava inclinado sobre um pedaço de papel, examinando-o com uma lupa, com a luminária mais forte ligada. Ele levantou a cabeça, acenou para mim e retomou o que estava fazendo. Havia uma pilha de papéis semelhantes sob um peso. O texto datilografado no papel dizia: — *Devias ter me matado, observado o último e sórdido suspiro.* Era o primeiro aviso.

Pouco depois ele ergueu os olhos novamente e piscou. Largou a lupa sobre a mesa. Perguntei: — Essas são as amostras de Farrell?

— Sim. O senhor Farrell as trouxe há uns dez minutos. Resolveu pegar uma amostra de cada máquina do escritório do senhor Oglethorpe. Já examinei duas e as descartei, aquelas que estão marcadas com caneta vermelha. — Ele suspirou. — Sabe, Archie, é notável como os dias mais curtos nesta época do ano, o fato de escurecer mais cedo, como isso tudo parece encompridar o período entre o almoço e o jantar. Suponho já ter feito esse comentário antes.

— Não muitas vezes, senhor. Não mais do que uma ou duas vezes ao dia.

— Não diga. Merece mais. Você ainda não lavou as mãos.

— Não, senhor.

— Não devemos deixar os dois faisões esperando por nós.

Depois do jantar trabalhamos juntos nas amostras de Farrell. Havia dezesseis delas. Ele não era assim tão bom na máquina de escrever. Havia aplicado um "x" sobre várias palavras erradas, mas para nossos fins aquilo não fazia diferença. Eu trouxe uma lupa que estava na estufa, e Wolfe continuou com a outra. Não importava quais originais usássemos, contanto que não fosse uma das cópias em carbono, visto que já estava definitivamente determinado que todas haviam sido escritas com a mesma máquina. Fizemos um trabalho minucioso, só eliminando uma de maneira definitiva depois que nós dois a tivéssemos examinado. Wolfe adorava esse tipo de trabalho, cada minuto dele. Depois que ele terminava de analisar uma amostra e de se certificar de que a letra *a* não estava fora de alinhamento e que a letra *n* não estava torta, ele soltava um grunhido de satisfação. Eu só gostava quando obtínhamos resultados. Estávamos nos aproximando do final da pilha, usando a caneta vermelha em todas as amostras que já tínhamos visto, e eu não estava ficando muito alegre com aquilo.

Por volta de dez horas me levantei e passei a ele a última, e fui até a cozinha pegar uma jarra de leite. Fritz, sentado lá e lendo seu jornal francês, deu uma risadinha: — Se você tomar leite com essa cara, o leite vai talhar. — Mostrei-lhe a língua e voltei ao escritório. Wolfe havia juntado as folhas e prendido com um clipe, e estava guardando os originais de volta no envelope.

Eu disse: — Bem, esta noite foi bastante proveitosa. Não? — Bebi um pouco de leite e lambi os lábios.

Wolfe recostou e entrelaçou os dedos. Seus olhos estavam semicerrados. Por fim ele observou: — Nós a sacrificamos à sagacidade do senhor Chapin, como um tributo a ele. E estabelecemos um fato: ele não datilografou os avisos no escritório do editor. Mas foi ele quem os datilografou, e sem dúvida deve estar preparado para datilografar outro. Portanto, a máquina existe e pode ser encontrada. Já tenho pronta outra sugestão para o senhor Farrell, um pouco complicada, mas cuja tentativa é válida.

— Talvez eu também possa contribuir. Diga-lhe para colher amostras das máquinas no escritório de Leopold Elkus.

As sobrancelhas de Wolfe se ergueram. — Por que Elkus em especial?

— Bom, o inspetor Cramer teve a idéia de arrumar alguém na Itália para entrar em contato com o senhor Santini. A idéia é boba, é claro, mas ele não se importou. Santini disse que se lembra de que, depois que todos eles saíram do escritório naquele dia, Elkus voltou para buscar alguma coisa e ficou lá dentro sozinho por meio minuto, talvez. Tempo suficiente para jogar alguns tabletes na bebida de alguém.

— Mas não o suficiente para surrupiar a garrafa do bolso do senhor Dreyer e enfiá-la novamente, sem mencionar a destreza que isso exigiria.

— Tudo bem. O próprio Chapin fez isso algum tempo antes, talvez uma semana antes, e deu os tabletes a Elkus.

— Não diga. Isso passou no noticiário?

— Não, está tudo na cachola de Cramer. Mas pode ser que ele esteja certo. E se isso acontecer, e ele resolver o caso primeiro, vamos ter que arranjar um espelho para ver como ficam as nossas caras. Outro detalhe é que Elkus tem alguém seguindo Chapin.

— Isso igualmente está na cachola do senhor Cramer?

— É, igualmente. Mas um desses detetives...

— Archie. — Wolfe balançou um dedo na minha direção. — Acho que seria bom corrigir a sua perspectiva. Você não pode deixar as esquisitices deste caso deixá-lo perplexo a ponto de transformá-lo num idiota. Veja o inspetor Cramer, por exemplo. É uma pessoa excelente. Em nove entre dez casos, os préstimos dele seriam muito mais valiosos do que os meus. Só para mencionar alguns pontos: eu tenho que ter um horário regular, eu não conseguiria atuar, nem de maneira passável, em lugares onde não houvesse cerveja gelada em contínua disponibilidade, e eu não consigo correr. Se sou obrigado a me envolver em esforços físicos extremos, tais como matar uma cobra, fico faminto durante dias. Mas é algo completamente fútil, neste caso ou em qualquer outro em que estejamos interessados, dar atenção aos conteúdos da cachola do senhor Cramer. Pensei que, depois de sete anos, você tivesse aprendido isso.

— Claro. Nada de cachola. — Afastei a idéia com um aceno de mão. — Mas e os fatos que ele contou? A história de Elkus voltando sozinho ao escritório?

Wolfe balançou a cabeça. — Está vendo, Archie? As estonteantes rotações da matreira roda da vingança do senhor Chapin fizeram com que você fosse jogado pela tangente. Analise o que nos propusemos a fazer segundo o memorando que preparamos: libertar nossos clientes do medo em relação aos desígnios de Paul Chapin. Mesmo se fosse possível provar que o doutor Elkus envenenou a bebida do senhor Dreyer (algo de que eu duvido e muito), qual seria a finalidade de tentarmos fazer isso? Não, vamos nos ater à circunferência de nossas próprias necessidades e desejos. Pode ser que algum dia o inspetor Cramer tenha algum fato para nós, como qualquer outra pessoa poderia ter, não há dúvidas quanto a isso, mas esse pode ficar com ele. Está fora de nosso círculo de ação.

— Eu ainda não entendo. Veja bem, digamos que Elkus tenha posto aquela coisa no copo de Dreyer. É claro que Chapin estava envolvido, veja o segundo aviso. Como é que você vai provar que Chapin é culpado da morte de Dreyer a menos que você também prove que Elkus teve participação nela?

Wolfe concordou com um movimento de cabeça. — Sua lógica é impecável. Sua premissa é absurda. Eu não tenho a menor expectativa de provar que Chapin é culpado do assassinato de Dreyer.

— Então que diabos...

Falei essas três palavras antes de perceber exatamente o que ele havia dito. Eu o encarei. Ele continuou:

— Não se poderia esperar que você conhecesse Paul Chapin como eu o conheço, porque você não teve a associação extensa e íntima da qual desfrutei, por meio dos livros que ele escreveu. Ele está possuído por um demônio. Essa é uma bela e antiga expressão melodramática. A mesma coisa pode ser dita em termos científicos modernos, mas seu significado se perderia e seu sabor seria prejudicado em muito. Ele está possuído por um demônio, mas, dentro de certos limites, também é um homem extraordinariamente astuto. Sob o ponto de vista emocional ele é infantil, ele até mesmo prefere um substituto quando o objeto original é inatingível, como demonstra o fato de ele aceitar Dora Chapin no lugar da patroa. Mas sua competência intelectual é tão grande que se torna problemático obter qualquer tipo de prova factual de qualquer ato em relação ao qual ele tenha a intenção de se manter anônimo.

Ele parou para tomar cerveja. Eu disse: — Se você está querendo dizer que desiste, está desperdiçando muito tempo e dinheiro. Se você quer dizer que está esperando que ele ataque mais um, e o está seguindo para pegá-lo no ato, e se ele é tão espero quanto você diz que é...

Bebi meu leite. Wolfe limpou os lábios e continuou: — É claro que temos nossa vantagem de costume: estamos na ofensiva. E é claro também que o local para atacar o inimigo é no seu ponto fraco. Isso é uma obviedade. Visto que o senhor Chapin tem aversão a provas factuais e que tem o equipamento intelectual para evitá-las, vamos abandonar a área intelectual e atacá-lo onde ele é fraco: em suas emoções. Neste momento estou lhe comunicando essa decisão, tomada no domingo passado. Estamos reunindo toda a munição que conseguirmos. Com certeza não devemos desprezar alguns fatos. Preciso de mais dois deles, talvez três, antes de me sentir seguro para convencer o senhor Chapin a confessar sua culpa.

Wolfe esvaziou o copo. Eu disse: — Confessar, é? Aquele aleijado?

Ele balançou a cabeça afirmativamente. — Seria simples. Tenho certeza de que será simples.

— Quais são os três fatos?

— Em primeiro lugar, encontrar o senhor Hibbard. Sua carne e seus ossos. Podemos nos virar sem a fagulha vital caso ela tenha se dirigido a outras plagas. No entanto, isso é mais para a satisfação de nossos clientes e para o cumprimento dos termos do memorando do que para surtir algum efeito sobre o senhor Chapin. Esse tipo de fato não vai impressioná-lo. Em segundo lugar, encontrar a máquina de escrever na qual ele datilografou os versos ameaçadores. Esse é necessário, para pegá-lo. Terceiro, apenas como possibilidade, descobrir se ele alguma vez beijou a esposa. Talvez isso não seja necessário. Se conseguirmos os dois primeiros, provavelmente eu não esperaria pelo terceiro.

— E com isso você poderia fazê-lo confessar?

— Acho que sim. Não vejo outra maneira de agarrá-lo.

— É só disso que precisa?

— É muita coisa.

Olhei para ele. Às vezes eu achava que poderia dizer o quanto ele estava fantasiando; outras vezes eu sabia que não. Soltei um resmungo. — Então eu posso muito bem telefonar para Fred, Bill, Orrie e os outros para que venham acertar as contas.

— De jeito nenhum. O próprio senhor Chapin poderia nos levar à máquina de escrever ou ao que sobrou de Hibbard.

— E eu também fui útil. Segundo você. Por que comprou a gasolina que eu gastei ontem e hoje se no domingo à noite você concluiu que não conseguiria nada contra ele? Tenho a impressão de ser um móvel antigo, ou um cão com pedigree, sou um artigo de luxo. O senhor me mantém aqui por motivo de estética. Sabe o que eu acho? Acho que tudo isso é simplesmente sua maneira delicada de me dizer que, a respeito do caso Dreyer, o senhor me julga um fracasso e gostaria de tentar alguma outra coisa. Muito bem. O quê?

As bochechas de Wolfe se desdobraram um pouco.
— Realmente, Archie, você é por demais exagerado. Tem a turbulência de uma torrente dos Cárpatos. Seria gratificante se você conseguisse descobrir o paradeiro do senhor Hibbard.

— Achei que sim. Esqueço Dreyer?

— Deixe-o descansar em paz. Pelo menos até amanhã.

— Mil investigadores e quinze mil tiras estão procurando Hibbard há oito dias. Para onde devo levá-lo quando o encontrar?

— Se estiver vivo, traga-o aqui. Se estiver morto, nem ele nem eu vamos nos importar. Mas talvez importe à sobrinha, leve-o para ela.

— Você vai me contar onde devo começar a procurar?

— Em nosso pequeno globo.

— Certo.

Fui para o andar de cima. Eu estava com raiva. Nunca tivemos um caso, e suponho que nunca teremos, no qual Wolfe cedo ou tarde não se tornasse misterioso. Eu estava acostumado com isso e já esperava que acontecesse, mas sempre me dava raiva. No caso Fairmont-Avery ele de propósito esperou vinte e quatro horas para cair em cima de Peter Avery depois de tê-lo enquadrado completamente, apenas pelo prazer de ficar nos observando, eu e Dick Morley do escritório da promotoria, brincando de esconde-esconde com aquele velho tonto que não conseguia achar o aparelho de audição. Suponho que sua terrível vaidade fosse uma das engrenagens que faziam funcionar a máquina que lhe produzia resultados, mas isso não tornava as coisas melhores para mim quando eu tinha de me preocupar por nós dois. Na noite daquela quarta-feira eu quase arranquei o esmalte dos dentes com a escova, esfaqueando com ela a vaidade de Wolfe.

Na manhã seguinte, quinta-feira, tomei o café e entrei no escritório por volta das oito horas, para dar outra boa olhada na fotografia do tio que nos fora dada por Evelyn Hibbard. Saul Panzer havia telefonado e eu lhe disse para me encontrar no saguão do McAlpin às oito e meia. Depois que eu já havia visto a foto até cansar, telefonei para Evelyn Hibbard e para o inspetor Cramer. Cramer foi receptivo. Disse que havia espalhado uma rede bem grande para pegar Hibbard. Se um corpo de homem aparecesse nas areias de Montauk Point, ou se fosse encontrado numa mina de carvão em Scranton, ou estivesse fedendo em algum baú num pensionato no Village, ou se fosse retirado de algum canteiro de nabos em Jersey, ele ficaria sabendo em dez minutos e solicitaria especificações no mesmo instante. Fiquei satisfeito com essa informação porque não teria de perder meu tempo nem gastar a sola do sapato procurando um Hibbard morto. Seria melhor eu me concentrar na possibilidade de encontrá-lo vivo.

Fui ao McAlpin e discuti a questão com Saul Panzer. Com seu rosto cheio de rugas que nenhum estranho diria ser bonitinho, ele estava sentado numa poltrona de tecido, fumando um charuto comprido e marrom claro que cheirava como algo que as pessoas espalham em gramados no começo da primavera. Ele me pôs a par de suas atividades. Era óbvio, pelas instruções que Saul vinha seguindo, que Wolfe ou havia chegado à mesma conclusão que eu — a de que, se Hibbard estava morto, a rotina policial era a melhor e mais rápida forma de encontrá-lo —, ou pensava que Hibbard ainda estava vivo. Saul esteve investigando todas as conexões que Hibbard teve na cidade e arredores durante os últimos cinco anos, em todos os níveis de intimidade, homem, mulher ou criança, e pretendia visitar a todos. Pelo fato de Hibbard ter sido professor numa grande universidade, e também uma pessoa sociável, Saul não havia ido muito longe. Supus que a idéia de Wolfe era a de que havia uma possibilidade de o terceiro aviso de Chapin ser falso, e que Hibbard simplesmente ficou tão assustado que teve de se esconder e, se isso fosse verdade, era praticamente certo que ele iria entrar em contato com alguém que conhecesse.

Eu realmente não acreditava nisso. Da minha parte, acreditava no aleijado, terceiro aviso e tudo mais. Em primeiro lugar, Wolfe não havia dito definitivamente que não fora ele. Em segundo lugar, eu sabia que Wolfe já errara, poucas vezes, porém mais de uma. Quando a ocasião mostrou que ele estivera errado a respeito de algo, era uma delícia vê-lo lidar com a situação. Ele balançava o dedo de maneira mais rápida e violenta do que de costume e murmurava com os olhos quase abertos, "Archie, eu adoro cometer um erro, é a minha única garantia de que não se pode razoavelmente esperar que eu carregue o fardo da onisciência".

Mas embora eu acreditasse no aleijado e estivesse perfeitamente à vontade com a idéia de que Hibbard não estava mais consumindo oxigênio, eu não conseguia pensar em algo melhor a fazer do que fuçar em lugares aonde ele costumava ir quando vivo. Deixei a lista geral — vizinhos, amigos, alunos e diversos — com

Saul e escolhi para mim os membros da Liga da Pena Branca.

Os escritórios do *Tribune* ficavam a apenas sete quarteirões dali, então eu telefonei para lá, mas Mike Ayers não estava. Em seguida fui para a Park Avenue, até a floricultura de Drummond, e o tenor gorduchinho estava doido para conversar. Ele quis saber muitas coisas, e espero que ele tenha acreditado no que lhe contei, mas ele não tinha nada a oferecer em troca que pudesse ter me ajudado. De lá voltei à rua 39 para falar com Edwin Robert Byron, o editor, e também não consegui nada. Durante meia hora ele só encontrou tempo para dizer "com licença", enquanto atendia ao telefone. Fiquei pensando que, com toda aquela prática, se ele fosse despedido como editor, poderia ser contratado na hora como telefonista.

Quando eu estava trabalhando na rua, deveria ligar para casa às onze, hora em que Wolfe descia da estufa, a fim de perguntar se havia novas instruções. Saindo do escritório de Edwin Robert Byron pouco antes das onze, achei que seria melhor ir direto para casa, visto que teria de desviar apenas uns dois quarteirões de minha visita seguinte.

Wolfe ainda não havia descido. Fui até a cozinha e perguntei a Fritz se alguém havia deixado um cadáver na entrada para nós, e ele respondeu que achava que não. Ouvi o barulho do elevador e fui para o escritório.

Wolfe estava com humor de suspiros. Ele suspirou ao dizer bom-dia e suspirou quando se sentou. Aquilo poderia significar qualquer coisa, desde uma pequena orquídea atacada por pulgões até uma de suas grandes recaídas. Esperei até que ele terminasse suas pequenas rotinas antes de tentar dizer algumas palavras.

De um dos envelopes da correspondência da manhã ele tirou alguns pedaços de papel que pareciam familiares do lugar onde eu estava. Wolfe olhou para mim e de volta para os papéis.

Perguntei: — O que é isso, a segunda edição de Farrell?

Ele me entregou uma das folhas, de tamanho diferente das outras. Eu li:

Prezado sr. Wolfe:
Aqui estão mais duas amostras que deixei de entregar com as outras. Eu as encontrei em outro bolso. Fui chamado para ir até a Filadélfia para uma possível concorrência, e as estou enviando ao senhor para que as examine logo pela manhã.

Atenciosamente,
Augustus Farrell

Wolfe já estava com sua lupa e examinava uma das amostras. Senti o sangue subir-me à cabeça, o que significava uma intuição. Eu disse a mim mesmo para me segurar, não havia mais razão para esperar que algo surgisse dessas amostras em vez das outras, e só havia duas possibilidades. Ergui-me e observei Wolfe. Depois de algum tempo ele largou a folha de lado, balançou a cabeça e pegou a outra.

Mais uma, pensei. Se for essa, ele conseguiu um de seus fatos. Procurei uma expressão em seu rosto enquanto ele examinava a folha, mas, é claro, eu poderia ter poupado meus olhos do esforço. Ele passava a lente pela folha, com determinação, mas um pouco rápido demais para que eu não desconfiasse que ele também havia tido uma intuição. Finalmente olhou para mim e suspirou.

— Não.

Perguntei: — Você está querendo dizer que não é essa?

— Creio que não, negativo. Não.

— Deixe-me ver essas drogas.

Ele as empurrou na minha direção. Peguei a lupa e dei uma boa olhada. Não precisei ser muito minucioso, depois da prática que havia tido na noite passada. Eu estava quase incrédulo, e chateado demais, porque no ramo de investigações nada é mais importante do que descobrir que suas intuições são realmente boas. Se um detetive abandona suas intuições, ele pode muito bem desistir e tentar arrumar um emprego na Homicídios. Isso sem mencionar o fato de que Wolfe havia dito que a máquina de escrever era uma das duas coisas das quais ele precisava.

Ele disse: — É uma pena que o senhor Farrell tenha nos deixado. Não tenho certeza se minha próxima sugestão deva aguardar seu retorno. — Ele pegou o bilhete de Farrell e o examinou. — Acredito, Archie, que será melhor você abandonar temporariamente a busca por Hibbard...

Ele parou de falar. E continuou num tom diferente:

— Senhor Goodwin, passe-me a lupa.

Eu a entreguei a ele. Quando estávamos sozinhos e Wolfe me tratava formalmente, significava que ele estava excitado de maneira quase descontrolada, mas eu não tinha idéia sobre o que era. Então eu vi para que ele havia pedido a lupa. Ele estava olhando com ela o bilhete de Farrell! Eu o encarei. Ele continuou olhando. Cresceu em mim uma bela suspeita de que nunca se deve ignorar uma intuição.

Por fim Wolfe disse: — Realmente!

Estendi a mão e ele me passou a nota e a lupa. Percebi de imediato, mas continuei olhando, era tão satisfatório ver aquele *a* desalinhado e um pouco para a esquerda, e o *n* torto, e todos os outros sinais. Pus tudo de volta na mesa e sorri para Wolfe.

— O Velho Olho de Águia. Como é que eu deixei passar?

Ele disse: — Tire o chapéu e o casaco, Archie. Para quem podemos telefonar na Filadélfia que possa descobrir onde se poderia encontrar um arquiteto atrás de uma concorrência?

14

Comecei a andar em direção ao corredor para guardar o casaco e o chapéu, mas antes de chegar à porta me virei e voltei.

— Escute — disse eu —, o carro está precisando de um pouco de exercício. Poderíamos ficar horas ao telefone sem chegar a lugar algum. Por que não fazemos o seguinte: você telefona para os amigos de Farrell daqui e tenta falar com ele. Eu vou para a Filadélfia e telefono para você assim que chegar. Se você não conseguir nada, eu vou estar lá e poderei procurá-lo. Posso chegar lá às duas e meia.

— Excelente — Wolfe concordou. — Mas o trem do meio-dia chega à Filadélfia às duas.

— É, eu sei, mas...

— Archie, vamos ficar com o trem.

— Ok. Pensei que eu pudesse ganhar essa.

Havia bastante tempo para discutir algumas probabilidades, visto que a caminhada até a estação ferroviária não demoraria mais do que cinco minutos. Peguei o trem do meio-dia, almocei no vagão-restaurante e telefonei para Wolfe da estação da rua Broad dois minutos depois das duas.

Ele não tinha nenhuma novidade, a não ser os nomes de alguns amigos e conhecidos de Farrell na

Filadélfia. Telefonei para todos os nomes e investiguei alguns lugares durante toda a tarde, o Clube de Belas-Artes, uma revista de arquitetura e os escritórios do jornal local para ver se eles conheciam alguém que pretendesse construir alguma coisa, e assim por diante. Eu estava começando a me perguntar se uma idéia que havia me ocorrido no trem teria algum fundamento. Estaria o próprio Farrell envolvido de alguma maneira com os planos de Chapin e teria ele escrito aquele bilhete naquela máquina por algum motivo, talvez para ser descoberto e depois fugir? Será que haveria alguma possibilidade de ele não estar na Filadélfia, mas em outro lugar, talvez até num transatlântico?

Mas por volta das seis da tarde eu o achei. Eu tinha começado a telefonar para arquitetos. Depois de umas três dúzias deles encontrei um que me contou que um certo senhor Allenby que se tornara rico e sentimental ia construir uma biblioteca numa cidade do Missouri, afortunada por ter servido de berço e túmulo para ele. Telefonei para Allenby e fiquei sabendo que o senhor Farrell era esperado para o jantar às sete da noite.

Engoli dois sanduíches e fui para lá, e então precisei esperar até que ele tivesse terminado de jantar.

Ele veio me encontrar na biblioteca de Allenby. É claro que ele não conseguia entender o que eu estava fazendo lá. Dei-lhe dez segundos para administrar a surpresa e então perguntei: — Na noite passada o senhor escreveu um bilhete para Nero Wolfe. Onde está a máquina com a qual o senhor escreveu aquele bilhete?

Ele sorriu como um cavalheiro que estivesse confuso. E disse: — Suponho que esteja onde a deixei. Eu não a trouxe comigo.

— Bem, e onde ela está? Desculpe-me por pegá-lo de surpresa dessa forma, mas estive caçando o senhor há mais de cinco horas e estou sem fôlego. A máquina com a qual o senhor escreveu aquele bilhete é a mesma que Paul Chapin usou para escrever seus poemas. Esse é o detalhe.

— Não! — Ele me encarou e deu risada. — Meu Deus, essa é boa. Tem certeza? Depois de tanto trabalho para conseguir aquelas amostras, e depois de escrever aquele bilhete... não acredito.

— É. Agora, se puder me dizer...

— É claro. Usei a máquina de escrever do Harvard Club.

— Ah, é?

— É, é sim.

— Certo. Onde é que está essa máquina?

— Ora, é uma que... ela pode ser usada por qualquer dos sócios. Eu estava lá na noite passada quando recebi um telegrama do senhor Allenby, e a usei para escrever dois ou três bilhetes. Ela está numa salinha ao lado da sala de fumantes, uma espécie de nicho. Muitas pessoas a usam, com freqüência.

— Ah, sei. — Sentei-me. — Bom, isso é ótimo. É tão doce que até enjoa. Ela está disponível para qualquer um, e milhares de pessoas usam essa máquina.

— Eu não diria milhares, mas muitas...

— Dúzias é o bastante. O senhor alguma vez viu Paul Chapin usando essa máquina?

— Não saberia dizer... mas acredito que... sim, naquela cadeirinha, sentado sobre a perna... tenho certeza de que o vi.

— E algum desses outros amigos seus?

— Isso eu não saberia dizer.

— Muitos deles são sócios do clube?

— Ah, sim, quase todos. Mike Ayers não é sócio, e acho que Leo Elkus se desligou há alguns anos...

— Entendo. Há outras máquinas de escrever nessa sala?

— Há mais uma, mas pertence a um estenógrafo público. Pelo que sei a outra foi doada por um sócio. Eles costumavam deixá-la na biblioteca, mas alguma pessoa que catava milho passou a fazer muito barulho com ela.

— Está certo. — Eu me levantei. — O senhor pode imaginar como me sinto, por ter vindo até a Filadélfia para levar um chute no traseiro. Posso dizer a Wolfe quando o senhor pretende retornar, caso ele queira lhe falar?

Ele respondeu que provavelmente no dia seguinte já estaria de volta, tinha de preparar o projeto para apresentar ao senhor Allenby, e eu o agradeci por nada e saí para tomar ar e o bonde que me levaria de volta à estação.

O trem de volta a Nova York, num vagão para fumantes totalmente preenchido com a descarga de uma centena de pares de pulmões, não foi exatamente o que eu queria para me levantar o ânimo. Não conseguia pensar em nada que me mantivesse desperto nem pude dormir. O trem parou na estação à meia-noite, e eu voltei a pé para casa.

O escritório estava às escuras. Wolfe tinha ido para a cama. Não havia nenhum bilhete para mim sobre a mesa, portanto nada de anormal havia acontecido. Peguei um jarro de leite na geladeira e subi. O quarto de Wolfe ficava no mesmo andar que o meu. O meu dava para a rua 35 e o dele ficava nos fundos. Pensei que possivelmente ele ainda estivesse acordado e que gostaria de ouvir as boas-novas, então fui para o fundo do corredor para ver se havia luz embaixo da porta — sem chegar muito perto, porque quando ele ia se deitar, acionava uma chave, e, se alguém chegasse a menos de um metro e meio da porta ou mexesse em alguma de suas janelas, isso faria soar um alarme no meu quarto que paralisaria qualquer um. Percebi que estava tudo escuro no quarto dele, então fui para o meu quarto com o leite, que bebi enquanto me preparava para dormir.

Na manhã de sexta-feira, depois do café, eu ainda estava sentado no escritório às oito e meia. Fiquei sentado lá, em primeiro lugar porque estava chateado com aquela caça a Hibbard, e em segundo porque ia ter de esperar até as nove horas e falar com Wolfe logo que ele chegasse à estufa. Mas às oito e meia o interfone tocou e eu atendi. Era Wolfe falando do quarto. Ele me perguntou se eu tinha feito boa viagem. Eu lhe disse que a única coisa que faltou para que a viagem tivesse sido perfeita era ter Dora Chapin como companhia. Ele perguntou se o senhor Farrell havia se lembrado de que máquina de escrever ele havia usado.

Eu lhe contei. — Uma que está no Harvard Club, numa saleta ao lado da sala de fumantes. Parece que todos os sócios vão teclar nela quando estão inspirados.

O lado bom disso é que estreita a busca, e deixa todos os sujeitos de Yale e outros grosseirões fora dela. Pode-se ver que Chapin queria tornar as coisas tão simples quanto possível.

Ouvi Wolfe murmurar: — Excelente.

— É. Um dos fatos que você queria. Legal.

— Não, Archie, estou sendo sincero. Isso vai servir muito bem. Eu já lhe disse, não precisaremos de provas neste caso, os fatos nos ajudarão. Por favor, encontre alguém que deseje nos fazer um favor e que seja sócio do Harvard Club, mas que não seja nenhum de nossos clientes atuais. Pode ser Albert Wright; se não for ele, encontre alguém. Peça a essa pessoa que vá ao clube agora pela manhã e que leve você como convidado. Naquela máquina faça uma cópia... não. Isso não. Não pode haver um buraco por onde o senhor Chapin possa se espremer, caso ele se mostre mais difícil do que estou prevendo. Apesar de sua deficiência, ele provavelmente é capaz de carregar uma máquina de escrever. Faça o seguinte: consiga um anfitrião, compre uma máquina de escrever nova (qualquer uma que seja boa, à sua escolha) e leve-a consigo até o clube. Tire a que está lá e ponha a nova no lugar. Faça isso da maneira que lhe aprouver, conversando com o encarregado, por meio de prestidigitação, da maneira que for. No entanto, isso deve acontecer com o conhecimento de seu anfitrião, pois ele deve se qualificar para fornecer corroboração, no futuro, acerca da identidade da máquina que você vai retirar. Traga-a até aqui.

— Uma máquina nova custa cem dólares.

— Eu sei. Não é necessário me dizer isso.

— Ok.

Desliguei e peguei a lista telefônica.

Foi assim que, às dez horas daquela manhã de sexta-feira, eu estava sentado na sala de fumantes do Harvard Club na companhia de Albert Wright, vice-presidente da Eastern Electric, bebendo vermute, com uma máquina de escrever coberta por uma capa de plástico brilhante no chão, ao lado dos meus pés. Wright fora muito simpático, como deveria ter sido mesmo, visto que tudo o que ele devia a Wolfe era sua esposa e família. Aquele foi um dos casos de chantagem mais elegantes que... mas é melhor deixar isso de lado. É verdade que ele havia pagado pelos serviços de Wolfe, que não foram baratos, mas o que vi sobre esposas e famílias me convenceu de que elas não podem ser pagas em dinheiro: ou estão muito acima de qualquer quantia imaginária, ou estão na posição diametralmente oposta. De toda forma, Wright fora muito simpático. Eu lhe disse:

— É isso. É aquela máquina de escrever ali dentro, cujo número lhe mostrei e na qual o senhor colocou uma marca na parte de baixo. O senhor Wolfe a quer.

Wright ergueu as sobrancelhas. Eu continuei:

— É claro que o senhor não se importa com os motivos, mas, caso se importe, talvez ele lhe conte um dia desses. A verdadeira razão é que ele se interessa muito por cultura e não gosta de ver os membros de uma organização bacana como o Harvard Club usando um lixo como aquele ali. Eu trouxe uma Underwood novinha em folha. — Toquei-a com a ponta do sapato. — Acabei de comprar, é um modelo novo. Não estou preocupado em ser pego. É só uma travessura: o clube ganha algo de que precisa, e o senhor Wolfe consegue o que quer.

Wright, sorrindo, bebericou o vermute. — Eu hesito principalmente porque você me fez marcar a parte de baixo daquela velharia para identificação. Eu faria qualquer coisa por Nero Wolfe, mas não iria gostar muito de me envolver em alguma confusão com o clube. Suponho que você não possa apresentar nenhuma garantia de que vai dar certo.

Balancei a cabeça. — Sem garantias, mas, uma vez que sei de que forma o senhor Wolfe está cuidando das coisas, eu diria que as probabilidades são de mil para uma.

Wright olhou para mim durante um minuto e sorriu novamente. — Bem, tenho que voltar ao escritório. Vá em frente com a sua travessura. Eu espero aqui.

Foi moleza. Peguei a Underwood, fui até a saleta e depositei a máquina sobre a escrivaninha. O estenógrafo público estava lá, a uns três metros de distância, espanando sua máquina, mas fiz ar de quem não queria nada e nem olhei para ele. Pus a velharia de lado, cobri a máquina velha com a capa brilhante da nova, deixei a nova no lugar da outra, peguei a velharia e saí. Wright levantou-se da poltrona e me acompanhou até o elevador.

Na calçada, em frente à entrada principal do clube, Wright apertou minha mão. Ele não estava sorrindo. Adivinhei pelo seu olhar que sua mente havia voltado quatro anos no passado, para um outro momento em que trocamos um aperto de mão. Ele me disse: — Mande lembranças minhas a Nero Wolfe e diga-lhe que continuarei a ter grande consideração por ele mesmo se me expulsarem do Harvard Club por ter ajudado a roubar uma máquina de escrever.

Eu sorri. — Roubar nada, eu quase morri de pena de deixar aquela Underwood novinha no clube.

Levei o fruto de minha pilhagem até o local onde estacionara o carro, na rua 55, larguei-o no banco do passageiro e rumei para casa. A presença da máquina ao meu lado fez com que eu sentisse que estávamos chegando a algum lugar. Não que eu soubesse aonde, mas Wolfe sabia, ou achava que sabia. Com muita freqüência eu me chateava com as armações de Wolfe. Está certo, admito que eu me preocupava e ficava quase doido quando me parecia que ele estava negligenciando um aspecto que pudesse nos ajudar, mas lá no fundo eu quase sempre sabia que tudo aquilo que ele estivesse deixando passar iria acabar se mostrando alguma coisa de que não precisávamos. Nesse caso eu não tinha tanta certeza, e o que me fazia não ter tanta certeza era aquele maldito aleijado. Havia alguma coisa na maneira como os outros falavam sobre ele, na maneira como ele se apresentou e agiu naquela noite de segunda-feira, na maneira como soavam aqueles avisos, que me davam a desagradável idéia de que pela primeira vez Wolfe poderia estar subestimando um sujeito. Isso não era do feitio dele, pois geralmente ele possuía uma opinião bastante elevada das pessoas em cujo destino intervinha. Eu pensava que talvez o erro que ele cometera fora o de ter lido os livros de Chapin. Ele possuía opiniões bastante definidas sobre mérito literário, e por os ter possivelmente considerado de baixo nível, talvez tivesse feito o mesmo em relação ao homem que os escrevera. Se essa era a opinião que ele tinha sobre Chapin, a minha era exatamente o contrário. Por exemplo, aqui ao meu lado estava a máquina de escrever na qual foram datilografados os três avisos, não restavam dúvidas sobre isso, e era uma máquina à qual Paul Chapin havia tido acesso fácil e constante, mas não havia uma única maneira de provar que fora ele o autor daqueles textos. E não era só isso: aquela era uma máquina à qual a maioria das outras pessoas ligadas a esse caso também haviam tido acesso. Não, pensei, no que dizia respeito à autoria daqueles avisos, tudo o que se pudesse dizer a respeito de Chapin seria uma forma de subestimá-lo.

Ainda não eram onze horas quando voltei para casa. Entrei com a máquina no corredor e larguei-a sobre uma mesinha enquanto guardava o casaco e o chapéu. Havia um outro chapéu e um outro casaco pendurados. Não eram de Farrell e eu não os reconheci. Fui até a cozinha perguntar a Fritz quem era o visitante, mas ele não estava lá, provavelmente estava lá em cima, então voltei, peguei a máquina e levei-a para o escritório. Mas não dei mais de meia dúzia de passos porta adentro antes de parar. Sentado lá, virando as páginas de um livro, com sua bengala apoiada contra o braço da poltrona, estava Paul Chapin.

Fiquei mudo, algo que raramente acontece comigo. Acho que era pelo fato de eu ter debaixo do braço a máquina de escrever na qual ele havia escrito seus poemas, embora certamente ele não pudesse reconhecê-la sob a capa. Mas ele saberia que era uma máquina de escrever. Fiquei parado e o encarei. Ele ergueu os olhos e me informou educadamente:

— Estou esperando o senhor Wolfe.

Ele virou outra página do livro e eu vi que era *O diabo vem por último*, no qual Wolfe havia feito marcações. Eu disse:

— Ele sabe que o senhor está aqui?

— Ah, sim. O empregado contou a ele há algum tempo. Estou aqui — ele olhou o relógio — há meia hora.

Não houve o menor indício de que ele tivesse percebido o que eu estava carregando. Fui até a minha mesa e pus a máquina num dos cantos. Voltei até a mesa de Wolfe e dei uma olhada na correspondência da manhã, o canto do meu olho me dizendo que Chapin estava apreciando sua leitura. Dei uma espanada no mata-borrão de Wolfe e mudei a caneta-tinteiro de lugar. Depois fiquei meio chateado ao perceber que não estava com a menor vontade de sentar-me à minha mesa, e a razão para isso é que, se o fizesse, isso me deixaria de costas para Paul Chapin. Mas sentei, tirei uns registros de plantas da gaveta e comecei a folheá-los. Aquela era uma situação esquisita; eu não sabia o que aquele aleijado tinha que me incomodava tanto. Vai ver ele era magnético. Na verdade precisei firmar o pescoço com força para evitar olhar para ele, e, enquanto eu estava tentando afastar essas idéias da cabeça, apareciam outras do tipo será que ele tinha uma arma e, se tivesse, será que era igual à daquela noite? Eu tinha uma sensação de incômodo muito maior com Paul Chapin atrás de mim do que já tive antes com muitas pessoas que estavam diante dos meus olhos e às vezes em minhas mãos também.

Continuei entretido com os registros e não me virei até que Wolfe entrou.

Eu já vira Wolfe entrar no escritório diversas vezes em situações nas quais havia uma visita a esperá-lo e fiquei observando para ver se ele iria variar seu hábito para conseguir algum tipo de efeito sobre o aleijado. Ele não mudou nada. Parou na porta e disse "Bom dia, Archie". Então se voltou para Chapin, e seu tronco e sua cabeça moveram-se alguns centímetros para a frente em relação à perpendicular, numa elegância de mamute. "Bom dia, senhor." Andou até sua mesa, arrumou as orquídeas no vaso, sentou-se e deu uma olhada na correspondência. Tocou a campainha para chamar Fritz, pegou a caneta e testou-a num bloco e, quando Fritz apareceu, ele pediu cerveja apenas com um movimento da cabeça. Depois voltou a atenção para mim:

— Esteve com o senhor Wright? Conseguiu fazer tudo?

— Sim, senhor. Tudo certo.

— Ótimo. Poderia trazer uma cadeira até aqui, para o senhor Chapin? Poderia ter a bondade, senhor? A distância está muito grande, tanto para amenidades como para hostilidades. Aproxime-se. — Ele abriu uma garrafa de cerveja.

Chapin se levantou, agarrou a bengala e mancou até a mesa. Não prestou atenção na cadeira que eu trouxera para ele, muito menos em mim, mas ficou em pé, apoiado na bengala, as maçãs do rosto pálidas e lisas, os lábios com um leve movimento, como um cavalo de corrida que não estivesse muito firme na barreira, e em seus olhos claros não transpareciam nem vida nem morte — não havia a vivacidade da primeira nem o olhar vítreo da segunda. Peguei um bloco em minha mesa e coloquei-o entre outros papéis, pronto para tomar nota enquanto fingia estar fazendo outra coisa qualquer, mas Wolfe balançou a cabeça. — Obrigado, Archie, mas não será necessário.

O aleijado disse: — Não há necessidade de haver amenidades nem hostilidades. Vim buscar minha caixa.

— Ah! É claro. Eu deveria saber. — Wolfe havia iniciado seu tom afável. — Se não se importa, senhor Chapin, posso lhe perguntar como soube que eu estava com ela?

— Pode. — Chapin sorriu. — A vaidade de todo homem gosta de um lustro de vez em quando, não é, senhor Wolfe? Perguntei pelo meu pacote no lugar onde eu o havia deixado, e me disseram que não estava lá, e eu descobri o estratagema por meio do qual ele fora roubado. Refleti um pouco, e era óbvio que o ladrão mais provável fosse o senhor. Creia-me, isso não é adulação, eu realmente vim até aqui antes de qualquer outro lugar.

— Obrigado. Obrigado mesmo. — Wolfe, depois de esvaziar um copo, recostou-se na cadeira para ficar mais confortável. — Estou pensando que... e isso não deverá aborrecê-lo, visto que as palavras são suas ferramentas de trabalho, sim, estou pensando na inadequação cômica e trágica de todos os vocabulários. Veja, por exemplo, o procedimento pelo qual o senhor obteve os conteúdos daquela caixa e que agora estão comigo, caixa e conteúdos. Tanto a minha ação quanto a sua foram, por definição, roubo, e ambos somos ladrões, palavras que implicam condenação e desprezo, e no entanto nenhum de nós admitiria merecê-las. Mas chega de falar em palavras, o senhor, é claro, sabe tudo isso visto ser um profissional.

— O senhor falou em conteúdos. Não abriu a caixa, abriu?

— Meu caro senhor! A própria Pandora poderia ter resistido a uma tentação dessas?

— O senhor quebrou a tranca?

— Não, ela está intacta. O mecanismo é muito simples e cedeu facilmente.

— E... o senhor a abriu. Provavelmente... — Ele parou e ficou em silêncio. O tom de sua voz estava mais baixo, mas eu podia ver que seu rosto não demonstrava nenhum sentimento, nem mesmo ressentimento. Ele continuou: — Nesse caso... eu não a quero. Não quero vê-la. Mas isso é um absurdo. É claro que eu a quero. Preciso tê-la de volta.

Wolfe, imóvel, olhando para ele com os olhos semicerrados, não disse uma palavra. Isso durou alguns segundos. De repente, Chapin exigiu, a voz tornando-se rouca:

— Desgraçado, onde ela está?

Wolfe balançou o dedo para ele. — Senhor Chapin, sente-se.

— Não.

— Muito bem. Não vai ter a caixa de volta. Pretendo ficar com ela.

Ainda não havia a menor mudança no rosto do aleijado. Eu não gostava dele, mas o admirava. Seus olhos claros mantiveram-se o tempo todo sobre os olhos de Wolfe, mas agora eles haviam mudado de posição. Ele olhou para o lado, na direção da cadeira que eu colocara para ele, firmou a mão sobre o cabo da bengala, mancou três passos e sentou-se. Ele olhou para Wolfe novamente e disse:

— Durante vinte anos vivi de piedade. Não sei se o senhor é um homem sensível, não sei se pode adivinhar o que uma dieta dessas provoca. Eu a desprezava, mas vivia dela, porque um homem com fome aceita o que lhe dão. Então encontrei outra coisa para me sustentar. Consegui uma medida de orgulho por estar realizando algo, comecei a comer o pão que era fruto de meu trabalho, joguei fora a bengala da qual eu precisava para andar, uma que me fora dada, e comprei a minha própria bengala. Senhor Wolfe, eu dera um basta na piedade. Eu a havia engolido até o limite da tolerância. Tinha a certeza de que, fossem quais fossem os gestos a que eu fosse levado a aceitar de meus companheiros, por tolice ou desespero, eles nunca mais incluiriam piedade.

Ele parou de falar. Wolfe murmurou: — A certeza, não. A menos que tivesse a morte a seu lado.

— Certo. Aprendi isso hoje. Parece que adquiri uma nova e ativa antipatia em relação à morte.

— E quanto à piedade...

— Eu preciso dela. Eu a peço. Descobri uma hora atrás que o senhor está com a minha caixa, e tenho refletido sobre meios e formas de recuperá-la. Não vejo outra maneira de fazer isso a não ser suplicando. A força — ele sorriu o sorriso que seus olhos ignoravam — não é um meio exeqüível para mim. A força da lei, é claro, diante das circunstâncias, está fora de questão. Astúcia, eu não tenho astúcia, a não ser com as palavras.

Não há outra maneira, a não ser apelar para sua piedade. Eu o faço, eu suplico. A caixa é minha por direito de aquisição. O conteúdo é meu por... por sacrifício. Eu poderia dizer por aquisição também, embora sem o emprego de dinheiro. Peço-lhe que a devolva para mim.

— Bem, em que se baseia sua súplica?

— Na minha necessidade, na minha verdadeira necessidade, e em sua indiferença.

— Está errado quanto a isso, senhor Chapin. Eu também preciso dela.

— Não, é o senhor quem está errado. Ela não tem valor para o senhor.

— Mas, meu caro senhor — Wolfe balançou um dedo —, se eu lhe permito ser o juiz de suas próprias necessidades, o senhor deve me conceder o mesmo privilégio. Em que mais se baseia?

— Em nada. Eu a receberei como gesto de piedade de sua parte.

— Não de mim, senhor Chapin. Não vamos afastar de nossas bocas aquilo que está em nossas mentes. Mas há algo em que basear sua súplica que seria eficaz. Espere, ouça-me. Sei que não está preparado para falar sobre isso, ainda não, e eu não estou preparado para perguntar a respeito. Sua caixa está sendo mantida num lugar seguro, intacta. Preciso dela aqui a fim de ter certeza de que o senhor virá falar comigo no momento em que eu estiver pronto para o senhor. Ainda não estou pronto. Quando chegar a hora, não será apenas a minha posse de sua caixa que o convencerá a me dar o que quero e pretendo obter. Estou me preparando para o senhor. O senhor disse ter adquirido uma nova e ativa antipatia em relação à morte. Então o senhor deverá se preparar para mim, pois o melhor que poderei lhe oferecer, quando o senhor vier buscar sua caixa, será sua escolha entre duas mortes. Por enquanto, deixarei isso da maneira tão misteriosa quanto parece ser. Pode ser que o senhor me entenda, mas certamente não vai tentar se adiantar a mim. Archie, para o senhor Chapin não desconfiar de que o estamos enganando, traga a caixa, por favor.

Fui até o armário, destranquei-o, tirei a caixa de uma das prateleiras e depositei-a com cuidado sobre a mesa de Wolfe. Eu não a via desde quarta-feira e havia me esquecido de como era bonita, uma maravilha. Achei que os olhos do aleijado estavam muito mais sobre mim do que sobre a caixa e pensei o quanto ele deveria estar contente de me ver mexendo nela. Por pura maldade, comecei a passar a mão para a frente e para trás sobre a tampa. Wolfe me mandou sentar.

As mãos de Chapin estavam agarrando firmemente os braços da cadeira, como se ele fosse se levantar. Ele perguntou: — Posso abri-la?

— Não.

Ele ficou em pé, esquecendo-se da bengala, apoiando uma das mãos sobre a mesa. — Eu só queria... erguê-la.

— Não. Lamento, senhor Chapin. O senhor não vai tocá-la.

O aleijado ficou apoiado lá, curvado para a frente, fitando os olhos de Wolfe. Seu queixo estava estendido. De repente ele começou a rir. Era uma risada tão forte que eu pensei que ele fosse sufocar. Ele continuou a rir. A risada foi diminuindo aos poucos e ele se virou para pegar a bengala. Ele me pareceu meio histérico, e eu já estava pronto para pular sobre ele caso ele resolvesse tentar alguma criancice como bater na cabeça de Wolfe com a bengala, mas julguei-o mal novamente. Ele voltou a sua postura de sempre, inclinado para o lado direito com a cabeça tombada um pouco para a esquerda para ter equilíbrio, e, a julgar por seus olhos claros que estavam firmes sobre Wolfe novamente, não se poderia de forma alguma dizer que havia sentimento neles.

Wolfe disse: — Da próxima vez que o senhor vier aqui, senhor Chapin, poderá levar a caixa consigo.

Chapin balançou a cabeça. O tom de sua voz era novo, mais ríspido: — Acho que não. O senhor está cometendo um erro. O senhor está se esquecendo de que eu tive vinte anos de prática de renúncia.

Foi a vez de Wolfe balançar a cabeça. — Ah, não. Pelo contrário, e é com isso que estamos contando. A única questão é: qual entre dois sacrifícios o senhor escolherá. Se bem o conheço, e acho que sim, sei onde sua escolha recairá.

— Eu a farei agora. — Olhei fixamente para o incrível sorriso do aleijado. Pensei que para quebrá-lo Wolfe precisaria tirar aquele sorriso dele, mas não me ocorria nenhum meio prático de obter isso. Ainda sorrindo, Chapin pôs a mão esquerda sobre a mesa para firmar-se e com a direita ergueu a bengala, apontando-a para a frente como se fosse um florete, e pousou a ponta delicadamente sobre o tampo da mesa. Ele fez a ponta deslizar até encostá-la na lateral da caixa e então empurrou-a, sem pressa, mas com firmeza. A caixa moveu-se, aproximou-se da borda, continuou se movendo e desabou sobre o chão. Ela quicou uma vez e rolou na direção dos meus pés.

Chapin recolheu a bengala e apoiou novamente seu peso sobre ela. Não olhou para a caixa; dirigiu seu sorriso para Wolfe. — Eu lhe disse, senhor, que aprendi a viver de piedade. Agora estou aprendendo a viver sem ela.

Ele jogou a cabeça para cima, duas vezes, como se fosse um cavalo puxado pelas rédeas, virou-se, mancou até a porta e saiu. Fiquei sentado observando-o. Não fui ao corredor para ajudá-lo. Nós o ouvimos lá fora, arrastando os pés para se equilibrar enquanto vestia o casaco. Então escutamos a porta da frente se abrir e fechar.

Wolfe suspirou. — Pegue-a do chão, Archie. Pode guardá-la. É surpreendente o efeito que um pouco de sucesso literário e financeiro causa numa enfermidade espiritual.

Ele tocou a campainha para pedir mais cerveja.

15

Não saí de novo naquela manhã. Wolfe estava loquaz. Recostado na cadeira, com os dedos entrelaçados sobre a barriga, os olhos quase fechados, ele me presenteou com um de seus intermináveis discursos, e dessa vez seu tema foi aquilo que ele chamou de "bravata da psique". Ele disse que havia duas espécies distintas de bravata: uma cujo propósito era impressionar espectadores externos; a outra, planejada unicamente para um público interno. A segunda era a bravata da psique. Era um show apresentado por este ou aquele fator do ego para impressionar os outros fatores. E assim por diante. Eu consegui, antes da uma hora, fazer uma cópia do primeiro aviso na velharia que eu havia trazido do Harvard Club, e coloquei-a sob a lupa. Era aquilo mesmo. Chapin havia datilografado seus amistosos poemas naquela máquina.

Depois do almoço fui pegar o conversível para caçar Hibbard. Os relatórios de costume já haviam chegado dos rapazes, inclusive de Saul Panzer: nada. Fred Durkin anunciou no telefone, pouco antes da uma hora, que ele e seus colegas haviam formado uma procissão bacana para seguir Paul Chapin até a casa de Nero Wolfe, e haviam desviado na esquina, até a Décima Avenida, para aguardar as notícias sobre o fim de Wolfe. Depois eles seguiram Chapin de volta para casa.

Eu tinha tanta esperança de encontrar Hibbard quanto de achar um bilhete amassado e assinado por Greta Garbo, mas saí investigando mesmo assim. É claro que eu telefonava para a sobrinha, Evelyn, duas vezes por dia, não na expectativa de conseguir alguma novidade, porque ela ficou de nos informar se algum fato novo surgisse, mas porque ela era minha cliente e você tem de ficar lembrando seus clientes de que você está trabalhando. Ela estava começando a ficar bastante desanimada, e eu não tinha muito como animá-la, mas tentava.

Entre outras tentativas ruins que eu fiz naquela sexta-feira aconteceu uma visita ao escritório de Ferdinand Bowen, o corretor. Hibbard tinha uma conta com Galbraith & Bowen que movimentara razoavelmente, em especial com títulos, nada muito vultoso, e, enquanto Bowen era apenas mais um acréscimo à minha lista de visitas a todos os membros da liga, eu achava que haveria um pouco mais de possibilidade de acerto com ele do que com os outros. Ao entrar no escritório, que ficava no vigésimo andar de um prédio em Wall Street, disse a mim mesmo que era melhor aconselhar Wolfe a aumentar a contribuição de Bowen ao pote, independentemente do que diziam os relatórios bancários. Com certeza o aluguel ali estava pago, e só isso já estava além dos sonhos de avareza. Era um daqueles escritórios que ocupam o andar inteiro e dão a impressão de que, para arrumar um emprego de estenógrafa por lá, uma garota teria, no mínimo, que ser duquesa.

Fui levado à sala do próprio Bowen. Era grande como um salão de danças, e os tapetes faziam a gente querer andar neles. Bowen estava sentado atrás de uma bela escrivaninha marrom-escuro, sobre a qual não havia nada a não ser um exemplar do *Wall Street Journal* e um cinzeiro. Uma de suas pequenas mãos segurava o cigarro grosso e comprido que soltava uma fumaça que cheirava como uma prostituta turca — ou ao menos cheirava como o que eu achava que seria uma prostituta turca, caso encontrasse uma. Eu não gostava daquele sujeito. Se tivesse que escolher entre ele e Paul Chapin para acusar de assassinato, eu precisaria tirar cara ou coroa.

Ele achou que estava sendo afável quando grunhiu para que eu me sentasse. Posso tolerar um sujeito realmente durão, mas um fulano que finge que é um cruzamento de John D. Rockfeller com Lord Chesterfield, sem realmente ter os ingredientes desses dois, é algo que torra muito a minha paciência. Repeti a ele o que dizia a todos, que eu gostaria de saber sobre a última vez em que ele vira Andrew Hibbard e todos os detalhes a respeito. Ele teve de pensar. Por fim, concluiu que a última vez fora mais de uma semana antes do desaparecimento de Hibbard, por volta do dia 20 de outubro, no teatro. Estavam num grupo, Hibbard com a sobrinha e Bowen com a esposa. Nada de especial importância fora dito, declarou Bowen, nada que pudesse se relacionar à situação atual. Pelo que ele podia recordar, ninguém se lembrou de Paul Chapin, provavelmente porque Bowen havia sido um dos três que haviam contratado os detetives de Bascom, e Hibbard não aprovava aquela atitude e não queria estragar a noite com uma discussão.

Eu perguntei: — Hibbard tinha uma conta em sua firma?

Ele assentiu. — Há muito tempo, mais de dez anos. Não era muito ativa, basicamente movimentação de títulos.

— É, eu percebi isso pelos extratos no meio dos papéis dele. Veja, uma das coisas que poderia ajudar seria algum tipo de indício de que quando Hibbard saiu de seu apartamento naquela noite de terça-feira, pensava que poderia nunca mais voltar. Não consigo encontrar nada assim. Ainda estou procurando. Por exemplo, alguns dias antes de seu desaparecimento, ele fez algum acerto não-usual ou deu alguma ordem incomum relacionada a sua conta aqui?

Bowen sacudiu a coisa redonda que ele usava para deixar crescer o cabelo. — Não. Eu teria sabido... mas vou me certificar. — Ele pegou um telefone entre vários que estavam em fila atrás dele e começou a falar com alguém. Esperou um certo tempo e falou mais um pouco. Pôs o telefone de volta no lugar e se virou para mim. — Não, como pensei. Não há transações na conta de Andy há mais de duas semanas, e não há nenhuma instrução dele.

Eu me despedi dele.

Aquilo era uma boa amostra do progresso que fiz naquele dia em minha busca a Andrew Hibbard. Era um triunfo. Descobri mais ou menos a mesma coisa falando com seis outros sujeitos que visitei como fiz com Ferdinand Bowen, o que me deixou bastante estimulado quando entrei em casa por volta da hora do jantar, sem mencionar o fato de que, com o carro estacionado na rua 90, algum barbeiro arranhara o pára-lama traseiro enquanto eu estava visitando o doutor Burton. Eu não estava com vontade de fazer absolutamente nada, nem mesmo de ouvir a encantadora conversa de Wolfe durante o jantar — às refeições ele se recusava a lembrar que havia casos de assassinato no mundo —, então fiquei contente quando ele escolheu aquela noite para deixar o rádio ligado.

Depois do jantar fomos para o escritório. Por amargura e raiva, comecei a lhe contar sobre todos os pontos que eu havia marcado naquela tarde, mas ele me pediu para lhe trazer o atlas e começou a olhar mapas. Havia diversos tipos de brinquedo que ele poderia começar a usar quando sua mente deveria estar no trabalho, mas o pior deles era o atlas. Quando ele o pegava, eu desistia. Ocupei-me um pouco com os registros de plantas e com as despesas, então encerrei meus afazeres da noite e fui até a mesa dele para dar uma olhada. Ele estava na China! O atlas era um Gouchard, o melhor que havia, e fazia absoluta justiça à China. Ele havia desdobrado o mapa e, com um lápis numa das mãos e a lupa em outra, lá estava ele enterrado no Oriente. Sem me incomodar em dizer-lhe boa-noite, porque eu sabia que ele não iria responder, peguei a cópia dele de *O diabo vem por último* e subi para meu quarto, parando antes na cozinha para pegar minha jarra de leite.

Depois de vestir o pijama e calçar os chinelos, joguei-me em minha poltrona mais confortável sob a lâmpada de leitura, com o leite ao alcance da mão sobre a mesinha, e dei uma olhada no livro de Paul Chapin. Pensei que já estava na hora de eu alcançar Wolfe. Folheei um pouco o livro e percebi que havia muitos lugares onde ele havia feito marcações — às vezes apenas uma oração, às vezes o período inteiro, em alguns casos uma longa passagem de dois ou três parágrafos. Resolvi me concentrar nesses, pulei páginas e escolhi uma dessas passagens de maneira aleatória:

... não pela intensidade de seu desejo, mas simplesmente pelo impulso inato de agir; agir, sem se importar com todas as considerações...

Para Alan não havia escolha, pois ele sabia que a fúria que se desperdiça em palavras nada mais é do que o resmungo de um idiota, além da circunferência da realidade.

Li mais uma dúzia de linhas, bocejei e bebi um pouco de leite. E continuei:

Ela disse: "É por isso que o admiro... não gosto de um homem que seja tão escrupuloso a ponto de não conseguir cortar a própria carne."

... e desdenhoso de toda a lamuriosa eloqüência que deplorava as terríveis brutalidades da guerra; pois a verdadeira objeção à guerra não é o sangue com que ela encharca o solo sedento, nem os ossos que ela esmaga, nem a carne que ela mutila, nem as vísceras quentes e nutritivas que ela expõe à fome das aves e feras inocentes. Todas essas coisas têm sua beleza para compensar as fugazes agonias deste e daquele homem. O problema com a guerra é que as emoções nobres e palpitantes que provoca transcendem as capacidades de nossos débeis sistemas nervosos; não somos homens o suficiente para ela; ela adequadamente requer para seus sublimes sacrifícios o sangue, os ossos e a carne de heróis, e o que temos a oferecer? Este pequeno covarde, aquele hipócrita gordo, todos esses regimentos de franzinos poltrões...

Havia muita coisa desse tipo. Passei e fui para a seguinte. Havia mais. Ficou monótono e eu pulei algumas páginas. Em certos lugares o texto parecia interessante, alguns diálogos, e uma extensa cena com três garotas num pomar de macieiras, mas Wolfe não havia feito nenhuma marca aí. Perto da metade do livro ele havia assinalado quase um capítulo inteiro, que falava sobre um sujeito que dava cabo de dois outros, retalhando-os com um machado, com uma extensa explicação sobre como a psicologia entrava naquilo tudo. Achei que aquele trecho era uma excelente peça de literatura. Mais à frente encontrei coisas assim:

... pois o que contava não era o culto à violência, mas sua prática. Não as emoções turbulentas e complexas, mas a ação. Quem havia matado Art Billings e Curly Stephens? O ódio? Não. A raiva? Não. Ciúme, desejo de vingança, medo, inimizade? Não, nenhuma dessas coisas. Eles haviam sido mortos por um machado, empunhado pelos dedos dele e brandido pelos músculos de seu braço...

Às onze horas desisti. O leite havia acabado, e não parecia provável que eu alcançasse o ponto em que Wolfe pensava que estava, nem se eu ficasse lendo a noite toda. Pensei ter identificado aqui e ali uma indicação de que o autor era razoavelmente vingativo, mas antes da leitura eu já desconfiava disso. Deixei o livro sobre a mesa, espreguicei-me com um bom bocejo, abri a janela e fiquei ali olhando a rua durante tempo suficiente para que o cortante ar frio me fizesse querer os cobertores, e fui dormir.

Na manhã de sábado comecei tudo de novo. Aquilo era como pão amanhecido para mim, e suponho que não fiz um grande trabalho. Se um daqueles sujeitos tivesse alguma coisinha escondida que pudesse nos ajudar, não havia muita possibilidade de eu encontrá-la, do jeito que estava fazendo as coisas. Continuei tocando a investigação mesmo assim. Visitei Elkus, Lang, Mike Ayers, Adler, Cabot e Pratt. Telefonei para Wolfe às onze horas e ele não tinha nada a me dizer. Resolvi abordar Pitney Scott, o motorista de táxi. Talvez minha intuição naquele dia estivesse certa: poderia haver uma chance de que ele soubesse alguma coisa sobre Andrew Hibbard. Mas não consegui encontrá-lo. Liguei para o escritório da companhia de táxi para a qual ele trabalhava, e me disseram que ele só apareceria depois das quatro. Disseram-me também que a área de trabalho dele era da rua 14 até a 59, mas que ele poderia estar em qualquer lugar. Fui dar uma olhada na rua Perry, mas ele não estava lá. Quinze para a uma, telefonei para Wolfe novamente, esperando ser convidado para almoçar em casa, e em vez disso ele me deu uma boa. Pediu que eu comesse qualquer coisa na rua e que fosse até Mineola para ele. Ditson havia telefonado para dizer que tinha uma dúzia de bulbos de uma nova miltônia que acabara de chegar da Inglaterra, e que oferecia alguns para Wolfe se ele pudesse mandar pegá-los.

As únicas vezes em que eu realmente sentia vontade de me tornar comunista eram as ocasiões em que, no meio de um caso, Wolfe me mandava caçar orquídeas. Isso fazia eu me sentir um completo idiota. Mas dessa vez não pareceu tão ruim quanto de costume, visto que o que eu estava fazendo não estava produzindo nenhum tipo de resultado. Aquela tarde de sábado estava muito fria e úmida, ameaçando nevar, mas eu abri as duas janelas do carro e apreciei o ar gelado, porém não o tráfego em Long Island.

Voltei para casa cerca de três e meia e levei os bulbos ao escritório para mostrar a Wolfe. Ele os examinou cuidadosamente e me pediu para levá-los para Horstmann na estufa, com a recomendação de que não podasse as raízes. Fiz o que ele me pediu e voltei ao escritório, com a intenção de registrar os bulbos no livro e então sair novamente, à procura de Pitney Scott. Mas Wolfe, da cadeira, me chamou: — Archie.

Eu sabia pelo tom que aquilo era o começo de um discurso, então me acomodei. Ele continuou:

— De vez em quando tenho a impressão de que você suspeita de negligência de minha parte em relação a este ou aquele detalhe de nossos negócios. De maneira geral você está errado, que é como deve ser. No labirinto de todo problema que enfrentamos, devemos selecionar os caminhos mais promissores; se tentarmos seguir todos ao mesmo tempo, não chegaremos a lugar nenhum. Em qualquer forma de arte, e eu sou um artista, não menos, um dos mais profundos segredos de excelência é uma eliminação com discernimento. É claro que isso é uma obviedade.

— Sim, senhor.

— Sim. Tomemos a arte da escrita. Digamos que eu esteja descrevendo as ações de meu herói apressando-se para saudar sua amada, que acabou de entrar na floresta. *Ele saltou do tronco em que estivera sentado, com seu pé esquerdo para a frente; ao fazê-lo, uma das pernas de suas calças posicionou-se corretamente, mas a outra permaneceu presa na altura do joelho. Ele começou a correr em direção a ela, primeiro o pé direito, depois o esquerdo, depois o direito novamente, então o esquerdo, direito, esquerdo, direito, esquerdo, direito...* Como você pode ver, parte dessa narrativa pode ser deixada de fora; na verdade, precisa ser deixada de fora, se ele quiser realizar o abraço no segundo capítulo. Assim, o artista tem de deixar de fora muitíssimo mais do que inclui, e uma de suas preocupações centrais é não deixar nada de fora que seja vital para sua obra.

— Sim, senhor.

— Acompanhe meu raciocínio. Asseguro que a necessidade que acabei de lhe descrever é minha preocupação constante quando estamos envolvidos num caso. Quando você desconfia de negligência de minha parte, isso é, em certo sentido, justificável, pois eu realmente ignoro grandes quantidades de fatos e ocorrências que para outra inteligência (não vamos ser específicos a esse respeito) poderiam ser importantes para nossa empreitada. Mas eu deveria me considerar um artífice inferior se eu ignorasse um fato cuja ocorrência demonstrou ser relevante. É por isso que gostaria de apresentar desculpas a mim mesmo, e publicamente, na sua presença.

Concordei com um movimento de cabeça. — Ainda estou ouvindo. Desculpas por quê?

— Por ter sido um mau artífice. Pode ser que não se torne algo desastroso, pode ser até que se revele algo sem a menor importância. Mas, sentado aqui esta tarde, contemplando as minhas glórias e examinando os meus erros, algo ocorreu-me, e devo perguntar a você a esse respeito. Você deve se lembrar de que, na noite de quarta-feira, sessenta e cinco horas atrás, você estava descrevendo para mim os conteúdos da cachola do inspetor Cramer.

Eu sorri. — É.

— Você me contou que ele acreditava que o doutor Elkus tinha alguém seguindo o senhor Chapin.

— É.

— E então você iniciou uma frase. Acho que você disse *"Mas um desses detetives..."*, ou algo assim. Eu estava impaciente e impedi que você continuasse. Eu não devia ter feito isso. Minha reação impulsiva ao que eu sabia ser um absurdo conduziu-me a um erro. Eu deveria ter deixado você terminar. Peço-lhe que o faça agora.

Eu confirmei. — É, eu lembro. Mas uma vez que você jogou tudo que se relacionava a Dreyer na lata de lixo, que importa se Elkus...

— Archie! Diacho, não dou a mínima para Elkus. O que eu quero é a sua frase sobre um detetive. Que detetive? Onde ele está?

— Eu não disse? Está seguindo Paul Chapin.

— Um dos homens do senhor Cramer.

Balancei a cabeça negativamente. — Cramer tem um homem lá também. E nós temos Durkin, Gore e Keems em turnos de oito horas. Esse sujeito é um extra. Cramer estava se perguntando quem é que o havia contratado e chamou-o para uma conversa, mas ele é durão e não diz nada a não ser palavrões. Pensei que ele trabalhasse para Bascom, mas não trabalha.

— Você o viu?

— Sim, eu fui até lá. Ele estava tomando sopa, e ele é como você durante as refeições, não fala sobre negócios. Eu fiquei em cima dele um pouco, carreguei pão e manteiga para ele e tudo o mais, e depois voltei para casa.

— Descreva-o.

— Bem... ele não é nada especial. Pesa uns sessenta quilos, deve ter quase um metro e setenta de altura. Boné marrom e gravata cor-de-rosa. Um gato o arranhou no rosto e ele não limpou muito bem. Olhos castanhos, nariz pontudo, boca fina e grande, pele clara e saudável.

— Cabelo?

— Ele não tirou o boné.

Wolfe suspirou. Reparei que ele estava fazendo um pequeno círculo com a ponta do dedo no braço da cadeira. Ele disse: — Sessenta e cinco horas. Vá atrás dele e traga-o aqui imediatamente.

Levantei-me. — Certo. Morto ou vivo?

— Use persuasão se possível, certamente com um mínimo de violência, mas traga-o até aqui.

— São cinco para as quatro. Você vai estar na estufa.

— E daí? Esta casa é confortável. Acomode-o.

Peguei alguns objetos de uma gaveta em minha mesa, coloquei-os no bolso e saí.

16

Eu nunca fui, no caso de Chapin e em nenhum outro caso, tão bobo quanto a acusação poderia fazer crer se eu estivesse sendo julgado por ele. Por exemplo, ao sair e pegar o carro, apesar de todas as idéias preconcebidas que tinha na cabeça, eu não estava disposto a fazer conjeturas sobre a natureza da estranha idéia que Wolfe tirou da contemplação de seus erros. Todas as conjeturas eu já havia feito antes de sair do escritório. Tendo em vista diversas reflexões, minha opinião era a seguinte: ele era louco — eu havia lhe dito que Cramer havia chamado o detetive para conversar —, mas pensar se ele era ou não louco apenas iria tirar a minha concentração.

Dirigi até a rua Perry e estacionei a uns quinze metros do Coffee Pot. Já decidira que tática usar. Considerando o que eu aprendera sobre a reação do Rosinha à abordagem diplomática, não me parecia prático desperdiçar tempo com persuasão. Andei até o Coffee Pot e dei uma olhada dentro. O Rosinha não estava lá. Faltavam quase duas horas até a hora da sopa. Voltei para a rua, olhando para todos os lugares, e caminhei por todo o longo quarteirão até a esquina seguinte, sem ver o menor sinal do Rosinha, de Fred Durkin ou de qualquer um que se parecesse com um investigador municipal. Voltei ao Coffee Pot, sem o menor resultado. Aquilo era péssimo, pensei, porque aquela ausência generalizada significava que os predadores estavam atrás de sua presa, e a presa poderia resolver jantar fora, ir ao teatro e voltar para casa à meia-noite. Isso seria divertido, eu substituiria Fred comendo sanduíches e Wolfe esperando em casa, sem saber se sua idéia procedia ou não.

Dei a volta no quarteirão para posicionar melhor o carro e poder vigiar a cena, parei e fiquei lá sentado, esperando. Estava escurecendo, escureceu, e eu continuei esperando.

Um pouco antes das seis apareceu um táxi, que parou na frente do número 203. Tentei ver o motorista, achando que era Pitney Scott, mas não era ele. Foi o aleijado quem desceu. Ele pagou, mancou até a entrada do prédio e o táxi foi embora. Meus olhos passeavam entre a calçada e a rua.

Logo vi Fred Durkin vindo da esquina a pé. Ele estava com outro sujeito. Saí para a calçada e fiquei em pé perto de um poste de iluminação quando eles passaram. Então voltei para o carro. Em alguns minutos Fred apareceu e entrou no carro.

Eu disse: — Se você e o investigador municipal querem economizar um pouco de dinheiro rachando o táxi, tudo bem. Contanto que nada aconteça, porque aí você pode se dar mal.

Durkin sorriu. — Ah, esquece isso. Toda essa armação é uma piada. Se eu não precisasse do dinheiro...

— Sei. Você pega o dinheiro e eu rio da piada. Onde está o Rosinha?

— Hein? Não me diga que você está atrás do nanico de novo?

— Onde ele está?

— Está por aí. Ele estava atrás de nós agora mesmo... olha, lá vai ele, para o Coffee Pot. Ele deve ter vindo pela rua 11. Ele se arrisca. É a hora do rango para ele.

Eu o vi entrando. E disse: — Muito bem. Agora escute. Vou fazer sua piada ficar mais engraçada. Você e o investigador municipal são colegas?

— Bom, a gente conversa.

— Encontre-o. Eles vendem cerveja naquela espelunca ali na esquina? Ok. Leve-o até lá e mate a sede dele. Por conta. Mantenha-o lá até meu carro sair da frente do Coffee Pot. Vou levar o Rosinha para dar um passeio.

— Não! Ora essa! Guarde a gravata dele para mim.

— Está bem. Agora vamos, se manda.

Ele saiu do carro e foi embora. Continuei sentado e esperando. Logo eu o vi sair da lavanderia com o investigador, e os dois foram na outra direção. Dei a partida, engatei a marcha e saí. Dessa vez consegui parar bem na frente do Coffee Pot. Saí do carro e entrei. Não vi nenhum tira por perto.

O Rosinha estava lá, na mesma mesa de antes, com o que parecia ser a mesma tigela de sopa. Dei uma olhada nos outros fregueses, que estavam no balcão, e não vi nada aterrorizante. Fui até o Rosinha e parei atrás dele. Ele olhou para cima e disse:

— Ah, mas que droga.

Olhando-o novamente, achei que havia uma possibilidade de que Wolfe estivesse certo. Eu disse: — Vamos, o inspetor Cramer quer falar com você — e tirei algemas de um dos bolsos e minha automática do outro.

Deve ter aparecido alguma coisa nos meus olhos que fez com que ele desconfiasse, e eu tenho de admitir que o danado tinha coragem. Ele disse: — Não acredito. Mostre alguma porra de identificação.

Eu não podia me dar ao luxo de discutir. Agarrei-o pelo colarinho, ergui-o da cadeira e coloquei-o de pé. Aí pus as algemas nele. Mantive a arma visível e falei: — Vamos andando. — Ouvi um ou dois murmúrios vindos do balcão, mas nem me incomodei em olhar. O Rosinha disse que queria o casaco. Tirei-o do gancho, pendurei-o no meu braço e marchei com ele para fora. Ele foi simpático. Em vez de tentar esconder as algemas, como faz a maioria, estendeu as mãos bem para a frente.

O único perigo era o de algum tira passar por ali e querer me ajudar, e o carro não era da polícia. Mas tudo o que vi foram cidadãos curiosos. Conduzi-o até o carro, abri a porta, coloquei-o lá dentro e entrei logo em seguida. Eu havia deixado o motor ligado, só para o caso de ter de sair com pressa. Saí com o carro, peguei a Sétima Avenida e me dirigi para o norte.

Eu disse: — Escute aqui. Tenho duas informações para você. A primeira, para tranqüilizá-lo: estou levando você para a rua 35 para falar com o senhor Nero Wolfe. A segunda: se você abrir a boca para alardear qualquer coisa pelo caminho, vai para lá do mesmo jeito, só que mais rápido e mais inconsciente.

— Não tenho o menor desejo de...

— Cale a boca. — Mas eu estava sorrindo por dentro, pois sua voz estava diferente. Já começava a parar de representar.

O tráfego do começo da noite estava ruim, e demorou um pouco para chegarmos à rua 35. Parei na frente da casa, disse ao meu passageiro para continuar sentado e quieto, saí, dei a volta, abri a porta para ele e mandei-o sair. Fiquei atrás dele quando subimos os degraus; usei minha chave e mandei-o entrar. Enquanto eu tirava o casaco e o chapéu ele quis tirar o boné, mas eu lhe disse para ficar com ele e guiei-o até o escritório.

Wolfe estava lá com um copo vazio de cerveja, olhando para o desenho que a espuma havia deixado. Fechei a porta do escritório e parei logo depois dela, mas o nanico continuou andando até a mesa. Wolfe olhou para ele, acenou levemente com a cabeça e olhou mais um pouco. De repente, falou para mim:

— Archie, tire o boné do senhor Hibbard, retire as algemas e apanhe uma cadeira para ele.

Eu fiz tudo isso. Ao que parece, aquele cavalheiro representava o segundo fato que Wolfe buscava, e eu estava feliz por servi-lo. Ele estendeu as mãos para que eu tirasse as algemas, mas aquilo pareceu ser um esforço para ele, e seus olhos mostravam que não estava muito bem. Ajeitei a cadeira para ele se sentar e de repente ele desabou sobre ela, enterrou o rosto nas mãos e ficou daquele jeito. Wolfe e eu olhamos para ele, com menos pena do que ele poderia ter pensado a ter direito se estivesse olhando para nós. Para mim ele era a melhor coisa que eu havia conseguido em muito tempo.

Wolfe me fez um sinal e eu fui até o armário de bebidas, servi um copo e o trouxe. E disse:

— Vamos, tome isto.

Por fim ele levantou os olhos. — O que é isso?

— É a porra de um uísque.

Ele balançou a cabeça e simultaneamente estendeu a mão para pegar o copo. Eu sabia que ele havia tomado um pouco de sopa, portanto não esperava que alguma catástrofe acontecesse. Ele bebeu meio copo, babou um pouco e engoliu o resto. Eu disse a Wolfe:

— Eu o trouxe com o boné para que o senhor pudesse vê-lo daquele jeito. De toda forma, tudo o que vi foi uma fotografia. E acreditava-se que estivesse morto. E vou lhe dizer uma coisa, teria sido um prazer atirar nele e não se precisaria fazer nenhum tipo de comentário, nem agora nem nunca.

Wolfe, sem me levar em consideração, falou com o nanico: — Senhor Hibbard, o senhor conhece o antigo costume da Nova Inglaterra de atirar uma pessoa suspeita de bruxaria num rio e, se ela se afogasse, seria inocente? Minha opinião pessoal sobre uma grande dose de uísque puro é que ela representa o teste contrário: se a pessoa sobreviver, pode arriscar qualquer coisa. O senhor Goodwin não chegou a atirar no senhor, não é?

Hibbard olhou para mim e piscou, e para Wolfe e piscou novamente. Pigarreou duas vezes e disse informalmente:

— A verdade é que eu não sou um aventureiro. Tenho estado sob terrível pressão durante onze dias. E vou continuar assim, por muitos dias mais.

— Espero que não.

Hibbard balançou a cabeça. — Vou sim. Deus me ajude, vou sim.

— Está recorrendo a Deus agora?

— É retórico. Estou mais longe d'Ele do que nunca, para pedir auxílio. — Ele olhou para mim. — Posso tomar mais um pouco de uísque?

Eu o servi mais uma vez. Ele então começou a bebericar e a estalar os lábios. Ele disse: — Isto é um alívio. O uísque também, é claro, mas eu estava me referindo particularmente a esta oportunidade de me tornar articulado novamente. Não, estou muito mais longe de toda e qualquer divindade da estratosfera, mas muito mais próximo de meu semelhante. Tenho uma confissão a fazer, senhor Wolfe, e pode muito bem ser ao senhor como poderia ser para qualquer um. Eu aprendi mais nesses onze dias disfarçado de rufião do que em todos os quarenta e três anos anteriores de minha existência.

— Harun-al-Rashid...

— Não. Com licença. Ele buscava diversão, eu estava buscando vida. Primeiro, eu pensava, apenas a minha própria vida, mas encontrei muito mais. Por exemplo, se o senhor fosse me dizer agora o que disse há três semanas, que se proporia a eliminar meu medo de Paul Chapin destruindo-o, eu teria dito: lógico, não tenha dúvida, quanto lhe devo? Pois agora entendo que a razão de minha atitude anterior não era nada além de um medo maior do que o da morte, o medo de aceitar a responsabilidade de minha própria preservação. O senhor não se importa que eu fale, não é? Meu Deus, como eu quero falar!

Wolfe murmurou: — Este aposento já está acostumado a isso. — Ele apertou o botão para pedir cerveja.

— Obrigado. Durante esses onze dias aprendi que a psicologia, sendo uma ciência formal, é pura mistificação. Todas aquelas palavras escritas e impressas, além de sua função de aliviar-nos do tédio, são disparates sem sentido. Eu alimentei uma criança faminta com as minhas próprias mãos. Vi dois homens se baterem com os próprios punhos até o sangue rolar. Vi rapazes dando em cima de moças. Ouvi uma mulher contar a um homem, em público e com referências a aplicação pessoal, sobre fatos que eu supunha serem conhecidos, academicamente, apenas àqueles que leram Havelock Ellis. Observei trabalhadores famintos comendo no Coffee Pot. Vi um garoto endurecido pelas ruas apanhar um narciso murcho da sarjeta. Estou lhe dizendo, é surpreendente como as pessoas fazem aquilo que realmente têm vontade de fazer. E eu fui professor de psicologia durante dezessete anos. *Merde!* Posso tomar mais um pouco de uísque?

Eu não sabia se Wolfe precisava dele sóbrio, mas ele não fez nenhum gesto de impedimento para mim, então enchi o copo novamente. Dessa vez eu trouxe um pouco de água com gás para equilibrar, mas ele começou por ela.

Wolfe disse: — Senhor Hibbard, estou fascinado com as perspectivas de sua educação, e insisto em ouvi-la por inteiro, mas pergunto-me se não poderia intercalar uma ou duas perguntas. Em primeiro lugar, devo contradizê-lo observando que antes de seu processo educativo de onze dias começar, o senhor havia aprendido o suficiente para assumir um disfarce simples e eficiente o bastante para mantê-lo incógnito, ainda que toda a força policial — e uma ou duas pessoas — estivessem à sua procura. É um feito notável.

A efervescência da água atingira o nariz do psicólogo e ele o cutucou. — Ah, não. Esse tipo de coisa é empírica. A primeira regra é, claro, não usar nada que se pareça com um disfarce. Meus melhores itens foram a gravata e o arranhão no rosto. Receio que meu linguajar vulgar não tenha sido muito natural, eu não o deveria ter usado. Mas meu grande erro foram os dentes. Foi o diabo colar aquela folhinha de ouro, e fui forçado a limitar minha dieta quase exclusivamente a sopa e leite. É claro que, depois de aparecer uma vez, eu não poderia mudar minha aparência. Mas tenho orgulho das roupas.

— Sim, as roupas.— Wolfe o examinou. — Excelente. Onde as conseguiu?

— Num brechó da Grand Street. Troquei de roupa no banheiro de uma estação de metrô, de forma que estava adequadamente vestido quando fui alugar um quarto na parte baixa do West Side.

— E o senhor deixou seu segundo cachimbo em casa. O senhor tem qualidades apreciáveis, senhor Hibbard.

— Eu estava desesperado.

— Um tolo desesperado ainda é um tolo. O que, em seu desespero, o senhor esperava alcançar? Sua aventura possuía algum propósito inteligente?

Hibbard precisou pensar. Engoliu um pouco de uísque, tomou água por cima e cobriu tudo com outro gole de uísque. Por fim, disse: — Não sei. Quero dizer, agora eu não sei. Quando saí de casa, quando comecei tudo isso, tudo o que eu podia sentir como motivação era medo. Toda a longa história daquele infeliz episódio, vinte e cinco anos atrás, o que aquilo tudo fez comigo, soaria fantástica se eu fosse contar a alguém. Eu estava exageradamente sensível. Acho que ainda estou, e isso vai aparecer nos locais e momentos adequados. Estou tendendo agora para a escola ambiental... está ouvindo? Atavismo! De toda forma, o medo tomara conta de mim, e eu só tinha consciência de um desejo: de ficar perto de Paul Chapin e de mantê-lo sob vigilância. Eu sabia que, se contasse a alguém, mesmo a Evelyn, minha sobrinha, haveria o perigo de ele me descobrir, então tentei fazer as coisas direito. Mas nos últimos dias comecei a suspeitar de que em algum recanto escuro de minha mente, muito além da consciência, havia um desejo de matá-lo. É claro que não existe desejo sem uma intenção, não importando o quão nebulosa ela seja. Acredito que eu tivesse a intenção de matá-lo. Acredito que estive tramando isso, e ainda estou. Não tenho a menor idéia de quais serão as conseqüências para mim desta conversa com o senhor. Não vejo motivo para ter qualquer efeito, de uma maneira ou de outra.

— O senhor verá, acho eu. — Wolfe esvaziou o copo.
— Naturalmente o senhor não sabe que o senhor Chapin enviou versos a seus amigos afirmando explicitamente que matou o senhor, com golpes de porrete na cabeça.
— Ah, sim, eu sei disso.
— Sabe nada. Quem contou?
— Pit. Pitney Scott.

Eu rangi os dentes e quis me morder. Outra oportunidade desperdiçada, e tudo porque eu havia acreditado no aviso do aleijado. Wolfe dizia:

— Então o senhor manteve um caminho aberto.

— Não, ele se abriu sozinho. No terceiro dia em que eu estava por lá eu o encontrei cara a cara, por azar, e é claro que ele me reconheceu. — Hibbard parou de falar de repente e empalideceu um pouco. — Céus, ah, lá se vai outra ilusão, pensei que Pit...

— E estava certo, senhor Hibbard. Conserve sua ilusão. O senhor Scott não nos contou nada. Foram o poder de observação do senhor Goodwin e minha intuição para fenômenos que revelaram seu disfarce. Mas retomando: se o senhor soubesse que o senhor Chapin havia mandado aqueles versos, vangloriando-se falsamente de ter assassinado o senhor, é difícil entender de que maneira poderia manter seu respeito por ele como assassino. Se sabia que um de seus assassinatos, o último, não era nada mais do que fanfarronada...

Hibbard concordou com um aceno de cabeça. — Sem dúvida, tem lógica o que o senhor está dizendo. Mas lógica não tem nada a ver com isso. Não estou empenhado em desenvolver uma tese científica. Há vinte e cinco anos por trás disso tudo... e Bill Harrison, Gene Dreyer... e Paul no tribunal naquele dia... eu estava lá, para depor sobre o valor psicológico de seu livro... Foi no dia em que Pitney Scott mostrou-me aqueles versos nos quais eu sugava o ar pelo meu sangue que eu descobri que queria matar Paul, e se eu queria matá-lo eu pretendia matá-lo, se não que diabos estaria fazendo lá?

Wolfe suspirou. — É uma pena. O impulso das emoções menos generosas com freqüência faz com que eu me pergunte por que o cérebro não abandona o leme por completo, por justa indignação. Sem mencionar as oscilações violentas e sem sentido que resultam dessas emoções. Senhor Hibbard, há três semanas o senhor estava possuído da mais intensa aversão à idéia de me contratar para fazer com que o senhor Chapin pagasse legalmente por seus crimes. Hoje o senhor está determinado a matá-lo com suas próprias mãos. O senhor pretende matá-lo?

— Acho que sim. — O nanico psicológico largou o copo de uísque sobre a mesa. — Isso não significa que eu vá fazê-lo. Não sei. Eu pretendo.

— O senhor está armado? Tem uma arma?

— Não. Eu... não.

— O senhor o quê?

— Nada. Eu deveria ter dito "ele". Fisicamente ele é um deficiente.

— De fato. — As sombras no rosto de Wolfe se alteraram, e as bochechas começaram a desdobrar. — O senhor vai rasgá-lo com as mãos nuas. Em pedaços sangrentos e trêmulos...

— Eu poderia fazê-lo — disse Hibbard bruscamente. — Não sei se o senhor está escarnecendo de mim por ignorância ou com algum propósito. O senhor deveria saber que desespero ainda é desespero, mesmo quando existe um intelecto que o percebe e controla a histeria. Posso matar Paul Chapin com consciência do que estou fazendo. Minha constituição física é insignificante, quase desprezível, e minhas faculdades mentais atingiram a decadência que zomba do sangue que as alimenta, mas, apesar dessas incoerências, posso matar Paul Chapin. Acho que agora entendo por que foi um enorme alívio falar novamente em meu próprio nome, e agradeço ao senhor por isso. Acho que precisava expressar essa determinação por meio de palavras. É bom para mim ouvi-las. Agora gostaria que o senhor me liberasse. Só posso continuar, é claro, com seu consentimento tácito. Estou francamente grato por sua interferência, mas não há razão para...

— Senhor Hibbard. — Wolfe balançou o dedo para ele. — Permita-me. A maneira menos ofensiva de recusar um pedido é não deixar que ele seja feito. Não peça isso. Espere, por favor. Existem muitas coisas que ou o senhor não sabe ou deixa de considerar. Por exemplo, o senhor está ciente de um acordo que fiz com seus amigos...

— Sim. Pit Scott me contou. Não estou interessado...

— Mas eu estou. Na verdade, não sei de nada no momento que me interesse mais do que isso. Com certeza não a sua recém-adquirida ferocidade. Além disso, o senhor sabe que ali, sobre a mesa do senhor Goodwin, está a máquina de escrever com a qual o senhor Chapin escreveu seus versos sanguinários? Sim, ela estava no Harvard Club, fizemos um acordo para consegui-la. O senhor sabe que estou pronto para uma invasão completa nas defesas do senhor Chapin, apesar de suas bravatas patéticas? O senhor sabe que dentro de vinte e quatro horas estarei preparado para apresentar ao senhor e seus amigos uma confissão de culpa do senhor Chapin, com a qual eliminarei satisfatoriamente todas as suas apreensões?

Hibbard estava olhando fixamente para ele. Esvaziou o copo de uísque, que ele estivera segurando pela metade, colocou-o novamente sobre a mesa e encarou Wolfe novamente. — Não acredito nisso.

— Claro que acredita. O senhor simplesmente não quer acreditar. Lamento, senhor Hibbard, mas terá que se reajustar a um mundo de palavras, compromissos e gentilezas de procedimento. Seria um prazer... sim?

Ele parou de falar para olhar para Fritz, que havia aparecido na porta. Wolfe olhou para o relógio: eram sete e vinte e cinco. Ele disse: — Desculpe, Fritz. Jantar para três às oito horas. É possível?

— Sim, senhor.

— Ótimo. Como eu estava dizendo, senhor Hibbard, eu gostaria de ajudar a tornar esse acordo o mais agradável possível para o senhor, o que, ao mesmo tempo, seria de minha conveniência. As coisas que acabei de lhe contar são a verdade, mas para me ajudar a realizar a última vou precisar de sua cooperação. Eu mencionei vinte e quatro horas. Gostaria que ficasse aqui, como meu convidado, durante esse período. O senhor faria isso?

Hibbard balançou a cabeça, enfático. — Não acredito no senhor. O senhor pode ter a máquina de escrever, mas não conhece Paul Chapin como eu. Não acredito que o senhor o faça confessar, isso nunca.

— Garanto-lhe que vou conseguir. Mas isso pode ser deixado para o momento certo. O senhor ficaria aqui até amanhã à noite, sem se comunicar com ninguém? Meu caro senhor, estou disposto a fazer um acordo. O senhor estava prestes a me fazer um pedido. Eu lhe apresento um pedido também. Embora eu tenha certeza de que vinte e quatro horas sejam suficientes, vamos nos permitir tempo para contingências. Que sejam quarenta e oito horas. Se o senhor concordar em ficar sob este teto sem se comunicar até a noite de segunda-feira, dou a minha palavra de que, se até lá eu não tiver feito como disse e fechado o caso Chapin, o senhor estará livre para retomar sua aventura excêntrica sem temer qualquer traição de nossa parte. Será necessário acrescentar uma recomendação de nossa discrição e inteligência?

Quando Wolfe terminou de falar, Hibbard inexplicavelmente começou a gargalhar. Para um nanico ele tinha uma boa risada, mais grave que sua voz, que era de barítono, mas um pouco fina. Quando acabou de rir, ele disse: — Eu estava pensando que o senhor provavelmente tem uma banheira adequada.

— Sim, temos.

— Mas me conte uma coisa. Ainda estou aprendendo. Se eu me recusasse, se eu me levantasse agora e saísse andando, o que o senhor faria?

— Bem... veja, senhor Hibbard, é importante para os meus planos que sua descoberta permaneça em segredo até a ocasião oportuna. Alguns choques devem ser ministrados ao senhor Chapin nos momentos exatos. Há diversas formas de manter um convidado desejado. A mais afável é convencê-lo a aceitar um convite. Outra forma seria prendê-lo.

Hibbard balançou a cabeça em tom afirmativo. — Está vendo. O que eu lhe disse? Vê como as pessoas vão em frente e fazem o que querem? É maravilhoso!

— De fato é. E agora para a banheira, se quisermos jantar às oito. Archie, por favor, mostre ao senhor Hibbard o quarto da ala sul, o que fica acima do meu...

Eu me levantei. — Aquele quarto vai estar frio e úmido demais, ele não tem sido usado há... ele pode ficar com o meu...

— Não. Fritz já o arejou e o aquecedor está ligado. Já foi preparado, inclusive com *Brassocattlaelias truffautianas* no vaso.

— Ah — eu sorri —, você já havia mandado preparar o quarto.

— Certamente... Senhor Hibbard, desça quando estiver pronto. Um aviso: estou preparado para demonstrar que os capítulos oito e nove de *O abismo da mente* são uma bobagem mística. Se desejar repelir minha afirmação, traga todo seu poder de argumentação para a mesa.

Comecei a sair com Hibbard, mas a voz de Wolfe fez com que parássemos e nos virássemos para ele. — Espero que o senhor entenda nosso acordo: não deve se comunicar com ninguém. Sem o seu disfarce, o desejo de falar com sua sobrinha será quase irresistível.

— Eu resistirei.

Como tínhamos dois lances de escada pela frente, levei-o para o elevador de Wolfe. A porta do quarto estava aberta, o ambiente estava agradável e aquecido. Dei uma olhada geral: a cama estava arrumada, havia um pente, uma escova e uma lixa de unhas sobre a cômoda, orquídeas no vaso, toalhas limpas no banheiro. Nada mal para uma casa só de homens. Eu ia saindo quando Hibbard me parou na porta:

— Escute, por acaso você teria uma gravata marrom-escuro?

Sorri, fui até o meu quarto, escolhi uma de cor sóbria e levei-a para ele.

No escritório, Wolfe estava sentado com os olhos fechados. Fui para a minha mesa. Eu estava muito chateado. Ainda estava ouvindo o tom da voz de Wolfe dizendo "Sessenta e cinco horas", e, embora eu soubesse que a reprimenda era para ele e não para mim, eu não precisava de um chute na canela para me informar de que havia feito uma jogada ruim. Sentei-me e fiquei avaliando as falhas gerais e específicas de minha conduta. Por fim, eu disse em voz alta, como se para mim mesmo, sem olhar para ele: — Se tem uma coisa que eu nunca mais vou fazer é acreditar num aleijado. Foi tudo porque eu acreditei naquele maldito aviso. Se não tivesse sido enfiado na minha cabeça que Andrew Hibbard estava morto, eu teria sido receptivo a uma suspeita decente, seja lá onde ela aparecesse. Suponho que isso se aplique ao inspetor Cramer também, e suponho que isso signifique que estou no mesmo nível que ele. Nesse caso...

— Archie. — Olhei para Wolfe o bastante para perceber que ele havia aberto os olhos. Ele continuou: — Se isso tem o propósito de apresentar uma defesa para mim, não é necessário. Se você está apenas esfregando sua vaidade para aliviar a dor, por favor, deixe para outra hora. Ainda temos dezoito minutos antes do jantar e podemos fazer bom uso deles. Estou acometido de minha impaciência habitual, quando só faltam os toques finais no quadro. Pegue seu bloco de anotações.

Eu o peguei, junto com um lápis.

— Faça três cópias do seguinte, o original em papel de boa qualidade. Ponha data de amanhã, 11 de novembro... ah, Dia do Armistício! Muito apropriado. Deverá ter um título em caixa-alta, redigido assim: CONFISSÃO DE PAUL CHAPIN CONCERNENTE ÀS MORTES DE WILLIAM R. HARRISON E EUGENE DREYER, E À AUTORIA E AO ENVIO DE CERTOS VERSOS INFORMATIVOS E AMEAÇADORES. É uma concessão a ele chamar aquilo de versos, mas devemos ser magnânimos em algum momento, portanto vamos escolher esse aspecto. Haverá então subdivisões, adequadamente espaçadas e com os subtítulos, que também deverão ser escritos em caixa-alta. O primeiro é A MORTE DE WILLIAM R. HARRISON. Então comece... assim...

Eu interrompi: — Escute, não seria adequado datilografar isso na máquina que veio do Harvard Club? É verdade que ela não está muito boa, mas seria um gesto poético...

— Poético? Ah. Às vezes, Archie, a associação de suas idéias me faz lembrar de um beija-flor. Muito bem, pode fazer isso. Vamos continuar. — Sempre que me ditava um documento, Wolfe começava devagar e depois aumentava a velocidade à medida que íamos avançando. Ele começou a ditar o seguinte: "Eu, Paul Chapin, residente à rua Perry, 203, cidade de Nova York, confesso, por meio deste documento, que...".

O telefone tocou.

Coloquei o bloco de lado e atendi. Meu costume era responder às chamadas dizendo, com voz firme mas amigável, "Alô, escritório de Nero Wolfe". Mas dessa vez não pude terminar a frase. Consegui dizer três palavras, mas o resto foi impedido por uma voz agitada em meu ouvido, agitada mas baixa, quase um sussurro, rápida mas tentando ser clara:

— Archie, escute essa. Rápido, antes que me apaguem. Venha até aqui o mais depressa que puder. À casa do doutor Burton, na rua 90. Apagaram Burton. O manquitola pegou-o com um berro, acertou em cheio. Eles o pegaram, eu o segui...

Escutei alguns ruídos, mas nenhuma outra palavra. Isso durou o bastante para eu entender o que havia acontecido. Desliguei e me virei para Wolfe. Acho que meu rosto não estava muito tranqüilo, mas a expressão no rosto dele permaneceu igual quando olhou para mim. Eu disse: — Era Fred Durkin. Paul Chapin acabou de atirar no doutor Burton e o matou. No apartamento dele na rua 90. Eles o pegaram com a mão na massa. Fred está me convidando para ir lá ver o show.

Wolfe soltou um suspiro. E murmurou: — Absurdo.

— Absurdo o caramba. Fred não é nenhum gênio, mas nunca o vi confundir um jogo de cartas com assassinato. Ele tem olhos muito bons. Parece que seguir Chapin não foi uma idéia tão ruim, afinal de contas, visto que levou Fred ao local certo. Nós o pegamos...

— Archie, cale-se. — Os lábios de Wolfe estavam movendo-se para fora e para dentro da maneira mais rápida que eu já vira. Depois de dez segundos ele disse: — Por favor, considere o seguinte. A conversa com Durkin foi interrompida?

— Sim, desligaram o telefone.

— A polícia, é claro. A polícia prende Chapin por assassinar Burton. Ele é condenado e executado, e onde ficamos? E nossos compromissos? Estamos perdidos.

Eu o encarei. — Meu Deus, aquele maldito aleijado...

— Não o amaldiçoe. Salve-o. Salve-o para nós. O carro está aí na frente? Ótimo. Vá até lá, rápido. Você sabe o que fazer, pegue tudo. Preciso da cena, os minutos e segundos, os participantes. Preciso dos fatos. Preciso do suficiente para salvar Paul Chapin. Vá buscá-los.

Eu fui.

17

Dirigi até a rua 86 e então atravessei o parque. Pisei no acelerador só até o limite permitido, porque não queria que me parassem. Eu me sentia bem e mal ao mesmo tempo. Algo havia acontecido, e eu estava a caminho, isso era ótimo, mas, por outro lado, toda a história, acrescida dos comentários de Wolfe, pressagiava um futuro ruim. Entrei à esquerda na Quinta Avenida, e só faltavam cinco quarteirões.

Parei pouco antes da casa de Burton na rua 90, desliguei o carro e fui para a calçada. Havia entradas luxuosas para os prédios em todos os lugares da rua. Eu estava quase perto da entrada do prédio de Burton quando vi Fred Durkin. De algum lugar ele surgiu e veio andando rápido na minha direção. Ele parou, olhou para trás e seguiu em outra direção, e eu fui atrás dele. Segui-o e dobramos a esquina com a Quinta Avenida.

Eu disse: — Estou fedendo? Desembuche.

— Eu não queria que o porteiro nos visse juntos. Ele viu quando me enxotaram. Eles me pegaram telefonando para você e me chutaram para fora.

— Que pena. Vou reclamar na delegacia. E daí?

— E daí que eles o pegaram, é isso. Nós o seguimos até aqui, o investigador municipal e eu, chegamos aqui às sete e meia. Estava tudo muito bom, sem o Rosinha. É claro que sabíamos quem morava aqui e discutimos sobre se deveríamos telefonar e acabamos decidindo não fazê-lo. Resolvemos entrar no saguão e, quando o criadinho da recepção começou a ficar hostil, Murphy, esse é o nome do investigador municipal, mostrou o distintivo e calou-lhe a boca. Tinha gente entrando e saindo, eles têm dois elevadores. De repente a porta de um dos elevadores se abre e uma mulher sai de lá correndo de olhos arregalados e gritando, onde está o doutor Foster, achem o doutor Foster, e o criadinho diz que tinha acabado de vê-lo sair, e a mulher sai para a rua gritando pelo doutor Foster, e Murphy a agarra pelo braço e pergunta por que não tenta o doutor Burton, e ela olha para ele com uma cara estranha e diz que atiraram no doutor Burton. Ele a solta e corre para o elevador, e a caminho do quinto andar ele descobre que estou com ele. Ele diz...

— Vai logo, droga.

— Ok. A porta do apartamento de Burton está aberta. A festa está acontecendo na primeira sala em que entramos. Tem duas mulheres lá, uma delas ganindo que nem um cachorro doente e balançando um telefone, a outra ajoelhada ao lado, e um sujeito deitado no chão. O manquitola está sentado numa cadeira como alguém que estivesse esperando a vez na barbearia. Começamos a trabalhar. O sujeito estava morto. Murphy pegou o telefone, e eu dei uma olhada no lugar. Um berro, um Colt automático, estava no chão perto da perna de uma cadeira ao lado de uma mesa no centro da sala. Dei uma revistada em Chapin para ver se ele ainda tinha algum brinquedo. A mulher que estava ajoelhada ao lado do presunto começou a passar mal e eu a tirei de lá. Dois homens apareceram, um médico e um funcionário do prédio. Murphy terminou de falar no telefone, foi até Chapin e o algemou. Fiquei com a mulher, e, quando alguns tiras da delegacia apareceram, levei-a para fora da sala. A mulher que tinha ido buscar o doutor Foster reapareceu, veio correndo e tirou a outra mulher de mim e a levou para algum lugar. Entrei em outro cômodo, vi alguns livros, uma escrivaninha e um telefone, então liguei para você. Um dos tiras da delegacia veio xeretar e me ouviu falando, e foi aí que eu tive que sair. Ele me trouxe para baixo e me jogou para fora.

— Quem mais apareceu?

— Só uns tiras de viatura e mais outros da delegacia.

— Cramer ou alguém da promotoria?

— Ainda não. Droga, eles nem precisam se incomodar. Um pacote que nem esse, eles só precisam esperar a entrega.

— É. Vá para a rua 35 e diga a Fritz para lhe dar comida. Logo que Wolfe tiver terminado o jantar, conte-lhe tudo. Pode ser que ele peça para você ir buscar Saul ou Orrie... ele vai lhe dizer.

Ele foi na direção da 89 e eu voltei para a rua do prédio de Burton. Aproximei-me da entrada. Não via nenhum motivo pelo qual eu não pudesse entrar, embora não conhecesse ninguém lá em cima. Quando estava para entrar, um carrão apareceu e parou bruscamente, e dois homens desceram. Olhei quem eram, me postei na frente de um deles e sorri:

— Inspetor Cramer! Que sorte. — Comecei a andar junto com ele.

Ele parou. — Ah! Você. Essa não. Se manda.

Comecei a puxar assunto, mas ele ficou bravo. — Se manda, Goodwin. Se houver alguma coisa lá em cima que pertença a você, eu a guardarei.

Fiquei para trás. Estava começando a juntar gente, já havia quase uma multidão, e um tira estava conduzindo as pessoas para fora. Na confusão tive absoluta certeza de que ele não havia escutado o diálogo entre mim e Cramer. Saí de lá e fui para o local onde o carro estava estacionado. Abri o porta-malas e tirei uma maleta preta onde eu guardava algumas coisas para emergências. Não era o ideal, mas iria servir. Voltei para a entrada do prédio, abri caminho no meio da fila de gente, enquanto o tira estava ocupado do outro lado, e passei pela porta. Lá dentro estavam o porteiro e outro tira. Fui até eles e disse "Legista. Qual é o apartamento?". O tira me examinou, me levou para o elevador e disse ao ascensorista: "Leve este senhor ao quinto andar". Dentro do elevador, subindo, dei uma palmadinha na maleta.

Entrei rapidamente no apartamento. Como Durkin havia dito, a festa era bem ali, na primeira sala, na verdade um salão de recepção. Havia um monte de gente lá, a maioria era policiais de rua e investigadores, todos com cara de tédio. O inspetor Cramer estava perto de uma mesa ouvindo um investigador. Caminhei até ele e disse seu nome.

Ele se virou e pareceu surpreso. — Ora, mas o que...

— Escute aqui, inspetor. Só um segundo. Não vim aqui roubar o prisioneiro, ou as evidências, ou qualquer outra coisa. O senhor sabe muito bem que tenho direito à curiosidade e isso é tudo que espero satisfazer. Tenha compaixão. Meu Deus, todos nós temos mãe.

— O que tem dentro dessa maleta?

— Camisas e meias. Eu a usei para vir até aqui. Por mim, um de seus homens pode levá-la até o carro.

Ele resmungou. — Deixe-a aqui na mesa, e se você nos importunar...

— Não vou. Muito agradecido.

Tomando o cuidado de não trombar em ninguém, me encostei na parede. Dei uma olhada. Era uma sala de mais ou menos cinco por seis metros, quase quadrada. Um dos lados era praticamente só de janelas, com cortinas. Do outro lado estava a porta de entrada. Uma parede comprida, na qual eu estava encostado, tinha quadros e algumas prateleiras com vasos com flores. Na outra parede, quase no canto, havia uma porta dupla, fechada, que levava, é claro, ao apartamento propriamente dito. O resto daquela parede, cerca de três metros dela, tinha cortinas para combinar com as outras, mas não poderia haver janelas atrás delas. Imaginei que fossem armários. A luz vinha do teto, indireta, com interruptores perto da porta dupla e da porta de entrada. Havia um tapete grande e uma mesa de bom tamanho no meio. Perto de onde eu estava havia uma prateleira com um telefone e uma cadeira.

No total, eram apenas quatro cadeiras. Numa delas, numa das extremidades da mesa, Paul Chapin estava sentado. Eu não conseguia ver-lhe o rosto, o ângulo não era bom. Na outra extremidade da mesa o doutor Burton estava no chão. Ele parecia estar morto e razoavelmente confortável. Ou ele havia caído daquele jeito ou alguém o havia esticado, com os braços bem arrumados ao longo do corpo. A cabeça estava virada num ângulo estranho, mas cabeças sempre ficam assim até serem postas na posição certa. Olhando para ele, pensei que Wolfe o fizera assinar o contrato por sete mil dólares e que agora ele não teria que se preocupar com isso novamente, nem com um monte de outras coisas. De onde eu estava, não conseguia ver muito sangue.

Alguns detalhes surgiram depois de eu ter chegado. Alguns telefonemas. Um dos investigadores havia saído e voltado alguns minutos depois com um legista. Ao que parece, eles tiveram dificuldades para entrar lá embaixo. Torci para que ele não pegasse minha maleta por engano quando fosse embora. Havia um burburinho em toda parte. O inspetor Cramer havia saído da sala pela porta dupla, creio que para falar com as mulheres. Uma jovem apareceu vinda de fora e fez uma cena, mas apesar dos pesares ela saiu-se muito bem, visto que parecia ter sido seu pai quem fora assassinado. Ela estava fora, em algum lugar, e ficou chocada. Tenho visto com freqüência que a única coisa que torna realmente difícil lidar com cadáveres são as pessoas que ainda estão vivas. Essa garota era do tipo que dá um nó na garganta da gente, porque dá para perceber que ela está tentando se controlar, mas sabe que essa batalha está perdida. Fiquei feliz quando um investigador a levou embora para sua mãe.

Contornei a mesa devagar para dar uma espiada no aleijado. Fiquei de frente para ele. Ele olhou para mim, mas não deu nenhum sinal de que tivesse me reconhecido. Sobre a mesa a seu lado estavam sua bengala e o chapéu. Estava com um sobretudo marrom, desabotoado, e luvas cor de cobre. Estava curvado para a frente, as mãos algemadas apoiadas sobre o joelho são. Não havia nada em seu rosto, nada. Ele parecia mais um passageiro no metrô do que qualquer outra coisa. Seus olhos claros olharam diretamente para mim. Pensei comigo que aquela era a primeira vez que Nero Wolfe tinha cem por cento de azar. É claro que ele já havia tido azar antes, mas esse caso não era só azar, era muito, muito azar.

Então me lembrei do motivo de minha presença lá e disse a mim mesmo que eu havia passado dois dias fingindo caçar Andrew Hibbard sabendo o tempo todo que era inútil, e Hibbard estava, naquele momento, comendo escalopes e discutindo psicologia com Wolfe. E até que o próprio Wolfe encerrasse aquele caso, de uma maneira ou de outra, eu não poderia entregar os pontos. Era minha obrigação ter um pouco de esperança.

Encostei na parede novamente e examinei o campo. O legista havia terminado. Não dava para dizer quanto tempo Cramer ainda iria ficar com as mulheres, mas, a menos que a história delas fosse mais complicada do que provavelmente era, não havia motivo para demorar muito. Quando ele voltasse, não seria necessário muito tempo para remover o corpo e o aleijado, e então não haveria mais razão para alguém ficar por lá. Cramer não iria querer ir embora e me deixar lá, ele iria querer a minha companhia. Eu também não via nenhum motivo para ele deixar alguém para trás, a não ser um investigador no corredor de fora e possivelmente um lá embaixo, para afastar da família quaisquer aborrecimentos.

Era esse o quadro. Eu não podia voltar para Wolfe sem nada além de uma história triste sobre um pobre aleijado, um morto e uma filha amargurada. Dei a volta novamente pela mesa e fui até a parede com cortinas. Então vi minha maleta sobre a mesa. Ela não poderia ficar ali, então eu a peguei, como quem não quer nada, e voltei para perto das cortinas novamente. Pensei que as chances eram de cinqüenta para um contra mim, mas o pior que poderia me acontecer era ganhar um acompanhante até o elevador. Mantendo os olhos no bando de investigadores e policiais espalhados, sondei com o pé atrás das cortinas e descobri que o assoalho continuava, sem um rodapé. Se era um roupeiro embutido na parede, eu não tinha a menor idéia de quão profundo ele era ou do que poderia haver lá. Continuei com os olhos ocupados. Eu precisava aproveitar um momento em que todos estivessem virados para o outro lado, ou pelo menos não estivessem olhando para onde eu estava. Eu esperava esse momento e a sorte veio ao meu encontro: o momento chegou. O telefone na prateleira da outra parede tocou. Sem nada o que fazer, todos eles se viraram involuntariamente. Eu já estava com uma das mãos atrás de mim, pronto para puxar a cortina de lado, e foi o que fiz, indo para trás dela rapidamente.

Eu me abaixei, no caso de haver uma prateleira de chapéus na altura de costume, mas essa prateleira ficava mais para trás. O roupeiro tinha quase um metro de profundidade e eu tinha muito espaço. Prendi a respiração por alguns segundos, mas não ouvi nenhum dos cães de caça ganindo. Coloquei a maleta no chão e fui para trás do que parecia ser um casaco de pele feminino. Só uma coisa não deu para evitar: o aleijado tinha me visto. Seus olhos claros estavam sobre mim quando fui para trás da cortina. Torci para que, se ele abrisse a boca, encontrasse algum outro assunto para falar.

Fiquei lá no escuro e depois de algum tempo desejei ter levado um tanque de oxigênio. Para me entreter eu tinha as vozes dos investigadores lá fora, mas não eram muito altas e eu só conseguia pegar uma ou outra palavra. Alguém chegou, uma mulher, e, um pouco mais tarde, um homem. Meia hora se passou antes que Cramer retornasse. Ouvi a porta dupla se abrindo, perto da minha cortina, e Cramer dando ordens. Ele parecia estar decidido e satisfeito. Um investigador com voz rouca disse para outro, bem na frente do lugar onde eu estava, para carregar a bengala de Chapin, e ele o ajudaria a andar. Eles o estavam levando embora. Ouvi mais ruídos e instruções de Cramer, a respeito da remoção do cadáver, e em poucos minutos passos pesados enquanto carregavam-no para fora. Eu estava torcendo desesperadamente para que nem Cramer, nem mais ninguém, tivesse pendurado o casaco no roupeiro onde eu estava, mas aquilo não era provável: havia uns três ou quatro empilhados sobre a mesa. Ouvi uma voz dizendo a alguém para arranjar um tapete para cobrir o local onde estivera o corpo de Burton, e Cramer e os outros indo embora. Parecia que apenas dois tinham ficado, depois que um deles havia voltado com o tapete. Eles estavam brincando um com o outro a respeito de alguma garota. Comecei a recear que Cramer pudesse tê-los deixado lá por algum motivo, mas logo eu os ouvi indo para a porta, que se abriu e fechou em seguida.

Eu já estava naquele roupeiro mais tempo do que os meus pulmões poderiam agüentar, mas achei bem possível que ainda houvesse alguém dentro do apartamento, então esperei mais cinco minutos. Daí afastei a cortina um pouquinho e dei uma olhada. Abri-a totalmente e saí. Vazio. Todos tinham ido embora. A porta dupla estava fechada. Fui até ela, virei a maçaneta e entrei. Eu estava num cômodo que tinha cinco vezes o tamanho do anterior, iluminado fracamente e totalmente mobiliado. Havia uma porta numa das extremidades e uma arcada num dos lados. Ouvi vozes vindas de algum lugar. Continuei entrando e chamei:

— Alô! Senhora Burton?

As vozes calaram-se e ouvi passos se aproximando. Apareceu um rapaz na arcada, fazendo pose de importante. Sorri no meu íntimo. Era só um garoto, devia ter uns vinte e dois anos, bonito, bem vestido e elegante. Ele disse: — Pensamos que vocês tivessem ido embora.

— É. Todos menos eu. Preciso falar com a senhora Burton.

— Mas ele disse... o inspetor disse que ela não seria incomodada.

— Lamento, preciso falar com ela.

— Ela está deitada.

— Diga-lhe que são apenas algumas perguntas.

Ele abriu a boca e a fechou de novo, com a expressão de quem achava que poderia fazer alguma coisa, virou-se e saiu. Num minuto ele voltou e fez um gesto com a cabeça para que eu o seguisse.

Passamos por uma sala, por um corredor e por outra sala. Essa não era tão grande, mas era mais bem iluminada e continha menos móveis. Uma empregada de uniforme estava saindo de uma outra porta com uma bandeja. Uma mulher estava sentada num sofá, outra mulher numa cadeira, e a filha que eu vira na frente estava em pé atrás do sofá.

Suponho que a senhora Loring A. Burton não estivesse em suas melhores noites, mas ela poderia estar pior ainda, e mesmo assim pareceria ótima. Uma olhada era o suficiente para perceber que tipo de pessoa ela era. Tinha um nariz fino e reto, boca sensual e belos olhos escuros. O cabelo estava preso em tranças na nuca, penteado para trás para realçar as têmporas e a fronte, o que talvez produzisse maior efeito. Isso e o porte de sua cabeça. Seu pescoço exibia o segredo de algum artista, o qual tenho visto muita estrela de cinema tentar copiar sem conseguir. Aquilo já havia nascido com ela.

Com a cabeça erguida daquele jeito, percebi que seria necessário mais do que um marido assassinado para abalá-la a ponto de deixar suas decisões para as filhas e assim por diante, então não prestei atenção aos outros. Contei-lhe que tinha algumas perguntas confidenciais a fazer e que gostaria de falar com ela a sós. A mulher na cadeira murmurou algo com as palavras "cruel" e "desnecessário". A filha me encarou com os olhos vermelhos. A senhora Burton perguntou:

— Confidencial para quem?

— Para Paul Chapin. Eu preferiria não... — Olhei à minha volta.

Ela fez o mesmo. Percebi que o rapaz não era filho e herdeiro, era na filha que ele estava interessado, provavelmente já estavam comprometidos. A senhora Burton disse: — Que importa? Vão para o meu quarto. Você se incomoda, Alice?

A mulher na cadeira disse que não e levantou-se. O rapaz pegou no braço da filha para guiá-la, imagine, ele nunca iria deixá-la cair e se machucar. Eles saíram.

A senhora Burton disse: — Sim?

Respondi: — A parte confidencial na verdade me diz respeito. A senhora sabe quem é Nero Wolfe?

— Nero Wolfe? Sei.

— O doutor Burton e alguns amigos fizeram um contrato...

Ela me interrompeu. — Eu sei tudo a respeito. O meu marido... — Ela se calou. A maneira como ela de repente fechou as mãos com força e tentou impedir que os lábios se movessem mostrava que uma explosão estava mais próxima de acontecer do que eu havia suposto. Mas logo ela retomou o controle. — Meu marido me contou tudo a respeito.

— Isso nos poupa tempo. Não sou um detetive municipal, sou particular. Trabalho para Nero Wolfe, meu nome é Goodwin. Se me perguntar por que estou aqui, existem diversas maneiras de lhe responder, mas a senhora tem que me ajudar a escolher a certa. Isso depende de como a senhora está se sentindo. — Eu havia iniciado meu tom de inocência, meu olhar de sinceridade. Estava falando depressa. — É claro que a senhora está se sentindo péssima, claro, mas, por pior que possa estar agora, a senhora vai continuar vivendo. Tenho algumas perguntas a fazer em nome de Nero

Wolfe, e não posso ser educado e esperar uma semana até que seus nervos tenham se recuperado, preciso fazê-las agora ou nunca. Estou aqui agora, diga-me o que quero saber e livre-se de mim. A senhora viu Paul Chapin atirar em seu marido?

— Não. Mas eu já...

— Claro. Vamos continuar. Alguém o viu?

— Não.

Tomei fôlego. Pelo menos não estávamos fora do páreo. Eu disse: — Tudo bem. Então é uma questão de como a senhora se sente. Por exemplo, como a senhora se sente a respeito do fato de Paul Chapin não ter atirado em seu marido?

Ela me encarou. — O que você quer dizer? Eu o vi...

— A senhora não o viu atirar... É aonde quero chegar, senhora Burton. Sei que o seu marido não odiava Paul Chapin. Sei que ele sentia pena dele e só se juntou aos outros por não ver outra solução para o caso. E a senhora, a senhora o odiava? Independentemente do que aconteceu esta noite, o quanto a senhora o odiava?

Por um segundo pensei que ela estava me acompanhando. Então vi uma mudança surgindo em seus olhos, e seus lábios começaram a se apertar. Ela ia me mandar embora. Antecipei-me:

— Escute, senhora Burton, não sou apenas um cãozinho esperto fuçando no quintal de alguém para ver o que encontro. Eu realmente sei tudo sobre esse caso, talvez até algumas coisas que a senhora não saiba. Neste exato momento, num armário no escritório de Nero Wolfe, existe uma caixa de couro. Eu a coloquei lá. Deste tamanho. É um couro muito bonito, com enfeites em ouro, a caixa está trancada e cheia até a boca de luvas e meias que foram suas. Algumas delas a senhora usou. Espere um minuto, deixe-me explicar. Essa caixa pertence a Paul Chapin. Dora Ritter pegou essas coisas e as deu a ele. É o tesouro dele. Nero Wolfe diz que a alma dele está dentro daquela caixa. Não sei, não sou um especialista em almas. Só estou lhe contando. O motivo por que quero saber se a senhora odeia Paul Chapin ou não, independentemente de ele ter matado seu marido, é o seguinte: e se ele não o matou? A senhora gostaria de vê-lo receber a culpa mesmo assim?

Ela estava olhando para mim, com a idéia de me pôr para fora temporariamente adiada. Disse: — Não sei aonde quer chegar. Eu o vi morto. Não sei o que está querendo dizer.

— Nem eu. É para descobrir isso que estou aqui. Estou tentando fazer a senhora entender que não a estou perturbando apenas por curiosidade, estou aqui porque é do meu interesse, e pode ser que venha a ser de seu interesse também. Estou procurando garantir que Paul Chapin não receba mais do que ele merece. Neste exato momento não acredito que a senhora esteja interessada em coisa alguma. A senhora recebeu um choque que deixaria a maioria das mulheres nocauteadas. Bem, a senhora não foi a nocaute e tanto pode conversar comigo quanto ficar sentada e tentar não pensar no assunto. Eu gostaria de sentar aqui e lhe perguntar algumas coisas. Se eu achar que a senhora vai desmaiar, chamarei sua família e irei embora.

Ela relaxou as mãos. Disse: — Eu não desmaio. O senhor pode sentar.

— Ok. — Usei a cadeira onde Alice estivera sentada. — Agora me conte como aconteceu. Os tiros. Quem estava aqui?

— Meu marido e eu, a cozinheira e a empregada. Uma das empregadas estava fora.

— Ninguém mais? E a mulher que a senhora chamou de Alice?

— Ela é a minha melhor amiga. Ela veio para... pouco tempo atrás. Não havia mais ninguém aqui.

— E?

— Eu estava em meu quarto, estava me vestindo. Íamos jantar fora, minha filha estava fora, em algum lugar. Meu marido veio até o meu quarto pegar um cigarro. Ele sempre... ele nunca se lembrava de comprar, e a porta entre nossos quartos está sempre aberta. A empregada apareceu e disse que Paul Chapin estava aqui. Meu marido foi até a sala de recepção para encontrá-lo, mas não foi imediatamente; ele passou primeiro em seu quarto e depois no escritório. Estou mencionando isso porque fiquei ouvindo. Na última vez que Paul apareceu, meu marido havia instruído a empregada a mantê-lo na sala de recepção, e antes de ir para lá ele passou no escritório e pegou um revólver que estava na gaveta. Achei uma atitude infantil. Desta vez fiquei ouvindo para ver se ele iria fazer aquilo novamente, e ele fez, ouvi quando abriu a gaveta. Então ele me chamou, chamou pelo nome, e eu respondi "O que é?", e ele disse "Nada, não importa", falou que me diria mais tarde, depois que se livrasse de nosso visitante. Essa foi a última... aquelas foram as últimas palavras que ouvi dele. Eu o ouvi andando pelo apartamento. Acho que fiquei ouvindo porque queria saber o que

Paul desejava. Então ouvi barulhos, não eram altos, a sala de recepção fica bem longe de meu quarto, e então tiros. Eu saí correndo. A empregada saiu da sala de jantar e me seguiu. Corremos até lá. Já era noite, e a luz na sala de recepção estava fraca, não conseguíamos ver nada. Ouvi um barulho, alguém caindo, e a voz de Paul dizendo o meu nome. Acendi a luz no interruptor, e Paul estava lá, de joelhos, tentando se levantar. Ele disse meu nome de novo e que estava tentando alcançar o interruptor. Então eu vi Lorrie, no chão, do outro lado da mesa. Corri até ele e quando vi o seu estado mandei a empregada ir buscar o doutor Foster, que mora no andar de baixo. Não sei o que Paul fez depois, não prestei atenção nele, quando dei por mim alguns homens estavam entrando...

— Tudo bem, um momento.

Ela parou de falar. Olhei para ela durante um minuto, tentando entender. Ela estava apertando as mãos novamente, e a velocidade de sua respiração aumentara um pouco, mas sem exagero. Parei de me preocupar com ela. Saquei um bloco e um lápis e disse: — Isso que a senhora está me contando, preciso esclarecer alguns pontos. O pior deles, é claro, é a luz apagada. Isso é bastante tolo. Não, espere um minuto, só estou falando sobre algo que Nero Wolfe chama de intuição para o fenômeno. Estou tentando aproveitar essa tal intuição. Vamos voltar ao começo. A caminho de receber Paul Chapin seu marido a chamou do escritório e depois disse que não importava. A senhora tem alguma idéia do que ele ia dizer?

— Não, como é que eu...

— Ok. Da maneira que a senhora contou, ele a chamou depois que abriu a gaveta. Foi assim que aconteceu?

Ela confirmou. — Tenho certeza de que foi depois que ouvi a gaveta se abrir. Eu estava escutando.

— Sei. Então a senhora ouviu-o andando até a sala de recepção, e então escutou barulhos. Que tipo de barulhos?

— Não sei. Só barulhos, movimentação. O lugar é afastado e as portas estavam fechadas. Os barulhos eram fracos.

— Vozes?

— Não, não ouvi nenhuma.

— A senhora ouviu seu marido fechar a porta da sala depois de chegar lá?

— Não. Eu não ouviria ele fazer isso, a menos que a porta batesse.

— Então vamos considerar o seguinte: visto que a senhora estava ouvindo os passos dele, mesmo que não pudesse ouvi-los mais depois que ele entrou na sala de recepção, houve um momento em que a senhora imaginou que ele já tivesse chegado lá. A senhora sabe o que quero dizer, a sensação de que ele estava lá. Quando eu disser *Agora*, isso vai significar que ele acabou de chegar à sala, e a senhora começa a sentir o tempo, a passagem do tempo. Tente sentir como naquele momento, e, quando for o instante em que o primeiro tiro soou, a senhora diz *Agora*. Entendeu? *Agora!*

Olhei para o ponteiro de segundos do meu relógio. A contagem começou da marca dos trinta segundos. Ela disse: — *Agora*.

Eu a encarei. — Meu Deus, foram apenas seis segundos.

Ela confirmou. — Foi só isso sim, tenho certeza.

— Nesse caso... tudo bem. Então a senhora correu até a sala de recepção e estava tudo escuro lá. É claro que a senhora não poderia se enganar sobre esse detalhe.

— Não. A luz estava apagada.

— E a senhora a acendeu e viu Chapin ajoelhado, se levantando. Ele tinha uma arma na mão?

— Não. Ele estava de casaco e luvas. Não vi uma arma... em lugar nenhum.

— O inspetor Cramer contou-lhe sobre a arma?

Ela confirmou. — Era do meu marido. Ele atirou... ela foi disparada quatro vezes. Eles a encontraram no chão.

— Cramer a mostrou para a senhora?

— Sim.

— E ela desapareceu da gaveta do escritório?

— Claro.

— Quando a senhora acendeu a luz Chapin estava dizendo alguma coisa.

— Ele estava dizendo o meu nome. Depois que a luz se acendeu ele disse... eu posso lhe contar exatamente o que ele falou: *"Anne, um aleijado no escuro, minha querida Anne, eu estava tentando alcançar o interruptor"*. Ele tinha caído.

— É. Naturalmente. — Terminei de rabiscar no bloco e olhei para ela. Ela estava sentada rígida. Eu disse: — Agora vamos recapitular novamente. A senhora ficou em casa a tarde toda?

— Não. Estive numa galeria olhando algumas gravuras e depois fui a um chá. Voltei para casa por volta das seis.

— O seu marido estava aqui quando a senhora chegou?

— Sim, ele volta cedo... aos sábados. Ele estava no escritório com Ferdinand Bowen. Entrei para falar com ele. Nós sempre... nos falávamos quando um dos dois chegava, não importava quem estivesse aqui.

— Então o senhor Bowen estava aqui. A senhora sabe por qual motivo?

— Não. Quer dizer... não.

— Ora, vamos, senhora Burton. A senhora decidiu agüentar isso e está se saindo muito bem, então continue assim. Por que Bowen estava aqui?

— Ele veio pedir um favor. Isso é tudo o que eu sei.

— Um favor financeiro?

— Sim, suponho que sim.

— Ele o conseguiu?

— Não. Mas isso não tem ligação com... chega de falar nisso.

— Ok. Quando Bowen foi embora?

— Logo depois que cheguei, deveria ser seis e quinze. Talvez seis e vinte. Foi uns dez minutos antes de Dora chegar, e ela foi pontual, chegou às seis e meia.

— Não diga. — Eu olhei para ela. — A senhora se refere a Dora Chapin?

— Sim.

— Ela veio arrumar seu cabelo.

— Sim.

— Mas que droga. Desculpe-me. Nero Wolfe não permite que eu pragueje na frente de senhoras. E Dora

Chapin chegou aqui às seis e meia. Bem, e a que horas ela foi embora?

— Ela sempre demora quarenta e cinco minutos, então ela saiu às sete e quinze. — Ela fez uma pausa para calcular o tempo. — Sim, deve ter sido isso mesmo. Talvez alguns minutos a mais. Calculei que eu tivesse quinze minutos para acabar de me vestir.

— Então Dora Chapin saiu daqui às sete e vinte e Paul Chapin chegou às sete e meia. Que interessante, eles quase se encontraram. Quem mais esteve aqui depois das seis horas?

— Ninguém. Isso é tudo. Minha filha saiu por volta das seis e meia, um pouco antes de Dora chegar. Mas eu não entendo... o que foi, Alice?

Uma porta se abriu atrás de mim, e eu me virei para olhar. Era a mulher, a melhor amiga. Ela disse:

— Nick Cabot está ao telefone, alguém o avisou. Ele quer saber se você quer falar com ele.

Os olhos escuros da senhora Burton olharam rapidamente para mim. Mexi a cabeça de lado o suficiente para que ela visse. Ela respondeu à amiga: — Não, não tenho nada a dizer. Não vou falar com ninguém. Vocês estão se arranjando com comida?

— A gente se vira. Mas Anne, eu realmente acho que...

— Por favor, Alice, por favor...

Depois de uma pausa, a porta se fechou novamente. No meu íntimo, dei uma risadinha meio convencida. Falei: — A senhora começou a dizer sobre alguma coisa que não entendia...

Ela não continuou. Ficou sentada me encarando com uma interrogação nos olhos, mas sem franzir a testa. Ela se levantou, foi até uma mesinha, tirou um cigarro de uma caixa, acendeu-o e pegou um cinzeiro. Voltou para o sofá, sentou-se e deu algumas tragadas. Então olhou para o cigarro como se perguntasse de onde ele teria vindo, esmagou-o no cinzeiro e empurrou o cinzeiro para um lado. Endireitou-se e pareceu lembrar-se de que eu estava olhando para ela. De repente, falou:

— Qual é mesmo o seu nome?
— Archie Goodwin.
— Obrigada. É bom que eu saiba o seu nome. Coisas estranhas podem acontecer, não podem? Por que me pediu para não falar com o senhor Cabot?

— Nenhum motivo em especial. Neste momento quero que a senhora só fale comigo.

Ela concordou. — E é o que eu estou fazendo. Senhor Goodwin, o senhor não tem muito mais do que a metade da minha idade e eu nunca o vi antes. O senhor parece ser inteligente. Suponho que tenha percebido o choque que tive ao ver meu marido morto, morto a tiros. Abalou tudo. O que estou fazendo é algo admirável para mim. Eu geralmente não falo, a não ser o trivial. Nunca falei, desde a minha infância, a não ser com duas pessoas. Meu marido, meu querido marido, e Paul Chapin. Mas nós não estamos falando sobre o meu marido, não há nada a falar sobre ele. Ele está morto. Ele está morto... vou ter que dizer isso a mim mesma muitas vezes... ele está morto. Ele quer continuar a viver em mim, e eu quero que isso aconteça. Acho que... isto é o que eu realmente estou dizendo... acho que queria que tivesse acontecido com Paul. Ah, isso é impossível! — Ela estremeceu um pouco e suas mãos crisparam-se novamente. — É um absurdo tentar falar sobre isso... mesmo a um estranho... e com Lorrie morto... absurdo...

Eu disse: — Talvez seja um absurdo não falar. Deixe as palavras saírem, desabafe.

Ela balançou a cabeça. — Não há nada para desabafar. Não há motivo para eu querer falar a respeito, mas eu quero. Se não fosse assim, por que eu o deixaria fazer tantas perguntas? Esta noite eu consegui ver dentro de mim mesma com uma profundidade que nunca conseguira antes. Não foi quando vi meu marido morto, não foi quando fiquei sozinha em meu quarto, olhando para o retrato dele, tentando perceber que ele estava morto. Foi no momento em que eu estava sentada aqui, com aquele inspetor de polícia, quando ele me disse que em homicídios em primeiro grau não se aceita admissão de culpa, e que eu teria que falar com um representante da promotoria e que também precisaria depor num tribunal, para que Paul Chapin fosse condenado e punido. Meu marido está morto, isso não é o bastante? E se eu não quero que ele seja punido, a que estou me apegando? Seria pena? Nunca tive pena dele antes. Eu tenho sido bastante insolente com a vida, mas não insolente o bastante para ter pena de Paul Chapin. O senhor me disse que ele tem uma caixa cheia de luvas e meias que Dora roubou para ele, e que Nero Wolfe diz conter a alma dele. Talvez minha alma também tenha sido guardada numa caixa e eu nem saiba disso...

Ela se levantou abruptamente. O cinzeiro escorregou do sofá para o chão. Ela se abaixou e, com mãos decididas que não mostravam um único sinal de tremor, pegou o fósforo apagado e o cigarro e pôs no cinzeiro. Não fiz nada para ajudá-la. Ela levou o cinzeiro para a mesa, voltou para o sofá e sentou-se novamente. Disse:

— Nunca gostei de Paul Chapin. Certa vez, quando eu tinha dezoito anos, prometi me casar com ele. Quando fiquei sabendo do acidente que ele tinha sofrido, que o aleijou para o resto da vida, fiquei contente porque não teria que cumprir a promessa. Eu não sabia disso naquela ocasião, mas percebi mais tarde. Em nenhum momento tive pena dele. Não há originalidade nisso, acho que nenhuma mulher jamais teve pena dele, apenas os homens tiveram. As mulheres não gostam dele, mesmo aquelas que se fascinaram brevemente por ele. Eu antipatizo intensamente com Paul. Tenho pensado nisso, cheguei a analisar a questão. É a deformidade dele que é intolerável. Não a deformidade física. A deformidade de seu sistema nervoso, de seu cérebro. O senhor já ouviu falar em astúcia feminina, mas o senhor não a entende como Paul, porque ele próprio a possui. É uma qualidade detestável num homem. As mulheres ficam fascinadas com isso, mas as duas ou três que se renderam a esse tipo de encanto (e eu não estou entre elas, nem aos dezoito anos) foram recompensadas com desprezo.

— Ele se casou com Dora Ritter. Ela não é uma mulher?

— Ah, sim, Dora é uma mulher. Mas ela se dedicou a uma negação de sua feminilidade. Eu gosto dela, eu a entendo. Ela sabe o que é a beleza e sabe ver a si própria. Isso a forçou, há muito tempo, a essa negação, e sua força de vontade a tem mantido. Paul a entendeu também. Ele se casou com ela para demonstrar seu desprezo por mim; ele me disse isso. Pôde arriscar-se com Dora porque podia confiar que ela nunca o embaraçaria com o único pedido que ele consideraria humilhante. E, quanto a Dora, ela o odeia, mas morreria por ele. De maneira ardente e secreta, contra sua negação, ela ansiava pela dignidade do casamento, e foi um grande golpe de sorte que Paul o tenha proposto nas únicas circunstâncias que o tornariam aceitável para ela. Ah, eles se entendem!

Eu falei: — Ela o odeia e se casou com ele.

— Sim, Dora faria isso.

— Estou surpreso que ela tivesse vindo aqui hoje. Pelo que sei, ela sofreu um acidente sério na quarta-feira pela manhã. Eu a vi. Ela parecia ter alguma personalidade.

— Pode-se dizer isso. Dora é louca. Paul já disse isso a ela muitas vezes. Ela me conta isso como se estivesse falando sobre o tempo. Existem duas coisas que ela não consegue tolerar: que qualquer mulher desconfie de que ela seja capaz de demonstrar ternura, ou que qualquer homem a considere uma mulher. Sua personalidade advém de sua indiferença a tudo que existe, a não ser Paul Chapin.

— Ela se gabou para Nero Wolfe de que era casada.

— É claro. Isso a deixa de fora como mulher. Ah, é impossível rir dela, e não se pode ter pena dela, não mais que teríamos de Paul. Um macaco também poderia ter pena de mim porque não tenho cauda.

Eu disse: — A senhora estava falando sobre sua alma.

— Estava? Sim. Para o senhor, senhor Goodwin. Eu não conseguiria falar sobre isso com minha amiga Alice. Já tentei, mas não consigo. Eu não estava dizendo que não queria que Paul Chapin fosse punido? Talvez isso não esteja correto, talvez eu queira que ele seja punido, mas não de maneira cruel, com a morte. O que se passa na minha cabeça, no meu coração? Só Deus sabe. Mas comecei a responder às suas perguntas quando o senhor disse algo, algo a respeito da punição dele...

Confirmei. — Eu disse que ele não deveria receber mais do que merece. É claro que para a senhora tudo parece muito claro, e aparentemente os tiras têm essa opinião também. A senhora ouviu tiros e correu até a sala e lá estava: um homem vivo, um homem morto e uma arma. E, é claro, o inspetor Cramer possui outros ingredientes, como, por exemplo, um possível motivo, sem mencionar um desejo de acertar contas com Chapin por alguns inconvenientes pelos quais passou. Mas, como diz Nero Wolfe, uma babá que empurra um carrinho no parque sem pôr o bebê dentro não entendeu nada do que está se passando. Talvez se eu procurar por aí eu encontre o bebê. Por exemplo, Dora Chapin saiu daqui às sete e vinte. Chapin chegou às sete e meia, dez minutos depois. E se ela esperou no corredor de fora e entrou com ele de novo? Ou, se ela não pudesse fazer isso porque a empregada é que o fez entrar, ele poderia ter aberto a porta para ela quando a empregada tivesse ido avisar o doutor Burton. Ela poderia ter arrancado a arma do bolso do doutor Burton, atirado e fugido antes que a senhora chegasse lá. Isso explicaria a luz apagada. Ela poderia ter desligado antes de sair, pois, se houvesse alguém passando do lado de fora, não veria o interior da sala. A senhora diz que ela odeia Chapin. Talvez para ele tudo isso tenha sido completamente inesperado, talvez ele não tivesse a menor idéia das intenções dela...

Ela estava balançando a cabeça em negativa. — Não acredito nisso. É possível, mas não acredito.

— A senhora disse que ela é louca.

— Não, até onde Dora pudesse gostar de qualquer homem, ela gostava de Lorrie. Ela não faria isso.

— Nem para garantir uma reserva de cadeira elétrica para Chapin?

A senhora Burton olhou para mim, e um pequeno tremor a percorreu. Ela respondeu: — Essa idéia não é melhor... do que a outra. É horrível.

— Claro que é horrível. Seja lá o que venhamos a descobrir, não será uma surpresa agradável para nenhum dos envolvidos, a não ser, talvez, para Chapin. Eu deveria mencionar uma outra possibilidade. O doutor Burton atirou em si próprio. Ele apagou as luzes de forma que Chapin não pudesse ver o que ele estava fazendo a tempo de gritar para avisar alguém. Essa opção também é horrível, mas é igualmente possível.

Aquela idéia não pareceu perturbá-la tanto quanto a minha primeira sugestão. Ela simplesmente disse, com tranqüilidade: — Não, senhor Goodwin. Não seria concebível que Lorrie quisesse... tivesse algum motivo para se matar sem que eu o soubesse, mas ele querer jogar a culpa em Paul... em qualquer um... não, isso não é possível.

— Ok. A senhora mesma disse há pouco, senhora Burton, que coisas estranhas acontecem. Mas, nesse caso, qualquer um poderia ter cometido o crime, qualquer um que pudesse entrar naquela sala e que soubesse que Chapin estava lá e que o doutor Burton iria aparecer. A propósito, e a empregada que está de folga esta noite... Ela tem uma chave? Como ela é?

— Sim, ela tem uma chave. Ela tem cinqüenta e seis anos, está conosco há nove e chama a si mesma de governanta. O senhor perderia seu tempo investigando-a.

— Ainda assim eu gostaria de saber sobre a chave.

— Ela vai trazê-la pela manhã. Pode falar com ela se quiser.

— Obrigado. Agora a outra empregada. Posso falar com ela agora?

Ela se levantou, foi até a mesa, apertou um botão, pegou outro cigarro e o acendeu. Reparei que, de costas, alguém poderia dizer que era uma jovem de vinte anos, a não ser pelo cabelo. Mas ela estava se abatendo: quando se levantou, os ombros caíram um pouco. Ela os ergueu em seguida, virou-se e voltou para o sofá, no instante em que a porta se abriu e a turma toda apareceu: cozinheira, empregada, amiga Alice, filha e namorado. A cozinheira estava carregando uma bandeja. A senhora Burton disse:

— Obrigada, Henny, agora não. Não tente novamente, por favor, eu realmente não estou conseguindo engolir nada. E quanto a vocês... se não se importam... queremos falar com Rose um pouquinho. Só a Rose.

— Mas, mamãe, eu acho...

— Não, querida. Por favor, só alguns minutos. Johnny, você é muito atencioso. Muito obrigada. Venha cá, Rose.

O rapaz corou. — Ah, não por isso, senhora Burton.

Eles saíram pela mesma porta. A empregada se aproximou, ficou em pé na nossa frente e tentou engolir em seco algumas vezes, sem resultado. Seu rosto tinha uma expressão bastante peculiar porque tencionava ser compreensiva, mas ela estava chocada e assustada demais, e de qualquer forma o rosto era peculiar, com o nariz largo e achatado e quase sem sobrancelhas. A senhora Burton lhe disse que eu queria lhe fazer algumas perguntas, e ela olhou para mim como se tivesse sido informada que eu iria lhe fazer algum mal. Então olhou para o bloco de anotações sobre o meu joelho e sua expressão piorou. Eu disse:

— Rose, sei exatamente o que está se passando na sua cabeça. Você está pensando que o outro homem anotou suas respostas às perguntas dele e agora eu vou fazer a mesma coisa, e então nós vamos comparar as duas e se não forem parecidas nós vamos levá-la para o topo do Empire State e jogá-la de lá. Esqueça essa bobagem. Vamos, esqueça. A propósito. — Virei-me para a senhora Burton. — Dora Chapin tem uma chave do apartamento?

— Não.

— Ok. Rose, você foi atender à porta quando Dora Chapin chegou esta noite?

— Sim, senhor.

— Você a deixou entrar e ela estava sozinha?

— Sim, senhor.

— Quando ela saiu, foi você quem a acompanhou?

— Não, senhor. Eu nunca faço isso. A senhora Kurtz também não. Ela simplesmente foi embora.

— Onde você estava quando ela foi embora?

— Eu estava na sala de jantar. Fiquei lá bastante tempo. Não íamos servir o jantar, e eu estava limpando os copos.

— Então suponho que você também não acompanhou o senhor Bowen. Aquele homem...

— Sim, senhor, eu conheço o senhor Bowen. Não, não o acompanhei, mas isso foi muito antes.

— Eu sei. Tudo bem, você não acompanhou ninguém na saída. Vamos falar da entrada então. Você atendeu à porta quando o senhor Chapin apareceu.

— Sim, senhor.

— Ele estava sozinho?

— Sim, senhor.

— Você abriu a porta, ele entrou e você fechou a porta novamente?

— Sim, senhor.

— Agora veja se você consegue se lembrar do seguinte. Não importa muito se você não conseguir, mas tente. O que o senhor Chapin disse a você?

Ela olhou para mim e para a senhora Burton, e em seguida para o chão. A princípio pensei que ela estivesse inventando uma mentira para servir de resposta, então percebi que estava apenas atordoada com a terrível complexidade do problema que eu havia apresentado a ela ao fazer-lhe uma pergunta que não poderia ser respondida com *sim* ou *não*. Eu disse: — Vamos, Rose. Você sabe, o senhor Chapin entrou, você pegou o chapéu e o casaco dele e ele disse...

Ela levantou a cabeça. — Eu não peguei o chapéu e o casaco dele. Ele ficou com o casaco e com as luvas. Ele disse para avisar o doutor Burton que ele estava lá.

— Ele ficou parado na porta ou andou até uma cadeira para se sentar?

— Não sei. Acho que ele ia se sentar. Acho que ele veio andando atrás de mim, mas veio devagar, e eu entrei para chamar o doutor Burton.

— A luz estava acesa naquela sala quando você saiu de lá?

— Sim, senhor. É claro.

— Depois que você avisou o doutor Burton, para onde você foi?

— Voltei para a sala de jantar.

— Onde estava a cozinheira?

— Na cozinha. Ela ficou lá o tempo todo.

— Onde estava a senhora Burton?

— Ela estava se trocando no quarto. Não estava, madame?

Eu sorri. — Claro que estava. Só estou posicionando todos vocês. O doutor Burton foi para a sala de recepção na mesma hora?

Ela balançou a cabeça afirmativamente. — Bem... talvez não na mesma hora. Ele foi logo. Eu estava na sala de jantar e o ouvi perto da porta.

— Ok. — Levantei-me da cadeira. — Agora vou pedir que você faça uma coisa. Talvez não devesse dizer a você que é importante, mas é. Vá até a sala de jantar e comece a limpar os copos ou seja lá o que estivesse fazendo depois que avisou o doutor Burton. Eu vou passar pela sala de jantar a caminho da sala de recepção. O doutor Burton estava andando devagar ou rápido?

Ela balançou a cabeça e seu lábio começou a tremer. — Ele só passou.

— Tudo bem, eu vou só passar. Você me ouve passar e então conclui quanto tempo se passou até ouvir o primeiro tiro. Quando chegar o momento do primeiro tiro, você grita *Agora*, alto o bastante para eu poder ouvir você da sala de recepção. Entendeu? Primeiro é melhor você contar...

Parei de falar. O lábio dela estava tremendo demais.
— Pare com isso! — disse eu, ríspido. — Olhe para a senhora Burton e aprenda como se comportar. Você está fazendo isso por ela. Vamos.

Ela apertou os lábios e os manteve assim, enquanto engolia duas vezes em seco. Então ela os abriu para dizer:

— Os tiros foram todos juntos.

— Está certo, digamos que sim. Você grita *Agora* quando chegar a hora. Antes é melhor você entrar lá e contar a todos que vai gritar, senão eles vão sair correndo daqui...

A senhora Burton interrompeu. — Eu os aviso. Rose, leve o senhor Goodwin ao escritório e mostre-lhe o caminho.

Grande figura, essa senhora Burton. Eu estava começando a gostar muito dela. Talvez sua alma estivesse guardada numa caixa em algum lugar, mas sua coragem continuava no lugar certo. Se eu fosse do tipo que coleciona coisas, não teria me importado de ficar com um par de luvas dela para mim.

Rose e eu saímos. Aparentemente ela evitou os quartos levando-me por um corredor lateral, pois fomos parar diretamente no escritório. Ela me mostrou o caminho, por uma outra porta, e me deixou lá. Dei uma olhada ao meu redor: livros, poltronas de couro, rádio, cinzeiros de pedestal e uma escrivaninha perto da janela. É claro que lá estava a gaveta onde a arma era guardada. Fui até ela, abri e fechei novamente a gaveta. Então saí pela outra porta e segui as instruções. Andei com um passo regular, passando pela porta da sala de jantar, atravessando o corredor central, através de uma sala grande e dali pelo meio da sala de estar. Mantendo o olho no meu relógio, abri a porta que dava para a sala de recepção, entrei e fechei-a.

Foi uma boa coisa ter avisado as outras pessoas sobre o que ia acontecer, porque Rose gritando *Agora* para que eu a ouvisse da sala pareceu, mesmo àquela distância, como o último grito do juízo final. Voltei mais rápido do que fui, por medo de que ela tentasse novamente. Ela havia voltado para a sala onde estava a senhora Burton. Quando entrei, ela estava em pé ao lado do sofá com o rosto branco como um lençol, parecendo estar enjoada. A senhora Burton dava tapinhas em seu braço. Entrei e me sentei.

Eu disse: — Eu quase nem cheguei lá. Dois segundos no máximo. É claro que ela se adiantou, mas isso mostra que deve ter sido rápido. Ok, Rose, não vou mais pedir para você gritar. Você é uma boa garota, e corajosa. Só mais algumas perguntas. Quando ouviu os tiros, você correu para a sala de recepção com a senhora Burton. Foi isso mesmo?

— Sim, senhor.

— O que viu quando chegou lá?

— Não vi nada. Estava escuro.

— O que você ouviu?

— Ouvi alguma coisa no chão e então ouvi o senhor Chapin dizendo o nome da senhora Burton e então a luz se acendeu e eu o vi.

— O que ele estava fazendo?

— Ele estava tentando se levantar.

— Ele estava com uma arma na mão?

— Não, senhor. Tenho certeza que não porque ele estava com as duas mãos no chão, tentando se levantar.

— E então você viu o doutor Burton.

— Sim, senhor. — Ela engoliu em seco. — Eu o vi depois que a senhora Burton foi até ele.

— O que você fez então?

— Bem... fiquei lá parada, acho... então a senhora Burton me mandou buscar o doutor Foster, e eu corri para fora e desci correndo as escadas e eles me disseram que o doutor Foster tinha acabado de sair e eu fui para o elevador e...

— Ok, espere um pouco.

Olhei de novo as minhas anotações. A senhora Burton estava novamente dando tapinhas no braço de Rose, e Rose olhava para ela com o lábio pronto para murchar. Meu relógio marcava cinco para as onze, eu estivera naquela sala durante duas horas. Havia uma coisa que eu ainda não investigara, mas talvez não fosse necessário, e de qualquer forma poderia esperar. Eu já tinha o bastante para trabalhar. Mas, enquanto folheava meu bloco de anotações, ocorreu-me outra questão que julguei merecer atenção. Coloquei o bloco e o lápis no bolso e olhei para a senhora Burton:

— Rose está liberada. Eu também estou satisfeito, a não ser por um detalhe. Poderia pedir a Rose que...

Ela olhou para a empregada e fez um aceno com a cabeça. — É melhor você ir se deitar, Rose. Boa noite.

— Ah, senhora Burton...

— Está tudo bem. Você ouviu o senhor Goodwin dizer que é uma moça corajosa. Vá descansar um pouco.

A empregada olhou para mim com cara de poucos amigos, olhou de novo para a patroa, virou-se e saiu. Logo que a porta se fechou eu levantei da cadeira.

Eu disse: — Estou indo, mas tem mais uma coisa. Preciso lhe pedir um favor. A senhora terá que acreditar em mim quando lhe digo que o interesse de Nero Wolfe nesta situação é o mesmo que o seu. Estou sendo absolutamente sincero. A senhora não quer que Paul Chapin frite na cadeira elétrica por ter matado seu marido, e ele também não. Não sei qual será o próximo movimento dele, isso é com ele, mas é provável que venha a precisar de algum apoio. Por exemplo, se ele quiser pedir ao inspetor Cramer para ver a arma, ele terá que apresentar um motivo melhor do que mera curiosidade. Não consigo imaginar Paul Chapin contratando-o, mas e a senhora? Se pudéssemos dizer que estamos agindo como seus representantes, isso tornaria as coisas mais simples. É claro que não haveria qualquer tipo de custo, mesmo se fizermos alguma coisa que a senhora quisesse ver feita. Se a senhora preferir, posso colocar isso por escrito.

Olhei para ela. A cabeça ainda estava erguida, mas os sinais de esgotamento estavam nos olhos e nos cantos da boca. Eu disse a ela: — Eu já estou indo, não vou ficar buzinando essa proposta para a senhora, apenas diga sim ou não. Se a senhora não deitar e descansar, vai acabar tendo que fazer pelo motivo errado. E então?

Ela balançou a cabeça. Pensei que estava dizendo não para mim, mas então ela falou, embora suas palavras não parecessem dirigidas a mim: — Eu amava meu marido, senhor Goodwin. Ah, sim, eu o amava. Às vezes eu não aprovava as coisas que ele fazia. Ele não aprovava as coisas que eu fazia, com mais freqüência, embora raramente dissesse isso. Ele não aprovaria o que estou fazendo agora, acho que não aprovaria. Ele diria "que o destino faça seu trabalho". Ele diria isso como tantas vezes disse a mesma coisa a respeito de Paul Chapin também. Ele está morto... ah, sim, ele está morto... mas que ele viva o bastante para dizer isso novamente agora, e que eu viva o bastante para dizer o que sempre disse, não vou deixar de fazer nada que eu acredite que precise fazer. Ele não iria querer que eu fizesse novas concessões a ele, por estar morto. — Ela se levantou abruptamente, e abruptamente acrescentou: — E, mesmo se ele quisesse isso, duvido que eu conseguiria. Boa noite, senhor Goodwin. — Ela estendeu a mão.

Eu estendi a minha. Falei: — Talvez eu a tenha entendido, mas gosto de tudo muito claro. Nero Wolfe pode dizer que está agindo em seu nome, é isso?

Ela confirmou com um aceno de cabeça. Virei-me e saí.

Na sala de recepção dei uma olhada ao meu redor enquanto vestia o casaco e o chapéu. Tirei a maleta do roupeiro. Quando abri a porta examinei a fechadura e vi que era o modelo comum em apartamentos daquele tipo, no qual você aperta um botão para liberar o cilindro. Tentei o mecanismo e ele funcionou. Ouvi um barulho, saí e fechei a porta atrás de mim. Sentado numa cadeira, torcendo o pescoço para ver quem estava mexendo na porta, mas sem se dar ao trabalho de levantar, estava o investigador que Cramer havia deixado para proteger a família de qualquer aborrecimento, como suspeitei que ele faria.

Comecei a pôr as luvas. Virei-me para ele e disse, em tom amigável e animado: — Muito obrigado, meu chapa, ficamos muito agradecidos por você estar aí — e fui para o elevador.

18

Às duas horas daquela noite, madrugada de domingo, eu estava sentado atrás de minha mesa, no escritório, bocejando. Wolfe, atrás de sua própria mesa, olhava para um esquema de horários que eu havia datilografado para ele, mantendo uma cópia carbonada para mim, durante um dos intervalos de meu relato, quando ele pediu um tempo para arrumar as coisas na cabeça. O esquema apresentava o seguinte:

6:05 A senhora Burton chega em casa. Estavam no apartamento: Burton, filha, Bowen, empregada, cozinheira.
6:20 Bowen vai embora.
6:25 Filha sai.
6:30 Dora Chapin chega.
7:20 Dora vai embora.
7:30 Paul Chapin chega.
7:33 Burton é morto.
7:50 Fred Durkin telefona.

Olhei para minha cópia e bocejei. Fritz havia guardado um pouco de guisado de esquilo para mim, que já havia sido tirado da mesa fazia muito tempo, com alguns copos de uísque de centeio, porque o molho escuro que Fritz usava para preparar o esquilo fazia leite ter gosto de azeite velho. Depois que apresentei alguns dos detalhes mais relevantes, sem dizer como me inteirei deles, Wolfe explicou a Hibbard que detetives e mágicos são muito parecidos, sua preocupação primária e constante é preservar o ar de mistério que envolve a profissão, e Hibbard havia ido dormir. O fato novo que nos chegara pelo telefone enquanto ele estava tomando banho havia mudado seu mundo. Ele quase não jantou, embora a necessidade de cuidar do dente de ouro já não existisse mais. Ele insistiu em telefonar para cinqüenta ou sessenta pessoas, a começar pela sobrinha, e fora impedido apenas por uma conversa erudita sobre palavra de honra. Na verdade, essa questão não pareceu ter sido inteiramente resolvida, porque Wolfe mandou Fritz cortar o fio do telefone que estava no quarto de Hibbard. Agora ele estava lá em cima, talvez dormindo, talvez matutando algum desvio psicológico para contornar a palavra de honra. Continuei a contar a Wolfe sobre o que havia acontecido, em detalhes, e o assunto foi discutido.

Joguei a cópia em carbono sobre a mesa e bocejei mais um pouco. Por fim, Wolfe disse:

— Entenda, Archie. Acho que seria possível para nós ir em frente sem assumirmos a trabalheira de descobrir o assassino do doutor Burton. Na verdade eu consideraria isso óbvio, se pudéssemos ter certeza de que os homens fundamentam suas decisões na razão. Ora, existem apenas três ou quatro de nós no mundo, e mesmo nós precisamos ser vigiados. E nosso ponto fraco é que estamos empenhados em não vincular nosso sucesso a um fato, devemos vinculá-lo ao voto de nosso grupo de clientes. Não precisamos só fazer as coisas acontecerem, precisamos fazer com que nossos clientes notem que as coisas aconteceram. Esse arranjo foi inevitável. Torna-se necessário para nós descobrir quem matou o doutor Burton, de forma que, se o voto não puder ser controlado pela razão, ele poderá ser guiado pelo melodrama. Você entende isso, não?

Eu respondi: — Estou com sono. Quando tenho que esperar quase até a meia-noite pelo jantar e, aí, é guisado de esquilo...

Wolfe balançou a cabeça afirmativamente. — É, eu sei. Sob essas circunstâncias até eu me transformaria, no mínimo, num maníaco. Outra coisa. O pior aspecto desse fato novo com Burton é aquilo que causa à pessoa do senhor Chapin. Ele não pode vir até aqui para pegar sua caixa... ou para qualquer outra coisa. Será necessário que façamos alguns arranjos por intermédio do senhor Morley para que possamos vê-lo. Em que cadeia ele deve estar?

— Acho que na Central. Há três ou quatro lugares em que eles poderiam enfiá-lo, mas as Tumbas é o mais provável.

Wolfe suspirou. — Aquela bagunça abominável! Fica a mais de três quilômetros, quase cinco, se não me engano. A última vez que saí desta casa foi no início de setembro, para ter o privilégio de almoçar à mesma mesa com Albert Einstein, e ao voltar para casa choveu. Você se lembra disso.

— Sim. E como me lembro. Chovia tanto que as ruas estavam até úmidas.

— Você está me ridicularizando. Diacho... ora. Não vou transformar uma virtude em necessidade, mas tampouco vou me lamuriar sob seu látego. Visto que não existe fiança para um homem acusado de assassinato e que eu preciso ter uma conversa com o senhor Chapin, não há como escapar de uma expedição à cadeia. Entretanto, não sem antes descobrirmos quem matou o doutor Burton.

— E sem esquecer que, antes que a noite termine, o aleijado pode resolver as coisas para Cramer confessando que foi ele.

— Archie. — Wolfe balançou o dedo para mim. — Se você continuar insistindo... mas não. O rei Canuto tentou isso. Só vou dizer mais uma vez: isso é um absurdo. Eu não deixei isso claro para você? Está na moda dizer que tudo é possível. A verdade é que poucas coisas são possíveis, lamentavelmente poucas. Que o senhor Chapin tenha matado o doutor Burton não é uma delas. Estamos envolvidos num projeto. É um gesto inútil pedir a você que exclua de seu cérebro todas as falácias que rastejam por suas câmaras, esses vermes familiares, mas eu realmente espero que você não os deixe interferir em nossas atividades. É tarde, mais de duas, hora de ir dormir. Já planejei as suas atividades para amanhã... hoje. Já expliquei o que pode ser feito e o que não pode. Boa noite, durma bem.

Levantei-me e bocejei. Eu estava com muito sono para ficar chateado, então falei automaticamente: — Ok, chefe — e subi para o meu quarto.

Na manhã de domingo dormi até tarde. Eu recebera três incumbências para aquele dia, e a primeira da lista provavelmente não seria viável muito cedo, e em duas ocasiões em que acordei para olhar o relógio eu dormi de novo. Finalmente pulei da cama por volta das nove e meia, tomei um banho e fiz a barba. Quando me peguei assobiando enquanto abotoava a camisa, parei para me perguntar qual seria a razão de tamanha euforia, e descobri que eu provavelmente me sentia satisfeito porque Paul Chapin estava atrás das grades e não podia ver o brilho do sol que eu estava vendo na fachada das casas do outro lado da rua. Parei de assobiar. Não era certo eu me sentir daquela maneira a respeito de um cara cuja liberdade eu deveria estar defendendo.

Era uma manhã de domingo em novembro, e eu sabia o que havia acontecido depois que eu avisara a Fritz que havia saído do banho: ele untara uma caçarola com manteiga, seis colheres de sopa de creme, três ovos frescos, quatro salsichas Lambert, sal, pimenta, páprica e cebolinha, e levou tudo ao forno. Mas, antes de ir à cozinha, parei no escritório. Andrew Hibbard estava lá, lendo o jornal da manhã. Ele disse que não tinha conseguido dormir muito, que já havia tomado o café da manhã e que desejava desesperadamente algumas de suas próprias roupas. Eu disse a ele que Wolfe estava no último andar com as orquídeas e que ele seria bem-vindo lá se estivesse interessado em vê-las. Ele resolveu ir. Peguei o telefone e disquei o número da cadeia Central e me contaram que o inspetor Cramer ainda não havia aparecido e que não tinham certeza sobre quando ele iria até lá. Então fui para a cozinha e me esbaldei com a caçarola e outros acompanhamentos. É claro que o assassinato do doutor Burton estava na primeira página dos jornais. Eu os li e me diverti muito.

Em seguida fui para a garagem, peguei o carro e zarpei para o centro da cidade.

Cramer estava em seu escritório quando cheguei e não me fez esperar. Ele fumava um enorme charuto e parecia satisfeito. Eu me sentei e fiquei ouvindo ele discutir com dois investigadores sobre a melhor maneira de persuadir alguns cidadãos do Harlem a parar com seus experimentos de anatomia nos crânios dos caixas de lojas de conveniência, e depois que eles se foram eu olhei para ele e sorri. Ele não sorriu para mim. Virou a cadeira para ficar de frente para mim e me perguntou o que eu queria. Eu lhe disse que não queria nada, apenas agradecer por ele ter me deixado ficar na casa do doutor Burton na noite passada.

Ele disse: — Sei. Você já tinha ido embora quando eu saí. Ficou com tédio?

— Fiquei. Não encontrei nenhuma pista.

— Não. — Ele continuava sem sorrir. — Este caso é um daqueles danados nos quais nada parece encaixar. Tudo o que temos é o assassino, a arma e duas testemunhas. Então o que você quer?

Respondi: — Um monte de coisas. O senhor ganhou, inspetor. Ok. Pode se permitir ser generoso, e George Pratt deveria lhe dar dois mil dólares, a metade do que você economizou para ele. Eu gostaria de saber se você encontrou alguma impressão digital na arma. Gostaria de saber se Chapin explicou o porquê de ele ter feito tudo de maneira tão amadora, sendo ele um profissional. Mas o que eu gostaria mesmo é de ter uma conversinha com Chapin. Se puder arranjar isso para mim...

Cramer estava sorrindo. Ele disse: — Eu mesmo não me importaria de ter uma conversinha com Chapin.

— Ora, ficarei feliz em levar algum recado do senhor.

Ele pôs o charuto na boca, tirou-o novamente e ficou ríspido. — Vou dizer uma coisa para você, Goodwin. Eu adoraria ficar aqui sentado batendo papo, mas acontece que hoje é domingo e eu estou ocupado. Em primeiro lugar, mesmo se eu deixasse você falar com Chapin, você não chegaria a lugar nenhum. Aquele aleijado é quase uma mula. Eu passei quatro horas com ele na noite passada, e, juro por Deus, ele não me contou nem a idade. Ele não está falando e não vai falar com ninguém, a não ser com a mulher dele. Ele disse que não quer um advogado, ou melhor, ele não diz nada quando perguntamos a ele quem ele quer. A mulher dele já o visitou duas vezes, e eles não dizem nada que alguém consiga ouvir. Você sabe que eu tenho alguma experiência para fazer as pessoas falarem, mas ele é irredutível.

— Sei. Aqui entre nós, você tentou dar uns beliscões nele?

Ele balançou a cabeça em negativa. — Nem encostei a mão nele. Mas continuando: depois do que Nero Wolfe me disse ao telefone na noite passada (suponho que você tenha ouvido aquela conversa), fiquei imaginando que você iria querer falar com ele. E concluí que não vai dar. Mesmo que ele estivesse falando pelos cotovelos, sem chance. Levando-se em consideração a maneira como o prendemos, não vejo o porquê de você estar tão interessado. Droga, será que Wolfe não pode levar a pior pelo menos uma vez na vida? Mas espere um instante. Você não precisa me lembrar que Wolfe sempre foi decente comigo e que há uma ou duas coisas que devo a ele. Eu lhe retribuirei um favor quando tiver um que seja adequado. Mas não importa o quanto eu tenha enquadrado esse aleijado, vou jogar com ele de maneira segura.

— Ok. Isso só significa mais trabalho. Wolfe vai ter que arranjar isso com o escritório da promotoria.

— Tudo bem. Se ele conseguir, não vou me meter. No que me diz respeito, as únicas duas pessoas que podem falar com Chapin são a mulher e o advogado dele, e ele não tem advogado, e, se você quer saber a minha opinião, não tem muita mulher também. Escute, agora que você me pediu um favor, e eu recusei, que tal me fazer um? Que tal me dizer por que você quer falar com ele? Hein?

Eu sorri. — O senhor ficaria surpreso. Tenho que perguntar a ele o que ele quer que façamos com o que sobrou de Andrew Hibbard até que ele tenha como cuidar do assunto.

Cramer me encarou e grunhiu. — Você não brincaria comigo.

— Eu nem sonharia fazer isso. É claro que, se ele não está falando, ele não iria me dizer, mas eu poderia arrumar algum jeito de convencê-lo. Escute aqui, inspetor, o senhor deve ter alguma qualidade humana. Hoje é o meu aniversário. Deixe-me falar com ele.

— Sem chance.

Eu me levantei. — Até que ponto ele realmente não está falando?

— É sério. Não conseguimos absolutamente nada.

Eu lhe agradeci pelas muitas gentilezas e saí.

Entrei no carro e rumei para o norte. Eu não estava deprimido. Não tinha conseguido nada, mas também não esperava conseguir. Ao me lembrar da máscara que Paul Chapin estava usando no lugar do rosto quando o vi sentado na sala de recepção dos Burton na noite anterior, não era de admirar que Cramer não o achasse muito loquaz, e eu não esperaria ouvir muita coisa mesmo se eu tivesse conseguido falar com ele.

Estacionei o carro na rua 14, fui até uma charutaria e telefonei para Wolfe. — Acertou de novo. Eles têm que perguntar à mulher dele se ele prefere carne branca ou vermelha, porque nem isso ele está falando. Não está interessado num advogado. Cramer não me deixou falar com ele.

Wolfe disse: — Excelente. Vá para a casa da senhora Burton.

Voltei para o carro e fui para lá.

Quando eles telefonaram do saguão para o apartamento de Burton para dizer que o senhor Goodwin estava lá, torci para que ela não tivesse mudado de idéia durante a noite. Como disse Wolfe certa vez, a gente pode depender de uma mulher em todos os sentidos, menos no que diz respeito a ser constante. Mas ela não havia mudado de idéia: mandaram-me para o elevador. Lá em cima fui levado para a mesma sala onde havia estado na noite anterior por uma empregada que eu não conhecia — a governanta, senhora Kurtz, eu supus. Ela parecia hostil e determinada o suficiente para que eu ficasse satisfeito de não ter que interrogá-la sobre uma chave ou qualquer outra coisa.

A senhora Burton estava sentada perto de uma janela. Parecia pálida. Se havia pessoas com ela, ela deve tê-las mandado embora. Eu disse a ela que não iria me sentar, eu só tinha algumas perguntas que Nero

Wolfe havia me passado. Li a primeira que estava anotada em meu bloco:

— Paul Chapin disse qualquer outra coisa para a senhora além daquilo que já me contou ontem à noite, e, em caso afirmativo, o que ele disse?

Ela respondeu: — Não. Nada.

— O inspetor Cramer mostrou-lhe a arma com a qual seu marido foi baleado. Que certeza a senhora tem de que era a arma de seu marido, aquela que ele guardava na gaveta da escrivaninha?

Ela disse: — Toda. As iniciais dele estavam na arma, foi presente de um amigo.

— Durante os cinqüenta minutos em que Dora Chapin esteve no apartamento na noite passada, houve algum momento em que ela foi, ou poderia ter ido, ao escritório, e, em caso afirmativo, havia mais alguém no escritório naquele momento?

Ela falou: — Não. — Mas então uma ruga se formou em sua testa. — Mas espere, sim, houve. Logo depois que ela chegou eu a mandei buscar um livro no escritório. Acho que não havia ninguém lá. O meu marido estava se vestindo no quarto.

— A próxima será a última pergunta. A senhora sabe se em algum momento o senhor Bowen ficou sozinho no escritório?

Ela respondeu: — Sim, ficou. Meu marido veio até o meu quarto para me perguntar algo.

Coloquei o bloco no bolso e perguntei: — A senhora poderia me dizer qual foi a pergunta que ele fez?

— Não, senhor Goodwin. Acho que não.

— Pode ser importante. Não é algo que vá ser publicado.

A testa franziu novamente, mas a hesitação foi breve. — Muito bem. Ele me perguntou se eu me importava o bastante com Estelle Bowen, a esposa do senhor Bowen, a ponto de fazer um sacrifício considerável por ela. Eu disse que não.

— Ele lhe contou o que quis dizer com isso?

— Não.

— Muito bem. Isso é tudo. A senhora não dormiu nem um pouco.

— Não.

De maneira geral, a quantidade de coisas que eu tenho a dizer é proporcional ao tempo de que disponho, mas naquela ocasião não havia mais observações a fazer. Eu agradeci, e ela acenou afirmativamente com a cabeça, sem movê-la, o que parece improvável, mas eu juro que ela o fez, e eu fui embora. Quando passei pela sala de recepção, dei mais uma parada para olhar um ou dois detalhes, como a localização do interruptor ao lado da porta dupla.

A caminho do centro da cidade, telefonei a Wolfe novamente. Contei-lhe o que havia descoberto com a senhora Burton, e ele me disse que Andrew Hibbard e ele estavam jogando crapô.

Era meio-dia e vinte quando cheguei à rua Perry. Por ser domingo, a rua estava deserta. Calçadas vazias, apenas alguns carros estacionados no quarteirão todo, e um táxi na frente do número 203. Estacionei na calçada do outro lado e saí. Eu havia anotado o número da placa do táxi e dera uma olhada no motorista. Atravessei a rua e fiquei ao lado do táxi: a cabeça do motorista estava jogada para trás e seus olhos estavam fechados. Coloquei um pé no estribo do carro, inclinei-me para a frente e disse:

— Bom dia, senhor Scott.

Ele acordou sobressaltado e olhou para mim, piscando. — Ah — disse ele —, é o pequeno Nero Wolfe.

Eu confirmei. — Nomes não me incomodam, mas acontece que o meu é Archie Goodwin. Como andam as gorjetas?

— Meu caro amigo. — Ele fez alguns ruídos e cuspiu à esquerda, na rua. — As gorjetas não param de aumentar. Quando foi que eu vi você? Na quarta-feira? Apenas quatro dias atrás. Você anda ocupado?

— Me viro. — Inclinei-me um pouco mais. — Escute aqui, Pitney Scott. Eu não estava procurando você, mas estou feliz por tê-lo encontrado. Quando Nero Wolfe ouviu dizer que você havia reconhecido Andrew Hibbard há mais de uma semana, mas não pediu a recompensa de cinco mil que estava sendo oferecida, ele disse que você tem um senso de humor admirável. Sabendo como é fácil encontrar desculpas para um sentimento amigável em relação a cinco mil verdinhas, eu diria alguma coisa diferente, mas Wolfe tem boa intenção, ele só é meio excêntrico. Vendo você aqui, acabou de me ocorrer que você deveria saber que seu amigo Hibbard neste momento é nosso hóspede. Eu o levei para lá ontem, a tempo para o jantar. Se não fizer diferença para você, ele gostaria de continuar incógnito por mais alguns dias, até que esclareçamos toda a situação. Se por acaso você resolver virar mercenário, não vai perder nada se mantiver seu senso de humor.

Ele resmungou. — Sei. Vocês pegaram Andy. E só precisam de alguns dias para esclarecer tudo. Eu pensei que *todos* os detetives fossem idiotas.

— Claro que somos. Eu sou tão idiota que nem mesmo sei se foi você quem levou Dora Chapin até a rua 90 na noite passada e a trouxe de volta. Eu ia mesmo lhe perguntar isso.

— Tudo bem, pergunte. E aí eu vou dizer que não. — Ele fez ruídos e cuspiu novamente (outro ataque inútil à obstrução imaginária na garganta de um homem com desejo constante de bebida). Ele olhou para mim e continuou: — Sabe, mano, perdoe a intimidade, estou mordido com você por ter localizado o Andy, mas também o admiro pelo mesmo motivo, porque foi mais ou menos esperto. E de qualquer forma Lorrie Burton era um bom sujeito. Com ele morto e o senhor Paul Chapin na cadeia, acabou a alegria. Não é mais divertido, nem mesmo para mim, e Nero Wolfe está certo a respeito de meu senso de humor. É admirável. Eu sou um personagem. Sou sardônico. — Ele cuspiu novamente. — Mas dane-se. Eu não levei a senhora Chapin para a casa de Burton na noite passada porque ela foi em seu próprio carro.

— Ah, ela sabe dirigir.

— Claro. No verão ela e o marido vão a piqueniques no interior. Ora, isso era engraçado, e suponho que eles nunca mais vão fazer essas coisas. Não sei por que ela está usando os meus serviços hoje, a menos que seja porque ela não quer estacionar em frente das Tumbas. Lá vem ela.

Eu saí de cima do estribo e dei um passo para trás. Dora Chapin havia saído da entrada do 203 e estava se dirigindo para o táxi. Ela vestia um outro casaco e outra estola de peles, mas o rosto era o mesmo, assim como os olhinhos cinzentos. Ela estava carregando um pacote oblongo do tamanho de uma caixa de sapatos, e eu supus que fossem guloseimas para o jantar de domingo de seu marido. Ela deu a impressão de não ter me visto, muito menos de ter me reconhecido. Então parou quando estava com um dos pés no estribo do carro e virou-se diretamente para mim, e pela primeira vez vi uma expressão em seus olhos para a qual eu poderia dar um nome, e não era afeição. Talvez pudéssemos chamá-la de expressão de convite se fosse possível determinar para que ela estaria me convidando. Eu forcei a barra assim mesmo, dizendo:

— Senhora Chapin. Posso ir com a senhora? Eu gostaria de lhe contar...

Ela entrou correndo no carro e bateu a porta. Pitney Scott deu a partida, engatou a marcha e saiu com o carro. Fiquei parado, observando o táxi ir embora, não muito contente, porque era com ela que eu queria falar.

Fui até a esquina e telefonei para Wolfe dizendo que não iria almoçar em casa, o que não me incomodou porque os ovos e as salsichas que eu tinha comido às dez horas ainda estavam ocupando seu lugar. Comprei um *Times*, fui para o carro e tentei ficar confortável. A menos que ela tivesse alguma influência que o inspetor Cramer desconhecesse, eles não a deixariam ficar muito tempo nas Tumbas.

Com isso, precisei esperar mais ou menos uma hora e meia. Eram quase duas horas, e eu estava pensando em ir até a doceria onde Fred Durkin era inquilino a maior parte da semana, quando, pela octogésima vez, ergui os olhos ao som de um carro se aproximando e vi o táxi diminuindo a velocidade. Eu havia decidido o que fazer. Com toda aquela animosidade nos olhos de Dora, calculei que não compensaria tentar me encontrar com ela ali embaixo e subir depois. Eu esperaria até que ela subisse e depois iria convencer Pitney Scott a me levar lá para cima. Junto com ele, é possível que ela me deixasse entrar. Porém, mais uma vez, eu não tive a oportunidade. Em vez de parar na entrada, Scott andou mais um pouco, e os dois saíram e os dois entraram. Olhei-os fixamente, praguejei um pouco e decidi que não iria mais ficar esperando. Saí do carro e entrei no 203 pela primeira e última vez, fui até o elevador e disse que queria ir para o quinto andar. O ascensorista olhou para mim com a desconfiança de sempre, mas não se importou em perguntar nada. Saí no quinto andar e toquei a campainha no 5C.

Eu não consigo realmente ter orgulho do que aconteceu naquela tarde no apartamento de Paul Chapin. Dei um fora, não há dúvida disso, e não foi por minha causa que tudo não terminou pior do que o caso Chapin, mas a opinião que se tira sobre o que acontece depende inteiramente do ângulo pelo qual se analisa a questão. Eu não posso sinceramente concordar que foi tão idiota quanto uma ou duas observações subseqüentes de Wolfe fizeram parecer. De qualquer forma, foi isto o que aconteceu:

Dora Chapin veio até a porta, abriu-a, e eu coloquei o pé no batente. Ela me perguntou o que eu queria, e eu disse que precisava perguntar algo a Pitney Scott. Ela declarou que ele desceria em meia hora e que eu poderia esperar lá embaixo, e começou a fechar a porta, mas meu pé a impediu. Eu disse:

— Escute, senhora Chapin. Quero lhe perguntar algo também. A senhora acha que estou contra o seu marido, mas não estou, estou do lado dele. Isso é a verdade. Não lhe sobraram muitos amigos, e, de qualquer forma, não vai lhe fazer mal me escutar. Tenho algo a dizer. Eu poderia dizer à polícia e não à senhora, mas, acredite em mim, a senhora também não iria gostar disso. Deixe-me entrar. Pitney Scott está aí.

Ela escancarou a porta e disse: — Entre.

Talvez aquela mudança de recepção devesse me deixar desconfiado, mas isso não aconteceu. Aquilo simplesmente me fez pensar que eu a assustara, e também fez com que eu acrescentasse mais algumas fichas à minha pilha de apostas de que, se o marido dela não havia apagado o doutor Burton, ela o fizera. Entrei e fechei a porta atrás de mim, e a segui por um corredor, passando pela sala de estar e pela sala de jantar até chegar à cozinha. Os ambientes eram grandes e bem mobiliados, com uma aparência próspera. Sentado na cozinha, atrás de uma mesa de tampo esmaltado, estava Pitney Scott, consumindo um pedaço de galinha frita. Havia uma travessa com quatro ou cinco pedaços. Eu disse a Dora Chapin:

— Talvez devamos ir lá para a frente, para o senhor Scott poder se divertir sossegado.

Ela indicou uma cadeira e apontou para a galinha:
— Tem bastante. — Ela se virou e disse para Scott: — Vou preparar uma bebida para você.

Ele balançou a cabeça, mastigou e engoliu: — Estou seco há dez dias, senhora Chapin. Isso não seria nada bom, acredite em mim. Quando o café estiver pronto, eu agradeceria uma xícara. Vamos... é Goodwin, não é?... Venha me ajudar. A senhora Chapin disse que já jantou.

Admito que eu estava com fome e a galinha parecia ótima, mas a psicologia da coisa é que tudo estava arranjado de maneira tal que eu deveria participar. Sem falar na salada, que tinha pimentão verde. Sentei-me, e Scott passou-me a travessa. Dora Chapin fora até o fogão para abaixar o fogo sob a cafeteira. Ela ainda estava com muitos curativos na parte de trás do pescoço, e a região em que o cabelo fora cortado havia ficado muito feia. Ela era maior do que eu havia percebido no dia em que estivera no escritório, bastante corpulenta. Ela foi à sala de jantar para buscar algo; tornei-me mais íntimo da galinha depois das primeiras mordidas e comecei uma conversa com Scott. Após algum tempo, Dora Chapin voltou, com xícaras de café e um pote de açúcar.

É claro que estava no café, ela provavelmente pôs direto no bule, visto que ela não o tomou, mas eu não percebi nenhum gosto estranho. Estava forte, mas o gosto era normal. No entanto, ela deve ter posto todos os comprimidos para dormir que conseguiu achar, e mais algumas outras coisas, porque foi muito potente. Comecei a sentir o efeito quando estendi a mão para dar a Scott um cigarro, e ao mesmo tempo vi a expressão do rosto dele. Ele começou a sentir alguns segundos antes de mim. Dora Chapin não havia saído da cozinha novamente. Scott olhou para a porta por onde ela havia saído e tentou se levantar da cadeira, mas não conseguiu. Isso foi a última coisa de que eu realmente me lembro, ele tentando sair da cadeira, mas eu devo ter feito uma ou duas coisas depois disso, porque quando o efeito passou eu estava na sala de jantar, a meio caminho da porta que levava para a sala de estar e para o corredor.

Quando o efeito passou, já havia anoitecido. Essa foi a primeira coisa que percebi, e durante um certo tempo foi a única, porque eu não conseguia me mexer e estava lutando para manter os olhos abertos. Eu podia ver, a uma grande distância à minha direita, dois grandes losangos de luz fraca, e me concentrei em perceber o que eles eram. Veio repentinamente que eram janelas, que estava escuro no lugar onde eu me encontrava e que a rua estava iluminada. Então me concentrei em descobrir onde estava.

As coisas começaram a voltar, mas em completa confusão. No entanto, eu ainda não sabia onde estava, por mais que eu quebrasse a cabeça para descobrir. Rolei pelo chão e minha mão pousou sobre algo metálico, afiado, e eu o recolhi. Coloquei-me de joelhos e comecei a rastejar. Bati contra uma mesa, contra uma ou duas cadeiras, e finalmente contra a parede. Eu me arrastei com as costas apoiadas na parede, desviando da mobília, parando a cada dois passos para sentir que objeto era, e por fim senti uma porta. Tentei ficar em pé, mas não pude, e comecei a tatear acima da cabeça. Encontrei o interruptor, apertei-o e a luz se acendeu. Rastejei de volta para um lugar onde havia coisas no chão, esticando os músculos das minhas têmporas e da testa ao máximo para manter os olhos abertos, e vi que a coisa de metal que havia me assustado era meu molho de chaves. Minha carteira também estava lá, meu bloco e o lápis, canivete, caneta-tinteiro, lenço, coisas que estavam em meus bolsos.

Consegui me apoiar numa cadeira e fiquei em pé, mas não podia me orientar. Tentei e caí. Olhei ao meu redor à procura de um telefone, mas não havia nenhum, então me arrastei para a sala de estar, encontrei o interruptor perto da porta e acendi a luz. O telefone estava numa mesinha perto da outra parede. Parecia tão distante que o desejo de me deitar e desistir me fez querer gritar para mostrar que eu não faria isso, mas eu não conseguia gritar. Finalmente cheguei até a mesinha e sentei-me no chão, encostado nela. Estiquei a mão para o aparelho, peguei o fone e o grudei em minha orelha, e ouvi uma voz masculina, muito fraca. Eu disse o número da casa de Wolfe e o ouvi dizer que não conseguia me ouvir, então gritei o número e acho que surtiu efeito. Depois de um tempo ouvi uma outra voz e gritei:

— Eu quero falar com Nero Wolfe.

A outra voz murmurou algo e eu disse para falar mais alto; perguntei quem era, e me passou pela cabeça que era Fritz. Eu lhe disse para chamar Wolfe, e ele respondeu que Wolfe não estava lá; falei que ele estava louco, e ele murmurou um monte de coisas, e eu disse a ele para falar novamente, mais alto e mais devagar. — Archie, eu disse que o senhor Wolfe não está aqui. Ele saiu para procurar você. Alguém veio pegá-lo e ele me disse que estava indo atrás de você. Archie, onde você está? O senhor Wolfe disse...

Eu estava tendo muita dificuldade para segurar o fone, e ele caiu no chão, o aparelho todo, e minha cabeça caiu entre as minhas mãos, os olhos fechados, e eu acho que aquilo que eu estava fazendo chama-se chorar.

19

Não tenho a menor idéia de quanto tempo fiquei sentado no chão com a cabeça entre as mãos, tentando me recuperar o suficiente para pegar o telefone de novo. Pode ter sido um minuto ou uma hora. O problema é que eu deveria me concentrar em pegar o telefone, mas não parava de pensar no fato de Wolfe ter saído de casa. Eu não conseguia tirar a cabeça das mãos. Por fim ouvi um barulho. Era contínuo e ficou mais e mais alto, e finalmente me ocorreu que alguém parecia estar querendo arrombar a porta. Eu me apoiei na mesinha e me ergui, e percebi que poderia ficar em pé desde que apoiado à parede. Encostado à parede fui até a porta que dava para o corredor, atravessei o corredor em direção à porta de entrada, onde estava o barulho. Coloquei as mãos nela e a destranquei, e a porta abriu com força e eu fui para o chão novamente. Os dois sujeitos que entraram quase pisaram em mim, então pararam e ficaram me olhando, e eu ouvi observações sobre estar completamente chapado e ter deixado o fone fora do gancho.

Naquele momento eu já estava falando melhor. Eu disse que não sabia o quê, o bastante para que um deles fosse buscar um médico e o outro me ajudasse a ficar em pé e me guiar até a cozinha. Ele acendeu a luz. Scott havia tombado da cadeira e estava encolhido no chão. A cadeira em que eu havia sentado estava virada de lado no chão. Senti um ar frio, e o sujeito me disse alguma coisa a respeito da janela; olhei e vi que o vidro estava estilhaçado ao redor de um grande buraco. Nunca vim a saber o que eu havia atirado pela janela, talvez a travessa com o frango, mas de qualquer forma não havia despertado curiosidade suficiente lá embaixo para que alguém fosse verificar. O sujeito inclinou-se sobre Scott e o sacudiu, mas ele estava completamente apagado. Apoiando-me à parede novamente, e usando os móveis também, voltei para a sala de jantar, sentei-me no chão e comecei a juntar minhas coisas, colocando-as de volta nos bolsos. Fiquei preocupado porque achei que estava faltando algo e eu não conseguia descobrir o que era, e então percebi que era a carteira de couro que Wolfe havia me dado, com os revólveres de um lado e as orquídeas do outro, onde eu carregava minha licença de detetive e de porte de armas. E, por Deus, comecei a chorar novamente. Eu estava nisso quando o outro sujeito apareceu com o médico. Eu estava chorando e tentando enfiar os nós dos dedos nas têmporas com força suficiente para fazer meu cérebro funcionar e descobrir por que Dora Chapin havia me nocauteado para que pudesse me revistar, e por que ela só levara a carteira de couro.

Tive uma briga com o médico. Ele insistia que, antes de me dar qualquer coisa, ele teria que saber exatamente o que eu havia tomado e foi até o banheiro para investigar frascos e caixas, e eu fui atrás dele com a idéia de esmurrá-lo. Os pensamentos estavam começando a reaparecer e a explodir dentro da minha cabeça. Eu estava quase chegando ao banheiro, quando me esqueci do médico, porque, de repente, lembrei-me de que havia alguma coisa peculiar na imagem de Scott todo encolhido no chão, então dei meia-volta e fui na direção da cozinha. Eu estava começando a abusar da minha confiança para andar e caí de novo, mas me levantei e continuei. Olhei para Scott e descobri o que era: ele estava em mangas de camisa. Sua jaqueta cinza de motorista de táxi havia desaparecido. Eu estava tentando decidir por que aquilo era importante quando o médico apareceu com um copo cheio de um líquido marrom na mão. Ele disse alguma coisa, me passou o copo e ficou me olhando enquanto eu bebia, e em seguida se ajoelhou perto de Scott.

O líquido era amargo. Coloquei o copo vazio sobre a mesa e segurei o sujeito que tinha ido buscar o médico — dessa vez eu o reconheci: era o ascensorista — e lhe disse para descer ao térreo e ligar o telefone de Chapin, e então dar um pulo lá fora para ver se o táxi de Scott ainda estava estacionado em frente ao prédio. Então atravessei a sala de jantar de novo em direção à sala de estar e coloquei uma cadeira ao lado da mesinha de telefone. Falei com a telefonista e lhe dei o número.

Fritz atendeu. Eu disse: — É o Archie. O que é que você me contou há pouco sobre o senhor Wolfe?

— Ora... o senhor Wolfe saiu. — Eu podia ouvi-lo melhor e conseguia perceber que ele estava tentando evitar que sua voz tremesse. — Ele me disse que ia buscar você e que desconfiava de que você o estava coagindo para receber um aumento. Ele foi...

— Espere um minuto, Fritz. Fale devagar. Que horas são? Meu relógio marca quinze para as sete.

— Sim, isso mesmo. O senhor Wolfe já está fora há quase quatro horas. Archie, onde você está?

— Dane-se onde eu estou. O que aconteceu? Alguém foi buscá-lo?

— Sim. Eu fui até a porta e um homem me entregou um envelope.

— Era um motorista de táxi?

— Sim, acho que sim. Levei o envelope ao senhor Wolfe, e logo ele veio à cozinha e me disse que ia sair. O senhor Hibbard ajudou-o a vestir o casaco, aquele marrom de gola grande, e eu peguei o chapéu, a bengala e as luvas...

— Você viu o táxi?

— Sim, eu saí com o senhor Wolfe e abri a porta do táxi para ele. Archie, pelo amor de Deus, diga-me o que posso fazer...

— Você não pode fazer nada. Deixe-me falar com o senhor Hibbard.

— Mas Archie... eu estou tão confuso...

— Eu também. Agüente firme aí, Fritz, fique frio. Deixe-me falar com Hibbard.

Esperei um pouco e logo ouvi a voz de Hibbard. Eu lhe disse:

— Aqui é Archie Goodwin, senhor Hibbard. Escute, eu não posso falar muito. Quando Nero Wolfe voltar para casa, esperamos poder dizer que o senhor manteve sua palavra. O senhor prometeu permanecer morto até a noite de segunda-feira. Entendido?

Hibbard pareceu irritado. — Claro que sim, senhor Goodwin, mas me parece que...

— Pelo amor de Deus, esqueça o que lhe parece. Ou o senhor mantém a sua palavra, ou não.

— Ora... eu a mantenho.

— Isso é ótimo. Diga a Fritz que eu telefonarei novamente logo que tenha algo a dizer.

Desliguei. O líquido marrom que o doutor havia me dado parecia estar funcionando, mas não tão rápido quanto eu gostaria: minha cabeça latejava como se abrigasse as forjas do inferno. O ascensorista havia voltado e estava parado lá. Olhei para ele e ele disse que o táxi de Scott não estava mais lá. Passei a mão no telefone novamente e pedi Spring 7-3100.

Cramer não estava em sua sala e não conseguiram encontrá-lo por lá. Tirei meu caderninho de telefones do bolso e telefonei para a casa de Cramer. A princípio eles disseram que ele não estava lá, mas eu os convenci a mudar de idéia, e por fim ele veio atender. Nunca pensei que a voz de um policial fosse soar tão bem para mim. Eu lhe contei onde eu estava e o que havia acontecido comigo, e disse que estava tentando me lembrar do que ele havia dito naquela manhã sobre fazer um favor a Nero Wolfe. Ele disse que poderia ser qualquer coisa. Então eu falei:

— Ok, esta é sua chance. Aquela vagabunda da mulher do Chapin roubou um táxi e está levando Nero Wolfe nele para algum lugar. Eu não sei para onde e não saberia mesmo que minha cabeça estivesse funcionando direito. Ela o pegou há quatro horas, o que daria para ter chegado a Albany ou a qualquer outro lugar. Não interessa como ela o pegou, eu acerto isso um outro dia. Pelo amor de Deus, inspetor, escute. Mande um alerta geral para procurarem um táxi marrom, um

Stuyvesant, MO 29-6342. Anotou. Repita. O senhor vai mandar os carros-patrulha atrás dela? Vai notificar Westchester, Long Island e Jersey? Escute, a coisa que eu estava ruminando era que ela teria matado o doutor Burton. Droga, se eu puser as mãos nela... O quê? Não estou excitado. Ok. Ok, inspetor. Obrigado.

Desliguei. Alguém havia entrado e estava em pé ali por perto. Ergui os olhos e vi que era um policial com um sorriso tolo, dirigido a mim. Ele me perguntou alguma coisa e eu lhe disse para tirar os sapatos para descansar o cérebro. Ele me deu algum tipo de resposta que pretendia ser inteligente, e eu deitei a cabeça sobre a mesinha de telefone para tentar entender, e a bati várias vezes na madeira, mas sem qualquer resultado. O ascensorista disse alguma coisa para o tira e ele foi até a cozinha.

Levantei-me para abrir uma janela e, droga, quase caí. O ar frio parecia gelo. Eu estava me sentindo de um jeito que me fazia ter certeza de duas coisas: em primeiro lugar, se a minha cabeça continuasse do jeito que estava por muito mais tempo, ela iria explodir, e, em segundo lugar, Nero Wolfe estava morto. Parecia óbvio que, depois que aquela mulher o embarcou naquele táxi, não havia nada para ela fazer com ele, a não ser matá-lo. Fiquei em pé olhando para a rua Perry, tentando não desatinar, e tive a sensação de que toda Nova York estava ali na minha frente, entre o lugar onde eu estava e as fachadas das casas que eu podia ver do outro lado da rua — Battery, os ancoradouros do rio, o Central Park, Flatbush, Harlem, Park Avenue — e Wolfe estava lá em algum lugar e eu não sabia onde. Algo ocorreu-me, e eu me segurei na janela e me inclinei para fora o bastante para olhar lá embaixo. O carro estava no lugar em que eu o havia estacionado, o pára-choque brilhando com o reflexo da iluminação da rua. Passou-me pela cabeça que, se eu conseguisse descer e dar a partida, eu poderia dirigir sem problemas.

Decidi fazer isso, mas antes de me afastar da janela pensei que deveria resolver para onde ir. Um homem num carro, mesmo se tivesse uma cabeça que funcionasse, não iria muito longe procurando um táxi. Era absolutamente inútil. Mas eu tinha uma idéia de que havia alguma coisa importante que eu poderia fazer, algum lugar importante aonde eu poderia ir, se ao menos eu conseguisse descobrir onde esse lugar ficava. De repente ocorreu-me que o lugar aonde eu queria ir era para casa. Eu queria ver Fritz, e o escritório, e andar pela casa e ver por mim mesmo que Wolfe não estava lá, olhar as coisas...

Não hesitei. Soltei a janela e comecei a atravessar a sala, e, no exato momento em que cheguei ao corredor, o telefone tocou. Eu já estava andando um pouco melhor. Voltei para a mesinha onde estava o aparelho, levantei o fone e falei alô. Uma voz disse:

— Chelsea dois três nove dois quatro? Por favor, eu queria o apartamento do senhor Chapin.

Eu quase derrubei o fone. Fiquei petrificado. Eu perguntei: — Quem é? — A voz disse:

— Aqui é alguém que deseja falar no apartamento do senhor Chapin. Não fui claro?

Abaixei o fone e o pressionei contra uma de minhas costelas por um momento, sem querer fazer papel de bobo. Então coloquei-o perto da boca novamente e disse: — Desculpe-me por perguntar quem era. Parecia ser Nero Wolfe. Onde você está?

— Ah! Archie. Depois do que a senhora Chapin me contou, eu dificilmente esperaria encontrar você até mesmo operando a mesa telefônica de um prédio. Estou muito aliviado. Como está se sentindo?

— Bem. Uma maravilha. E você, como vai?

— Razoavelmente confortável. A senhora Chapin dirige em *staccato*, e os solavancos daquele táxi infernal... Ah, paciência. Archie, estou em pé, e não gosto de falar ao telefone em pé. Eu também detestaria ter que entrar naquele táxi novamente. Se for viável, pegue o sedã e venha me buscar. Estou no hotel Bronx River, perto da estação ferroviária de Woodlawn. Você sabe onde fica?

— Sei. Estou indo.

— Não precisa ter pressa. Estou razoavelmente confortável.

— Ok.

Ouvi-o desligar o telefone. Desliguei também e me sentei.

Eu estava muito, muito chateado. Não com Wolfe, nem mesmo comigo, apenas chateado. Chateado porque havia pedido para Cramer distribuir um sos, chateado porque Wolfe tinha ido para sabe-se lá onde e eu realmente não sabia em que condições ele se encontrava, chateado porque cabia a mim ir até lá e não havia a menor dúvida sobre as condições nas quais eu me encontrava. Senti meus olhos se fechando e sacudi a cabeça. Decidi que a vez seguinte que eu visse Dora Chapin, não importa quando ou onde, eu sacaria meu canivete e separaria a cabeça dela, completamente, do resto do corpo. Pensei em ir até a cozinha e pedir ao médico outra dose do líquido marrom, mas não vi de que forma aquilo iria melhorar o meu estado.

Peguei o telefone e disquei para a garagem, na Décima Avenida, e lhes disse para encher o tanque do sedã e deixá-lo no jeito para eu sair. Então me levantei e me preparei para sair. Eu preferiria fazer quase qualquer coisa que não fosse tentar andar novamente, com a possível exceção de ter de rastejar. Consegui chegar ao corredor, abri a porta e saí para o elevador. Lá eu tive de enfrentar mais dois problemas: o elevador estava bem ali, a porta estava totalmente aberta, e eu estava sem meu chapéu e casaco. Eu não queria voltar para a cozinha atrás do ascensorista porque, em primeiro lugar, era longe demais, e, em segundo, se o policial descobrisse que estava de saída ele provavelmente iria querer me deter para que eu prestasse algumas informações, e sabe-se lá como eu reagiria se ele tentasse fazer isso. Mas voltei ao corredor, onde eu havia deixado a porta aberta. Peguei meu chapéu e casaco, entrei no elevador, e de alguma maneira consegui fechar a porta. Puxei a alavanca, por sorte na posição de descer. Ele começou a descer e eu me encostei na parede.

Pensei estar soltando a alavanca na hora certa, mas, quando dei por mim, o elevador atingiu o fundo como uma tonelada de tijolos e me fez perder o equilíbrio. Eu me recompus, abri a porta e vi que havia um corredor escuro a cerca de meio metro acima do meu nível. Saí com dificuldade e coloquei-me em pé. Eu estava no porão. Virei para a direita, o que me pareceu a coisa certa a fazer, e, para variar, era. Atravessei uma porta e depois um portão, e saí, sem nada entre mim e a calçada a não ser um lance de degraus de concreto. Consegui superá-los, atravessei a rua, achei o conversível e entrei.

Ainda não acredito que dirigi o carro da rua Perry até a 36 e depois até a garagem. Possivelmente eu teria batido de um lado para o outro das ruas até chegar, mas o problema com essa teoria é que no dia seguinte o conversível não tinha um arranhão sequer. Se alguém está fazendo uma contagem de milagres, por favor, marque um para mim. Cheguei até lá mas resolvi não tentar passar pela porta e estacionei na frente. Toquei a buzina e Steve saiu. Descrevi minha situação para ele com detalhes, e lhe disse que esperava que houvesse alguém que ele pudesse deixar tomando conta da garagem, porque ele ia precisar entrar no sedã e me levar até o Bronx. Ele me perguntou se eu queria um drinque, e eu rosnei para ele. Ele sorriu amarelo e entrou, e eu passei para o sedã, que estava estacionado ali fora. Em pouco tempo ele voltou com um sobretudo, entrou no carro e partiu. Eu lhe disse aonde ir e deixei minha cabeça cair sobre o encosto, mas não ousei fechar os olhos. Eu forçava para que eles ficassem abertos e, toda vez que eu piscava, forçava um pouco mais. Minha janela estava aberta, e o ar frio batia em meu rosto; parecia que estávamos andando a milhões de quilômetros por minuto num círculo que não parava de girar, e não estava fácil manter o ritmo da minha respiração.

Steve disse: — Chegamos, cavalheiro.

Eu resmunguei, ergui a cabeça e me esforcei para abrir os olhos novamente. Tínhamos parado. Lá estava, do outro lado da calçada, o hotel Bronx River. Tive a sensação de que ele tinha vindo até nós, e não que nós tínhamos ido até ele. Steve perguntou: — Você consegue se orientar?

— Claro. — Fechei a boca, abri a porta e saí do carro. Então, depois de atravessar a calçada, tentei passar através de uma treliça, apertei mais ainda a boca e desviei. Cruzei a varanda, repleta de mesas vazias, abri a porta e entrei no salão principal. Algumas das mesas tinham toalha, e alguns clientes estavam aqui e ali. O cliente que eu estava procurando estava numa mesa num canto afastado, eu me aproximei dele. Lá estava Nero Wolfe, inteiro, numa cadeira que seria pequena para qualquer uma de suas metades. Seu casaco marrom estava cobrindo outra cadeira, a seu lado, e, do outro lado da mesa em que ele estava, pude ver os curativos na nuca de Dora Chapin. Ela estava de frente para ele, de costas para mim. Fui até eles.

Wolfe acenou com a cabeça para mim. — Boa noite, Archie. Estou novamente aliviado. Depois que eu telefonei a você é que me ocorreu que provavelmente você não estivesse em condições de dirigir um carro em meio a esse labirinto miserável. Estou muito aliviado. Você já conhece a senhora Chapin. Sente-se. Sua aparência diz que ficar em pé não está sendo agradável.

Ele ergueu o copo de cerveja e tomou alguns goles. Eu vi os restos de algum troço em seu prato, mas Dora Chapin havia raspado o dela. Tirei o chapéu e a bengala dele de uma cadeira e me sentei. Ele me perguntou se eu queria um copo de leite e eu balancei a cabeça em negativa. Ele disse:

— Confesso ser um pouco humilhante ter saído para resgatá-lo e terminar pedindo que você viesse em meu socorro, mas, se esse é o táxi do senhor Scott, ele deveria comprar amortecedores novos. Se você me levar para casa incólume (e não tenho dúvidas de que fará isso), esse não terá sido seu único triunfo do dia. Ao pôr-me em contato com a senhora Chapin em circunstâncias pouco convencionais, ainda que, ao que parece, inadvertidamente, você nos conduziu à solução de nosso problema. Estou lhe dizendo isso assim, sem rodeios, porque sei que a notícia é bem-vinda. A senhora Chapin foi gentil a ponto de aceitar minhas garantias...

Essa foi a última palavra que eu ouvi. A única outra coisa de que me lembro foi que um fio tenso que estivera esticado entre as minhas têmporas, segurando-as juntas, de repente partiu-se com um estalo. Wolfe contou-me mais tarde que, quando eu desabei, e antes que ele pudesse me segurar, minha cabeça atingiu a borda da mesa, com um baque surdo.

20

Na manhã de segunda-feira, quando acordei, eu ainda estava na cama. Isso soa como se eu quisesse dizer outra coisa, mas não é. Quando fiquei acordado o bastante para perceber onde estava, tive a sensação de que havia ido para a cama em algum momento durante a Quaresma e agora era o Natal. Então vi o doutor Vollmer em pé ao meu lado.

Sorri para ele. — Olá, doutor. Ganhou um emprego como médico permanente da casa?

Ele devolveu o sorriso.— Eu só parei para ver como estava depois do que injetei em você na noite passada. Aparentemente...

— O quê? Ah. É. Meu Deus. — Ocorreu-me que o quarto estava cheio de luz. — Que horas são?

— Quinze para o meio-dia.

— Não! — Torci-me para olhar o relógio. — Puxa vida! — Levantei-me de repente, e alguém enfiou mil furadores de gelo na minha cabeça. — Ai, ai! — Coloquei as mãos sobre ela e tentei movê-la lentamente. E disse a Vollmer: — O que é isso que eu tenho aqui, minha cabeça?

Ele riu. — Ela vai melhorar.

— Sei. O senhor só não diz quando. Uau! O senhor Wolfe está no escritório?

Ele fez um aceno afirmativo com a cabeça. — Falei com ele antes de subir.
— E já é meio-dia. — Tentei ficar em pé. — Cuidado, posso trombar no senhor. — Andei na direção do banheiro.

Comecei a me ensaboar, e ele veio até a porta do banheiro e me disse que havia deixado instruções com Fritz para o meu café da manhã. Eu respondi que não queria instruções, e sim ovos com presunto. Ele riu novamente e foi embora. Fiquei muito contente por ele estar rindo, porque me pareceu provável que, se realmente houvesse furadores de gelo enfiados na minha cabeça, ele, sendo médico, estaria tirando-os de lá em vez de estar rindo de mim.

Arrumei-me o mais depressa que me permitiram as tonturas, vesti-me e desci em grande estilo, mas apoiando-me ao corrimão.

Wolfe, em sua cadeira, ergueu os olhos, disse bom-dia e me perguntou como eu estava me sentindo. Eu lhe respondi que me sentia muito bem e fui para minha mesa. Ele disse:

— Mas, Archie, falando sério, você deveria ter se levantado?

— Sim. Eu não só deveria ter me levantado como deveria ter me levantado há mais tempo. Sabe como é, sou um homem de ação.

As maçãs do rosto dele se desdobraram. — E eu, é claro, sou o supersedentário. Foi uma cômica troca de papéis o fato de você ter vindo para casa ontem, do hotel Bronx River, uns vinte quilômetros ou mais, com a cabeça no meu colo o tempo todo.

Eu concordei. — Muito cômico. Eu já lhe disse há muito tempo, senhor Wolfe, que o senhor me paga metade pelas tarefas que realizo e a outra metade para ouvi-lo se gabando.

— Disse mesmo. E, se na ocasião eu não retruquei, então vou fazê-lo agora... mas não. Podemos nos dedicar a essas amenidades mais tarde, agora temos trabalho pela frente. Você pode tomar algumas notas e quebrar o jejum com o almoço? Ótimo. Falei ao telefone esta manhã com o senhor Morley e com o próprio promotor público. Ficou acertado que eu vou falar com o senhor Chapin nas Tumbas às duas e meia desta tarde. Você deve se lembrar de que na noite de sábado eu estava começando a ditar a você a confissão de Paul Chapin, quando fomos interrompidos pela notícia dada por Fred Durkin, que causou um adiamento. Se você puder retomar aquela página, poderemos continuar. Preciso disso pronto às duas.

E o que aconteceu foi que eu não só não comi os ovos com presunto pelos quais tanto ansiava, como nem sequer almocei com Wolfe e Hibbard. O ditado não terminou até quase uma da tarde, e eu ainda tinha que fazer a datilografia. Mas, quando o vazio no meu estômago tornou-se vácuo, ou seja lá o que for mais vazio que isso, pedi a Fritz que me trouxesse alguns sanduíches de ovo, leite e café. Eu queria terminar logo esse documento que Paul Chapin iria assinar, e, sem inclinar a cabeça para ver a relevância de coisas como ortografia e pontuação, tive que ir devagar, com concentração. Além disso, gastei três minutos telefonando para a garagem para mandar que eles deixassem o sedã do lado de fora, pois eu supus, é claro, que levaria

Wolfe. Mas eles disseram que já haviam recebido instruções de Wolfe, e que elas incluíam um motorista. Pensei que talvez eu devesse ficar chateado com aquilo, mas decidi não ficar.

Para os seus padrões, Wolfe almoçou depressa. Quando entrou no escritório, quinze para as duas, eu mal havia terminado o documento e estava guardando as três cópias em pastas marrom. Ele as pôs no bolso, disse para eu pegar meu bloco de anotações e começou a me passar instruções para a tarde. Ele explicou que havia pedido um motorista na garagem porque eu estaria ocupado com outras coisas. Ele também explicou que, por conta da possibilidade de visitantes, havia conseguido de Hibbard uma promessa de que ele passaria toda a tarde em seu quarto, até a hora do jantar. Hibbard fora para lá direto da mesa do almoço.

Fritz apareceu na porta e disse que o carro havia chegado, e Wolfe lhe respondeu que estaria pronto em poucos minutos.

O que me deu uma nova idéia das dimensões da coragem de Wolfe foi a revelação de que estava praticamente acertada uma reunião da Liga da Pena Branca às nove horas daquela noite no escritório. Antes mesmo de ele falar com Chapin! É verdade que eu não sabia o que Dora havia contado a ele, a não ser uns poucos detalhes que haviam sido incluídos na confissão, mas não era Dora quem iria assinar na linha pontilhada, era o seu maridinho aleijado de olhos claros. E eu estava contente por Wolfe não ter atribuído essa tarefa a mim, mesmo que isso significasse que ele teria de bater perna na rua dois dias seguidos, o que era um recorde. Mas ele havia se antecipado e ligado para Boston, Filadélfia e Washington, e para seis ou oito deles em Nova York, depois que chegamos no domingo à noite, e também de seu quarto bem cedo pela manhã, e o encontro estava arranjado. Minha tarefa imediata era entrar em contato com os outros, por telefone se possível, e garantir o máximo de comparecimentos que conseguíssemos.

Ele me deixou outra, mais imediata ainda, pouco antes de sair. Disse-me para ir ver a senhora Burton urgentemente, e ditou-me duas perguntas para fazer a ela. Sugeri o telefone e ele disse não, seria melhor se eu visse a filha e as empregadas também. Fritz estava em pé, segurando-lhe o casaco. Wolfe disse:

— E eu estava quase me esquecendo de que nossos convidados vão estar com sede. Fritz, deixe o casaco aí e venha comigo ver o que está faltando. Archie, se você não se importa, é melhor começar, você precisa estar de volta lá pelas três. Vamos ver, Fritz. Reparei na semana passada que o senhor Cabot prefere soda Aylmer...

Eu fui embora. Caminhei até a garagem para pegar o conversível, e o ar gelado foi como um relâmpago em meus pulmões. Depois que o conversível estava exposto à luz do dia eu o examinei e não consegui encontrar nem um arranhão sequer, e foi então que comecei a pensar em milagres. Entrei no carro e saí dirigindo.

Eu estava preocupado com Wolfe. A mim me parecia que ele estava apressando demais as coisas, sem necessidade. Era verdade que a condicional de Andrew Hibbard terminaria naquela noite, mas provavelmente ele poderia ser convencido a prolongá-la, além disso não era essencial mostrá-lo na reunião como uma grande atração. Mas era do feitio de Wolfe não esperar até que a confissão estivesse realmente no papo. Esse tipo de atitude, troçando da sorte, fazia parte dele, e talvez fosse uma parte importante. Havia muitas coisas sobre Wolfe que eu não tinha a pretensão de saber. De qualquer forma, não havia nenhuma lei contra preocupação, e eu não me senti nem um pouco melhor ao refletir sobre o desfecho da reunião daquela noite, caso Paul Chapin decidisse continuar calado. Foi sobre isso que eu pensei em todo o trajeto até a rua 90.

Wolfe havia dito que as duas perguntas que eu deveria fazer à senhora Burton eram muito importantes. A primeira era simples: *O doutor Burton ligou para Paul Chapin entre dez para as sete, sete horas da noite do sábado, pedindo que fosse visitá-lo?*

A segunda era mais complicada: *Às seis e meia da noite do sábado um par de luvas cinza estava sobre a mesa na sala de recepção do apartamento de Burton, perto da extremidade, virada para a porta dupla. As luvas foram retiradas de lá entre esse horário e sete horas por alguma pessoa no apartamento?*

Tive sorte, todos estavam em casa. A governanta me fez esperar na sala de estar, e a senhora Burton foi me encontrar lá. Ela parecia doente, pensei, e usava um vestido cinzento que a fazia parecer mais doente ainda, mas a cabeça continuava erguida. A primeira pergunta levou nove segundos; a resposta foi não, definitivamente. O doutor Burton não havia dado telefonemas depois das seis e meia da noite de sábado. A segunda pergunta demandou mais tempo. A senhora Kurtz não seria incluída na resposta, uma vez que não estava lá. A filha, que saiu antes das seis e meia, parecia estar fora também, mas eu pedi à senhora Burton que a chamasse mesmo assim, só para garantir. Ela apareceu e disse que não havia deixado luvas sobre a mesa, nem havia visto nenhum par lá. A própria senhora Burton não estivera na sala de recepção entre a hora em que voltou para casa, por volta das seis, e as sete e trinta e três, quando o som dos tiros a atraiu correndo para lá. Ela disse que não havia deixado luvas naquela mesa e que certamente não havia tirado nenhuma luva de lá. Ela mandou chamar Rose. Rose apareceu, e eu perguntei-lhe se ela havia retirado um par de luvas da mesa da sala de recepção entre seis e meia e sete e vinte na noite de sábado.

Rose olhou para a senhora Burton, e não para mim. Ela hesitou, então disse: — Não, madame. Eu não tirei as luvas, mas a senhora Chapin...

Ela calou-se. Eu disse: — Você viu as luvas na mesa.
— Sim, senhor.
— Quando?
— Quando fui abrir a porta para a senhora Chapin.
— A senhora Chapin as pegou?
— Não, senhor. Foi aí que eu reparei nelas, quando ela pegou as luvas. Ela pegou e depois largou de novo na mesa.
— Você não voltou mais tarde para pegá-las?
— Não, senhor, não voltei.

Isso concluía minha tarefa. Agradeci à senhora Burton e fui embora. Tive vontade de lhe dizer que antes do meio-dia de amanhã nós teríamos notícias definitivas para ela que poderiam ajudar um pouco, mas pensei que Wolfe já havia se pronunciado o suficiente e que seria melhor eu ficar quieto.

Passava das três quando voltei ao escritório, e tratei de me ocupar ao telefone. Haviam sobrado oito nomes para mim, daqueles com que Wolfe não conseguira falar. Ele havia me instruído quanto à linha de abordagem a assumir, que estávamos preparados para mandar nossas contas aos nossos clientes pelo correio, mas antes de fazer isso gostaríamos de apresentar uma explicação em conjunto e receber a aprovação deles. O que mais uma vez era um ponto a favor da coragem de Wolfe, visto que os nossos clientes sabiam que os tiras é que haviam prendido Chapin pelo assassinato de Burton e que tínhamos tanto a ver com isso quanto os leões de bronze na frente da biblioteca. Mas concordei que era uma boa via de abordagem, uma vez que o objetivo era reuni-los no escritório.

Eu estava indo muito bem com os meus oito, tendo pescado cinco deles em pouco mais de meia hora, quando, quinze para as quatro, enquanto eu estava procurando o número do Player's Club na lista telefônica, à procura de Roland Erskine, o telefone tocou. Eu atendi, e era Wolfe. Logo que ouvi sua voz, pensei comigo, epa, lá vamos nós, a festa não vai dar certo. Mas parece que a idéia era outra. Ele disse:

— Archie? Como foi com a senhora Burton?

— Só negativas. Burton não telefonou, e ninguém mexeu nas luvas.

— Mas talvez a empregada as tenha visto.

— Ah, você sabia disso também. Ela viu. Viu a senhora Chapin pegá-las e largá-las de novo no lugar onde estavam.

— Excelente. Estou telefonando porque acabei de fazer uma promessa e quero cumpri-la sem demora.

Pegue a caixa do senhor Chapin do armário, embrulhe-a com cuidado, leve-a ao apartamento dele e entregue-a à senhora Chapin. Eu provavelmente estarei em casa quando você voltar.

— Ok. Você tem alguma novidade?

— Nada de muito surpreendente.

— Eu nem sonharia com algo surpreendente. Que tal tentarmos uma pergunta totalmente direta. Você está com a confissão assinada, ou não?

— Estou.

— Está realmente assinada?

— Está. Mas eu me esqueci de dizer: antes de embrulhar a caixa do senhor Chapin, tire de lá um par de luvas, cinza, e guarde-as. Por favor, leve a caixa à senhora Chapin imediatamente.

— Ok.

Desliguei. O diabo do gordo conseguira. Eu não tinha a menor idéia sobre que tipo de munição ele havia conseguido com Dora Chapin, e é claro que ele tinha a vantagem de que Chapin já estava nas Tumbas, com uma acusação de homicídio em primeiro grau grudada na testa, mas mesmo assim eu o aplaudia. Eu diria que aquele aleijado era o sujeito mais difícil que eu já encontrara, com exceção daquele vendedor de perfume em New Rochelle que costumava afogar gatinhos na banheira e um dia se enganou e afogou a mulher. Eu teria adorado ver Wolfe enquadrá-lo.

Wolfe dissera sem demora, então deixei as três últimas vítimas esperando. Embrulhei a caixa e dirigi até a rua Perry com ela, tendo antes retirado um par de luvas segundo as instruções, guardando-as numa gaveta de minha mesa. Estacionei do outro lado da rua, em frente ao número 203, e saí. Eu já havia concluído qual seria a técnica adequada para aquela entrega. Fui até o ascensorista, que estava em pé na entrada, e disse:

— Leve este pacote até a senhora Chapin no quinto andar. Depois volte aqui e eu lhe darei um quarto de dólar.

Ele pegou o pacote e disse: — O tira ficou muito zangado ontem quando descobriu que você tinha ido embora. Como está se sentindo?

— Melhor impossível. Agora vá, cavalheiro.

Ele foi, voltou, e eu lhe dei o dinheiro. E perguntei: — Quebrei alguma coisa no seu carrinho vertical? A alavanca não funcionava.

Ele sorriu meio centímetro. — Aposto que não. Não, você não quebrou nada.

Assim eu cumpri a promessa de Wolfe para ele e fiz com que o pacote fosse entregue sem correr o risco desnecessário de ser convidado para o chá. Tudo isso por uma quantia irrisória.

Wolfe voltou para casa antes de mim. Percebi isso no corredor, ao ver que seu casaco e chapéu estavam lá. Visto já ser mais de quatro da tarde, é claro que ele estava lá em cima com as plantas, mas toda a andança dele me deixou nervoso, e antes de ir ao escritório subi os três lances de escada. A não ser de relance, eu mal tinha visto as orquídeas naquela semana. Wolfe estava na ala tropical, percorrendo a fileira à procura de pulgões, e pela expressão em seu rosto eu sabia que ele havia encontrado alguns. Fiquei parado lá, e logo ele se virou e olhou para mim como se eu fosse um pulgão ou estivesse com o corpo cheio deles. Era inútil tentar qualquer conversa. Desci para retomar minhas ligações.

Só consegui duas das três que faltavam, e Roland Erskine não estava em lugar nenhum. Até então, tínhamos ido muito bem. Havia chegado um telegrama de Boston dizendo que Collard e Gaines viriam, e Mollison viria de New Haven. Desconfiei que Wolfe teria feito os interurbanos mesmo se eu não estivesse na cama.

Wolfe não veio ao escritório diretamente da estufa às seis horas, como de costume. Parece que ele deu uma parada em seu quarto, pois quando apareceu, por volta das seis e meia, carregava com dificuldade uma pilha de livros, e eu vi que eram os romances de Paul Chapin. Ele os depositou sobre sua mesa, sentou-se e tocou a campainha para pedir cerveja.

Eu lhe contei que a senhora Chapin já estava com a caixa e li para ele as anotações de minha última visita à senhora Burton. Ele me deu algumas instruções para a noite, que transformei em anotações, porque ele gostava de ter tudo por escrito, e então ele ficou descontraído. Fez uma série de observações aleatórias e eu as ouvi como um cavalheiro, e então, como estava perto da hora do jantar, observei que já era tempo de eu saber a respeito do par de luvas na mesa da sala de recepção. Para minha surpresa, ele concordou comigo.

Ele disse: — Essa foi a contribuição da senhora Chapin. Ela forneceu outras informações também, mas nenhuma tão interessante quanto essa. Como você sabe, ela chegou ao apartamento de Burton às seis e meia. A empregada de nome Rose abriu a porta para ela. Quando passou pela sala de recepção, viu um par de luvas sobre a mesa e parou para olhá-las de perto. Ela disse que pretendia levá-las para dentro e entregar à senhora Burton, mas não seria incorreto supor que ela tivesse em mente o início de uma nova caixa de tesouros para seu marido, idéia que é sustentada pelas razões que ela deu para ter deixado as luvas sobre a mesa. Ela deu duas razões: a empregada havia se virado e estava olhando para ela, e as luvas pareciam um pouco mais pesadas do que qualquer uma que ela tivesse visto a senhora Burton usar. De qualquer forma, ela as deixou lá. Mas quando passou novamente pela sala de recepção, sozinha, a caminho da saída, ela pensou em dar outra olhada nas luvas para confirmar se pertenciam à senhora Burton ou não. As luvas tinham sumido. Ela até as procurou. Tinham sumido.

— Sei. E isso prova que ela não matou Burton.

— Prova. E identifica o assassino. Caso haja necessidade de corroboração factual da inocência da senhora Chapin, o que parece improvável, pode se provar que às sete e meia ela estava recebendo uma notificação de um policial na Park Avenue com a rua 50 por atravessar um sinal vermelho. Isso sem falar na probabilidade de os porteiros a terem visto sair do prédio antes da ocorrência do evento. Mas nada disso será necessário.

— Sei. Suponho que você tenha conquistado a confiança dela dando-lhe algumas orquídeas.

— Não. Mas na verdade eu lhe prometi algumas. Tome nota disso para providenciar amanhã. Eu conquistei sua confiança contando-lhe a verdade, que a prisão do marido dela iria me custar muitos milhares de dólares. Veja, o que aconteceu foi... que horas são? Certo. Ela estava convencida, assim como o próprio

Chapin, de que eu era o responsável pela situação difícil em que ele se encontrava. Sem saber sobre a natureza de meu acordo com seus amigos, ele pensou que eu havia preparado uma armadilha para incriminá-lo. Depois de ter me visto, ele não poderia supor que eu mesmo havia apresentado o espetáculo que se verificou na sala de recepção. Você sabe quem fez aquilo? Você. É mesmo, você é o autor do assassinato, eu simplesmente planejei tudo. A senhora Chapin, acreditando nessa versão, não perdeu a oportunidade. Com você e Pitney Scott dormindo profundamente, ela revistou seus bolsos, tirou o boné e a jaqueta dele, sentou-se, escreveu um bilhete e dirigiu o táxi até aqui. Ela deu o envelope a Fritz na porta e voltou para o táxi. O bilhete era curto e bastante claro, e posso citar palavra por palavra: *"Archie Goodwin vai morrer em duas horas se o senhor não entrar no táxi e for para o lugar que eu quiser."* E estava assinado com o nome dela, Dora Chapin. Admiravelmente conciso e direto. O que me convenceu de que algum tipo de ação seria necessária foi a presença, dentro do envelope, da carteira de couro da qual você parece gostar tanto.

Ele fez uma pausa para tomar um gole de cerveja. Eu resmunguei e achei que deveria dizer alguma coisa, mas tudo em que consegui pensar foi: — É, eu gostava daquela carteira. E ela ainda está com você?

Ele confirmou e continuou. — O único aspecto do episódio que foi realmente desgastante veio da idéia romântica da senhora Chapin sobre o que vem a ser um lugar remoto e isolado. Uma vez que eu havia me comprometido a segui-la, um arbusto no Central Park teria tido o mesmo efeito, mas aquela estúpida dos infernos fez o táxi sacudir até muito além dos limites da cidade. Fiquei sabendo mais tarde que ela tinha em mente uma floresta isolada em algum lugar próximo a Long Island Sound, na qual ela e o marido haviam estado no verão passado para um piquenique. Aquilo se tornou insuportável. Abaixei o vidro entre nós e gritei em seu ouvido que, se ela não parasse dentro de três minutos, eu iria gritar por socorro para cada carro e ser humano que passasse. Eu a convenci. Ela pegou uma transversal e parou embaixo de algumas árvores.

— Agora, isto vai diverti-lo. Ela possuía uma arma. Uma faca de cozinha! A propósito, aquele talho que ela nos exibiu na quarta-feira passada foi feito por sua própria iniciativa: o marido não aprovou. Naquele momento, o jogo ainda girava em torno de estabelecer na cabeça de seus amigos a figura do senhor Chapin como um sujeito perigoso e vingativo, sem permitir que ele fosse acusado de qualquer coisa. Ele já suspeitava de que eu poderia desmascará-lo, e o pescoço ensangüentado de sua esposa serviria para me despistar, embora tivesse sido idéia dela. Bem, seria difícil para ela tentar me matar com uma faca, visto que nenhuma seria comprida o suficiente para atingir algum ponto vital. Suponho que não havia arma de fogo disponível, ou talvez a senhora Chapin não confie nelas, como eu. Talvez a intenção dela fosse simplesmente a de me cortar até que eu concordasse com ela. Além disso, é claro, ela contava com minha ansiedade em relação ao perigo de sua situação. De qualquer forma, seu propósito era me forçar a revelar a armadilha em que seu marido se vira envolvido. Eu teria de colocar aquilo por escrito, e ela trouxera papel e caneta. Essa atenção a detalhes me fez vê-la com olhos mais simpáticos.

— Sei. E daí?

Ele bebeu a cerveja. — Pouca coisa mais. Você sabe como eu gosto de falar. Foi uma excelente oportunidade. Ela estava calma desde o início. Ela e eu temos muito em comum: não gostamos de agitação, por exemplo. Teria sido instrutivo vê-la usar a faca na nuca naquele dia, eu apostaria que ela o fez da mesma maneira que se desossa uma costeleta. Depois que lhe expliquei a situação, nós a discutimos. Chegou um momento em que pareceu sem sentido continuar nossa reunião naquele local escuro, frio e desagradável, além do que eu já sabia o que havia acontecido a você. Ela parecia incerta sobre o que havia usado para temperar seu café, por isso achei melhor encontrar um telefone o mais rápido possível... Ah! Senhor Hibbard, espero que a tarde longa tenha sido razoavelmente tolerável.

Hibbard entrou, parecendo meio grogue e ainda usando a minha gravata marrom. Atrás dele veio Fritz, para dizer que o jantar estava pronto.

21

Eles começaram a chegar cedo. Perto das nove horas, dez deles já haviam chegado, e eu, que estava fazendo as honras da casa, risquei seus nomes da lista. Quatro deles eu nunca havia visto antes: Collard e Gaines, de Boston, Irving, da Filadélfia, e o professor Mollison, de Yale. Mike Ayers, completamente sóbrio na chegada, ajudou-me a servir as bebidas. Às nove em ponto, Leopold Elkus juntou-se ao grupo. Eu não tenho a menor idéia sobre o que Wolfe disse a ele para fazê-lo vir. De qualquer forma, lá estava ele, e ele quis beber um copo de vinho do Porto, e eu contive um impulso de lhe dizer que não havia nitroglicerina na bebida. Ele me reconheceu e agiu de maneira cortês. Mais alguns foram chegando, entre eles Augustus Farrell, que havia telefonado no sábado para avisar que já havia voltado da Filadélfia, tendo conseguido o projeto para construir a biblioteca do senhor Allenby. Wolfe, desconfiando de que o verdadeiro motivo do telefonema eram os vinte dólares devidos a ele pelo trabalho da quarta-feira, mandou que eu lhe enviasse um cheque pelo correio.

Eles não pareciam tão constrangidos quanto uma semana atrás. Dedicaram-se às bebidas com mais entusiasmo, formaram grupos e conversaram, e dois ou três deles até vieram expressar sua impaciência para mim. Collard, o homem da indústria têxtil de Boston e proprietário do penhasco de onde o juiz Harrison havia caído, disse-me que esperava ver o último ato da ópera, e eu respondi que lamentava, mas que havia perdido essa esperança havia muito tempo. Escutei Elkus dizendo a Ferdinand Bowen que parecia provável que Nero Wolfe estivesse em estágio avançado de megalomania, mas não consegui ouvir a resposta de Bowen.

Havia quinze pessoas presentes às nove e quinze, hora em que Wolfe faria sua entrada, segundo havia me dito.

E foi uma excelente entrada. O estilo foi perfeito. Fiquei atento para não perder nada. Ele entrou, com três passos, e ficou parado, até que todos tivessem se virado para olhar para ele e a conversa tivesse cessado. Ele inclinou a cabeça e disse, com voz forte: — Boa noite, cavalheiros. — Então olhou para a porta e fez um sinal a Fritz, que estava na soleira. Fritz moveu-se para o lado, e Andrew Hibbard entrou.

Aquilo causou o primeiro alvoroço. Pratt e Mike Ayers foram os primeiros a reagir. Ambos gritaram "Andy!" e pularam na direção dele. Outros os seguiram. Fizeram um círculo ao redor dele, gritavam para ele, pegavam-lhe as mãos e batiam-lhe nas costas. Eles o rodearam de tal forma que eu não conseguia mais vê-lo, para observar com que tipo de psicologia ele estava recebendo aquilo tudo. Ouvindo-os e vendo-os, era fácil perceber que eles gostavam de Andrew Hibbard. Talvez até mesmo Drummond e Bowen gostassem dele. Às vezes amargo e doce andam juntos.

Wolfe havia evitado o tumulto. Ele chegou à sua mesa e sentou-se, e Fritz trouxe-lhe cerveja. Olhei para ele e fiquei satisfeito por ter feito isso, porque não era sempre que ele tinha vontade de piscar para mim, e eu não perderia isso por nada. Ele devolveu o meu olhar, piscou, e eu sorri para ele. Então ele bebeu um pouco de cerveja.

A agitação durou mais um pouco. Mike Ayers foi até a mesa de Wolfe e disse-lhe algo que não consegui ouvir devido ao barulho, e Wolfe acenou afirmativamente e respondeu alguma coisa. Mike Ayers voltou e começou a enxotá-los para as cadeiras, e Cabot e Farrell ajudaram-no. Eles se acalmaram. Pratt pegou Hibbard pelo braço e guiou-o para uma das poltronas grandes, sentou-se ao lado dele, tirou o lenço e enxugou os olhos.

Wolfe pôs a bola em jogo. Estava sentado com as costas eretas, os braços repousando sobre os braços da cadeira, o queixo abaixado, os olhos abertos.

— Cavalheiros, agradeço por terem vindo aqui esta noite. Mesmo se mais tarde não venhamos a nos entender, tenho certeza de que estamos de acordo quanto à natureza oportuna de nosso preâmbulo. Estamos todos satisfeitos que o senhor Hibbard esteja conosco. É gratificante para o senhor Goodwin e para mim termos podido ser o Stanley do seu Livingstone. Quanto ao continente negro que o senhor Hibbard escolheu para explorar e ao método pelo qual nós o encontramos, são detalhes que devem esperar por outra ocasião, visto termos assuntos mais prementes. Acredito que por ora seja o suficiente dizer que o desaparecimento do senhor Hibbard foi uma aventura que ele iniciou por sua própria vontade, uma investida em busca de instrução. Correto, senhor Hibbard?

Todos olharam para Hibbard. Ele confirmou: — Correto.

Wolfe tirou alguns papéis de sua gaveta, espalhou-os sobre a mesa e pegou um deles. — Isto, cavalheiros, é uma cópia do nosso acordo. Um dos meus compromissos era livrá-los de todas as apreensões e expectativas de males provenientes da pessoa ou das pessoas responsáveis pelo desaparecimento de Andrew Hibbard. Entendo que isso tenha sido realizado, não? Os senhores não têm medo do próprio senhor Hibbard, têm? Ótimo. Então essa parte está feita. — Fez uma pausa para avaliá-los, rosto por rosto, depois prosseguiu. — Quanto ao resto, será necessária a leitura de um documento. — Colocou a folha do memorando sobre a mesa e pegou outro papel, folhas presas com clipes a uma pasta marrom. — Este documento, cavalheiros, está datado de 12 de novembro, que é o dia de hoje. Está assinado com o nome de Paul Chapin. O cabeçalho do documento diz CONFISSÃO DE PAUL CHAPIN CONCERNENTE ÀS MORTES DE WILLIAM R. HARRISON E EUGENE DREYER, E À AUTORIA E AO ENVIO DE CERTOS VERSOS INFORMATIVOS E AMEAÇADORES. Seu conteúdo é o seguinte...

Cabot, o advogado, se intrometeu. Era de esperar. Interrompeu dizendo: — Senhor Wolfe, é claro que isso é interessante, mas em vista do que aconteceu, julga que seja necessária essa leitura?

— Sem dúvida. — Wolfe não levantou os olhos do documento. — Agora, se me permite:

Eu, Paul Chapin, residente à rua Perry, 203, na cidade de Nova York, pela presente confesso que não estive envolvido de nenhuma maneira com a morte do juiz William R. Harrison. Até onde eu possa afirmar, sua morte foi acidental.

Além disso, confesso também que não estive envolvido de nenhuma maneira com a morte de Eugene Dreyer. Até onde eu possa afirmar, ele cometeu suicídio.

Além disso, confesso também que...

Ouviu-se um rosnado explosivo de Mike Ayers e murmúrios de alguns dos outros. A voz levemente sarcástica de Julius Adler encheu o ar: — Isso é um absurdo. Chapin sempre afirmou que...

Wolfe impediu-o de continuar, e aos outros também. — Cavalheiros! Por favor. Peço-lhes sua indulgência. Queiram guardar os comentários para o final.

Drummond disse, a voz esganiçada: — Vamos deixá-lo terminar —, e eu mentalmente tomei nota de que deveria lhe servir um drinque extra. Wolfe continuou:

Além disso, confesso também que os versos recebidos por certas pessoas em três ocasiões distintas foram compostos, datilografados e enviados por mim. Tinham o propósito de, por inferência, transmitir a informação de que eu havia matado Harrison, Dreyer e Hibbard, e que era o meu propósito matar os outros. Eles foram datilografados na máquina de escrever que estava na saleta ao lado da sala de fumantes do Harvard Club, fato esse descoberto por Nero Wolfe. Isto termina a minha confissão. O restante são explicações que apresento a pedido de Nero Wolfe.

A idéia dos versos, que me ocorreu depois da morte de Harrison, era, a princípio, apenas mais uma das fantasias que ocupam uma mente acostumada à invenção. Eu os compus. Eles eram bons, ao menos para aquele propósito, e decidi mandá-los. Pensei em detalhes tais como papel, envelopes e máquina de escrever que não deixariam possibilidade de provar que eles haviam sido enviados por mim. Eles funcionaram admiravelmente, indo muito além das minhas expectativas.

Três meses depois, a morte de Dreyer e as circunstâncias em que ocorreu apresentaram outra oportunidade que, é claro, era irresistível. Dessa vez a situação era mais arriscada do que a anterior, visto que eu estivera presente na galeria naquela tarde, mas uma reflexão cuidadosa convenceu-me de que não havia perigo real. Eu datilografei o segundo poema e o enviei. Ele teve um sucesso ainda maior do que os primeiros versos. É desnecessário tentar descrever a satisfação que me deu encher de angústia e terror os espíritos insolentes daqueles que durante tantos anos lançaram sua pena sobre mim. Chamavam a si mesmos de Liga da Expiação... Ah, sim, eu sabia disso. Agora, pelo menos, a expiação havia começado de verdade.

Complementei o efeito dos versos verbalmente, com determinados amigos, sempre que surgia uma oportunidade segura, e foi com Andrew Hibbard que isso surtiu melhores resultados. Terminou por ele ficar tão aterrorizado que fugiu. Não sei onde ele está. É bem possível que tenha se matado. Logo que soube de seu desaparecimento, decidi tirar vantagem do fato. É claro que, se ele reaparecesse, a brincadeira chegaria ao fim, mas eu nunca supus que ela continuaria indefinidamente, e a oportunidade era boa demais para ser desperdiçada. Enviei o terceiro poema. Os resultados não foram menos do que magníficos, talvez magníficos até demais. Eu nunca tinha ouvido falar em Nero Wolfe. Fui ao seu escritório naquela noite pelo prazer de ver meus amigos e para conhecer Wolfe. Percebi que ele era perspicaz e intuitivo, e que minha diversão provavelmente estava chegando ao fim. Minha mulher fez uma tentativa para impressioná-lo, mas falhou.

Há outros aspectos que poderiam ser mencionados, mas creio que nenhum deles requer explicação. Gostaria de mencionar, no entanto, que meu depoimento no tribunal, relativo à minha razão para ter escrito o romance O diabo vem por último, *foi, em minha opinião, uma manobra de absoluta sutileza, e Nero Wolfe concorda comigo.*

Devo acrescentar que não sou responsável pela qualidade literária deste documento. Ele foi escrito por Nero Wolfe.

Paul Chapin

Wolfe terminou a leitura, deixou cair a confissão sobre a mesa e recostou-se na cadeira. — Agora, cavalheiros, se quiserem comentar...

Houve murmúrios. Ferdinand Bowen, o corretor, falou em voz alta: — Parece que Adler fez o comentário por todos nós. Absurdo.

Wolfe balançou a cabeça afirmativamente. — Posso entender esse ponto de vista. Na verdade, diante das circunstâncias, suponho que seja inevitável. Mas deixem-me expor meu próprio ponto de vista. Minha posição é a de que cumpri minhas obrigações segundo nosso acordo, e estou à espera do pagamento.

— Meu caro senhor! — Era Nicholas Cabot. — Ridículo.

— Creio que não. O que me dispus a fazer era remover o medo que tinham de Paul Chapin. Esse é o resumo de tudo, com os fatos de que agora dispomos.

Muito bem: quanto a Andrew Hibbard, aqui está ele. Quanto às mortes de Harrison e Dreyer, deveria ter sido óbvio a todos vocês, desde o início, que Chapin nada tinha a ver com elas. Vocês o conheceram durante toda a sua vida adulta. Eu simplesmente li os romances que ele escreveu. Mas eu percebi, na noite de segunda-feira passada, quando vocês estavam aqui, que seria impossível para Chapin cometer um assassinato premeditado, muito menos um de improviso, a menos que tivesse enlouquecido de repente. E o senhor, senhor Hibbard, não é psicólogo? Acaso leu os livros de Chapin? Por que eles insistem tanto em assassinato e no prazer que adviria dele? Por que cada página tem seu hino à violência e à beleza brutal da ação veemente? Ou, mudando os heróis, por que Nietzsche disse *"Se vais encontrar uma mulher, não te esqueças do chicote"*? Porque ele não tinha a ousadia de tocar uma mulher com a ponta de uma pena de ganso. A verdade é que Paul Chapin realmente assassinou Harrison e Dreyer, e todos os senhores. Ele os assassinou, e sem dúvida fará isso novamente, em seus livros. Deixem que ele faça isso, cavalheiros, e continuem com suas vidas. Não. Harrison, Dreyer e Hibbard estão fora disso. Consultem o memorando. Sobra apenas a questão dos avisos. Chapin admite que os enviou, e lhes diz como, por que e onde. A trilogia está completa. Não haverá conseqüências, e, mesmo que haja, suponho que elas não devam alarmá-los. Caso ele deseje usar a mesma máquina de escrever novamente, ele teria que vir a este escritório para fazer isso, pois ela se encontra sobre a mesa do senhor Goodwin.

Todos olharam para a mesa, e eu me afastei para que pudessem ver melhor. Wolfe bebeu cerveja, enxugou os lábios e continuou:

— Eu sei, é claro, onde reside o problema. Paul Chapin está nas Tumbas, acusado de ter assassinado o doutor Burton. Se isso não tivesse acontecido, se o doutor Burton estivesse aqui conosco esta noite, vivo e bem, não tenho dúvidas de que todos os senhores concordariam com a minha posição. Eu completei o trabalho para o qual fui contratado. Mas o fato é que os senhores estão confusos. E o que os confunde é que, enquanto anteriormente os senhores não tinham qualquer garantia contra os maléficos desígnios de Paul Chapin, agora têm mais do que necessitam. Eu lhes ofereço a garantia que me dispus a obter, mas isso já não lhes interessa mais, porque já têm alguma coisa igualmente boa, ou seja, que Chapin vai ser eletrocutado e não poderá mais assassinar vocês, nem mesmo nos livros. Senhor Cabot, uma vez que é advogado, pergunto-lhe se essa exposição da situação é correta. O que acha dela?

— Acho... — Cabot franziu os lábios e, depois de um tempo, continuou: — Acho que é uma bobagem notavelmente engenhosa.

Wolfe concordou. — Já esperava isso do senhor. Entendo, cavalheiros, que a opinião do senhor Cabot é aproximadamente unânime. Sim? Então se torna necessário que eu apresente uma nova consideração: a de que Chapin não matou o doutor Burton, a de que eu posso provar sua inocência, e a de que, se julgado, ele será absolvido.

Teve início o segundo alvoroço. Começou com um murmúrio de incredulidade e surpresa. Foi Leopold Elkus quem acrescentou o barulho. Ele pulou da cadeira e correu em torno da mesa de Wolfe para chegar perto dele, agarrou-lhe o braço e começou a sacudi-lo. Ele parecia estar transtornado e gritava para Wolfe alguma coisa sobre justiça e gratidão, e sobre como Wolfe era grandioso e grande. Não ouvi nada sobre megalomania. Os outros, ocupados que estavam com suas próprias observações, não prestaram nenhuma atenção nele. Mike Ayers, estourando de rir, levantou-se e foi buscar uma bebida. Eu me levantei também, pensei que precisaria arrancar Elkus de cima de Wolfe, mas ele finalmente voltou a se juntar aos outros, gesticulando e ainda falando em voz alta. Wolfe ergueu a mão para eles e disse:

— Cavalheiros! Se tiverem a gentileza. Parece que eu os surpreendi. Da mesma forma, suponho, a polícia e o promotor público ficarão surpresos, embora não devessem ficar. Os senhores, é claro, esperam que eu apresente evidências que corroborem a minha afirmação, mas se eu fizer isso devo pedir-lhes mais imparcialidade do que a que vejo na maioria dos rostos aqui. Não se pode ao mesmo tempo exigir justiça e ser sectário, pelo menos se tiverem alguma pretensão de competência. Apresento-lhes os seguintes aspectos. Em primeiro lugar, poucos minutos antes das sete da noite no sábado, Paul Chapin atendeu ao telefone em seu apartamento. Era o doutor Burton, que pediu a Chapin para ir vê-lo imediatamente. Um pouco depois Chapin saiu para ir à rua 90, lá chegando às sete e meia. Mas havia algo errado com aquele telefonema: ele não fora feito pelo doutor Burton. A esse respeito temos a palavra de sua esposa, que afirma que seu marido não telefonou para ninguém naquele horário no sábado. Parece provável, portanto, que houvesse uma terceira pessoa que estivesse assumindo as funções do destino... Eu sei, senhor Adler. E acho que percebo a mesma expressão em seu rosto, senhor Bowen. Os senhores estão se perguntando se sou tão crédulo a ponto de acreditar no senhor Chapin. Eu não sou crédulo, mas acredito nele. Ele contou à esposa sobre o telefonema, e ela me contou. Isso pode ser confirmado também pela telefonista do prédio de Chapin. Em segundo lugar, analisem os detalhes daquilo que supostamente teria acontecido na sala de recepção dos Burton. O doutor Burton tirou a arma de sua escrivaninha e foi para aquela sala. Chapin, que estava lá esperando por ele, tomou a arma dele, atirou quatro vezes nele, apagou a luz, jogou a arma no chão e depois ficou de quatro para procurar por ela no escuro. Que cena! De acordo com a história contada pela senhora Burton e pela empregada, o doutor Burton não estava na sala de recepção havia mais de seis segundos, possivelmente menos, quando os disparos foram feitos. Burton era forte e tinha estatura. Chapin é franzino, prejudicado pela deformidade e não consegue andar sem apoio. Muito bem... agora eu vou contar seis segundos para os senhores. Um... dois... três... quatro... cinco... seis. Seis segundos. Nesse espaço de tempo, ou menos, o aleijado Chapin supostamente tirou a arma do bolso de Burton, sabe-se lá como, atirou nele, derrubou a arma, mancou até o interruptor para apagar a luz e mancou de volta até a mesa para se deixar cair no chão. Cavalheiros, imparcialmente, o que acham disso?

Leopold Elkus levantou-se. Seus olhos negros não estavam flutuando para trás da cabeça agora. Ele os estava usando para olhar de maneira penetrante e quase feroz, à direita e à esquerda, e disse em alto e bom som: — Qualquer um que tenha acreditado nisso não passa de um cretino. — Ele olhou para Wolfe, dizendo: — Vou lhe apresentar minhas desculpas, senhor, quando esta aula de jardim da infância tiver terminado — e sentou-se novamente.

— Obrigado, doutor Elkus. Em terceiro lugar: por que motivo Chapin apagaria a luz? Eu não pretendo tomar-lhes o tempo listando conjeturas, apenas para vê-las rejeitadas pelos senhores à medida que as apresento. Façam suas próprias conjeturas quando tiverem tempo, se isso for de seu agrado. Eu apenas digo que até mesmo as atitudes de um assassino devam ser, em alguma medida, explicáveis, e acreditar que Chapin atirou em Burton e depois mancou até a parede para apagar a luz é acreditar numa bobagem. Duvido que algum dos senhores acredite nisso. Alguém acredita nisso?

Eles se entreolharam como se não tivessem opinião própria e precisassem pedir uma emprestada. Dois ou três balançaram a cabeça. George Pratt falou: — Vou lhe dizer em que acredito, Wolfe. Acredito que contratamos você para colocar Paul Chapin em apuros e não para livrá-lo deles. — Drummond deu uma risadinha, e Mike Ayers gargalhou. Nicholas Cabot exigiu:

— O que Chapin tem a dizer? Ele atirou ou não? Ele apagou a luz ou não? O que ele diz que aconteceu durante esses seis segundos?

Wolfe balançou a cabeça e suas maçãs do rosto desdobraram-se um pouco. — Ah, não, senhor Cabot. É possível que o senhor Chapin venha a contar sua história no banco das testemunhas em sua própria defesa. O senhor não pode esperar que eu revele isso antecipadamente àqueles que se consideram seus inimigos.

— Diabos, de todo jeito ninguém acreditaria nele. — Era Ferdinand Bowen desabafando. — Ele iria inventar alguma história, é claro.

Wolfe voltou os olhos para Bowen, e os meus estavam com os dele. Fiquei curioso para ver se ele agüentaria. Não achei que fosse agüentar, mas ele agüentou: seu olhar ficou firme sobre Wolfe.

Wolfe suspirou. — Bem, cavalheiros, apresentei o meu caso. Eu poderia lhes oferecer outros pontos a serem considerados: por exemplo, a probabilidade de que se Chapin pretendia matar o doutor Burton logo que o visse, ele teria ido até lá armado. Acrescente-se a isso a incapacidade natural de Chapin para qualquer forma de ação violenta, o que eu descobri pela leitura de seus romances e que deve ser do conhecimento de todos vocês. Além do mais, existem algumas evidências que não posso apresentar-lhes agora, para ser razoável com ele, mas que certamente serão usadas caso ele seja levado a julgamento. Com toda certeza eu apresentei o suficiente para lhes demonstrar que, se o medo de qualquer dano que viesse de Paul Chapin desapareceu de suas mentes, isso não se deve ao fato de um policial tê-lo encontrado sentado na sala de recepção do doutor Burton, aturdido por um evento que ele não poderia ter previsto. Deve-se ao fato de eu ter desnudado a natureza puramente literária de sua tentativa de vingança. A questão é a seguinte: teria eu desempenhado satisfatoriamente a minha tarefa? Acho que sim. Mas são os senhores que vão decidir isso, pelo voto. Peço-lhes que votem "sim". Archie, queira, por gentileza, ler os nomes.

Eles começaram a conversar. Bowen murmurou a seu vizinho, Gaines, de Boston: — Muito engenhoso, mas ele é um trouxa se acha que vamos cair nessa. — Elkus fuzilou-o com o olhar. Consegui ouvir algumas outras observações. Cabot disse a Wolfe: — Vou votar "não". Caso Chapin seja absolvido e as evidências sejam apresentadas...

Wolfe balançou a cabeça afirmativamente para ele. — Tenho consciência, senhor Cabot, de que esta votação não é a última chamada para o juízo final, como o senhor verá, caso eu perca. — Ele acenou para mim e eu comecei a chamar os nomes. Na lista que eu tinha, eles estavam em ordem alfabética por sobrenome.

— Julius Adler.

— Não. Eu gostaria de dizer que...

Wolfe o interrompeu. — O "não" é suficiente. Prossiga, Archie.

— Mike Ayers.

— Sim! — Ele foi enfático. Gostei do gesto, porque lá se iam duas semanas de seu salário.

— Ferdinand Bowen.

— Não.

— Edwin Robert Byron.
— Sim. — Tínhamos um empate.
— Nicholas Cabot.
— Não.
— Fillmore Collard.
— Sim. — Uau! Nove mil dele. Fiz uma pausa porque eu tinha que olhar para ele.
— Alexander Drummond.
— Não. — Claro, o maldito canário.
— Leopold Elkus.
— Sim! — Tínhamos um empate novamente, quatro a quatro.
— Augustus Farrell.
— Sim.
— Theodore Gaines.
— Não.
— L. M. Irving.
— Não.
— Arthur Kommers.
— Não. — Três sujeitos de outras cidades, três nãos em seqüência, e eu achando que Wolfe podia se orgulhar dos interurbanos que fez.
— Sidney Lang.
— Sim.
— Archibald Mollison.
— Sim.
Estava empatado novamente, sete a sete, e só faltava mais um, mas eu sabia o que ia ser antes mesmo de chamar. Era George Pratt, o deputado estadual, que havia tentado fazer o inspetor Cramer ficar preocupado com seus quatro mil. Eu chamei:
— George R. Pratt.

— Não.

Contei-os, só para ter certeza, e disse a Wolfe: — Sete sins e oito nãos.

Ele não olhou para mim. Todos eles começaram a falar. Wolfe havia tocado a campainha para pedir mais cerveja, e agora ele a abriu, encheu um copo, observou a espuma descer e bebeu. Coloquei a lista com a votação na frente dele, mas ele não olhou para ela. Bebeu mais um pouco de cerveja e enxugou os lábios com o cuidado habitual. Então se recostou e fechou os olhos. Todos eles estavam conversando, e dois ou três dirigiram observações ou perguntas a ele, mas ele manteve os olhos fechados e não prestou atenção. Leopold Elkus foi até a mesa, ficou em pé na frente dele, olhando-o por um minuto, e afastou-se novamente. Eles estavam falando em voz cada vez mais alta, e as discussões começaram a ficar acaloradas.

Por fim, Wolfe acordou. Abriu os olhos e viu que havia uma garrafa nova de cerveja, que eu havia providenciado, sobre a mesa. Ele a abriu e bebeu um pouco. Então pegou um peso de papel e bateu com força sobre a mesa. Eles se entreolharam, mas continuaram conversando. Ele bateu novamente, e eles começaram a se aquietar.

Ele disse: — Cavalheiros, devo pedir novamente sua indulgência...

Mas Cabot estava se sentindo muito importante. Ele interrompeu, ríspido: — Já votamos. De acordo com o memorando, isso acerta tudo.

Wolfe replicou, ríspido também: — Acerta aquela votação, senhor. Mas não acerta o destino da raça humana. É claro que pode nos deixar, se quiser, mas ainda assim teríamos quorum sem a sua presença. Ótimo. Tenho dois apelos a fazer. Primeiro, aos que votaram "não". Por favor, escutem o que tenho a dizer. Apelo a cada um de vocês... vejam bem, a cada um de vocês... para que mudem seu voto para "sim". Tenho um motivo específico para esperar que um de vocês decidirá mudar. E então, cavalheiros? Vou lhes dar um minuto.

Eles balançaram as cabeças. Um ou dois falaram, mas a maioria ficou em silêncio, olhando para Wolfe. Havia um novo tom na voz dele. Ele havia tirado o relógio do bolso e mantido os olhos nele. No final de um minuto, recolocou-o no bolso e ergueu os olhos.

Ele suspirou. — Então é preciso que eu passe para o meu segundo apelo. Desta vez, senhor Bowen, é apenas para o senhor. Peço-lhe que vote "sim". O senhor, é claro, sabe por quê. O senhor vai votar "sim"?

Todos olharam para o corretor. Eu inclusive. Ele ainda estava agüentando, mas não tão bem. Ele quase gaguejou, ao responder para Wolfe. Eu diria que seu desempenho foi até razoável: — Com certeza, não. Por que eu deveria mudá-lo? — Sua boca continuou aberta. Ele pensou que deveria falar mais, mas então resolveu que não deveria.

Wolfe suspirou novamente. — Senhor Bowen, o senhor é um tolo. Cavalheiros, eu gostaria de explicar brevemente por que não fiz antes o que vou fazer agora. Havia dois motivos: pelo fato de eu não gostar de interferir em assuntos que não me dizem respeito, e porque sairia caro para mim. Para ser exato, vai me custar mil e duzentos dólares, a quantia que deveria ser paga pelo senhor Bowen segundo nosso acordo. Além disso, como já disse, o assunto não era da minha conta. Se qualquer pessoa é suspeita de ter cometido um crime e se me oferecem uma quantia suficiente de dinheiro para pegar essa pessoa, eu o faço. Esse é o meu negócio. Entendo que existam indivíduos que se dispõem a prender malfeitores, especialmente assassinos, sem serem pagos por isso. Eles fazem isso, presumo, por diversão, o que não é de surpreender quando se consideram os estranhos tipos de diversão que têm sido adotados por vários membros de nossa raça. Eu mesmo tenho outras maneiras de escapar ao tédio, mas essa é a única que desenvolvi para escapar à penúria. Posso caçar qualquer um, desde que me paguem bem. Mas ninguém se ofereceu para me pagar a fim de que eu descobrisse o assassino do doutor Burton. Ao revelar sua identidade e ao entregá-lo à justiça, eu perderei mil e duzentos dólares, mas garantirei o recebimento de uma quantia bem maior. Agora, senhor Farrell, o senhor se importaria de se sentar em outra cadeira? Por gentileza. E você, Archie, sente-se na cadeira onde estava o senhor Farrell, ao lado do senhor Bowen.

Eu mudei de lugar. Eu não havia tirado os olhos de Bowen desde o momento em que Wolfe lhe pedira para votar "sim", e agora todos os olhos estavam sobre ele. O silêncio era absoluto. O corretor o enfrentava. Ao deslizar ao redor dele com inferências e insinuações, mas sem acusá-lo diretamente, e prolongando a situação, Wolfe o deixara bastante perplexo. Os outros olhando para ele era algo que também não o ajudava em nada. Suponho que ele estivesse tentando concluir se estava na hora de levantar-se e começar a se declarar ofendido com aquilo tudo. Ele nem olhou para mim quando me sentei ao seu lado. Ele estava olhando para Wolfe.

Wolfe estava ao telefone. Ele manteve seu ritmo regular, sem pressa, embora tivesse que tentar três números antes de chegar ao homem com quem queria falar. Por fim, conseguiu. Ninguém se mexia nas cadeiras enquanto ele falava.

— Inspetor Cramer? Aqui é Nero Wolfe. Isso mesmo. Boa noite, senhor. Inspetor, gostaria de que o senhor me fizesse um favor. Tenho convidados em meu escritório, e não há tempo disponível para longas explicações. Creio que o senhor saiba quanta confiança pode ser depositada em qualquer afirmação minha. Muito bem. O senhor poderia mandar um de seus homens para cá... talvez dois seja melhor... para buscar o assassino do doutor Loring A. Burton? Eu estou com ele aqui. Não. Não, realmente. Peço-lhe, as explicações podem seguir mais tarde. Provas, é claro; de que adianta a certeza, sem provas? Não tenha dúvida, se o senhor mesmo quiser vir...

Ele desligou e Bowen deu um pulo. Seus joelhos estavam tremendo, assim como suas mãozinhas de moça, que eu estava vigiando para ver se ele não tentava nada. Tirei vantagem do fato de ele estar em pé para revistá-lo por trás, e as minhas mãos nele o assustaram. Ele se esqueceu do que ia dizer a Wolfe, virou-se para mim e, juro por Deus, avançou sobre mim e me deu um chute na canela. Eu me levantei, segurei-o e empurrei-o de volta para a cadeira, dizendo:

— Tente outro gesto amigável desses e eu lhe dou um murro.

Drummond, que estivera sentado ao lado de Bowen, do outro lado, afastou-se dele. Muitos outros se levantaram. Wolfe disse:

— Sentem-se, cavalheiros. Peço-lhes, não há motivo para tumulto. Archie, queira ter a gentileza de trazer o senhor Bowen para mais perto. Eu gostaria de vê-lo melhor enquanto falo com ele. Se for necessário dar-lhe um croque, fique à vontade.

Eu me levantei e disse ao corretor para ir andando. Ele não se mexeu e não olhou para cima. Suas mãos estavam no colo, retorcidas num nó, e havia diversas cores distribuídas em seu rosto e pescoço; e eu fiquei surpreso de não ver amarelo. Eu disse: — Ande ou faço você andar. — Atrás de mim, ouvi a voz de George Pratt:

— Não precisa provar que é durão. Olhe só esse pobre-diabo.

— Ah, é? — Eu não me virei porque não queria tirar os olhos de Bowen. — Foi a sua canela que levou um chute? Alguém lhe pediu opinião?

Agarrei Bowen pelo colarinho e ergui-o, e ele andou. Reconheço que ele era digno de pena. Ele ficou em pé por um segundo tentando olhar ao redor, para eles, e procurou manter o tremor longe da voz: — Colegas. Vocês entendem por que... se eu não disser qualquer coisa agora para... este ridículo...

Ele não conseguiu terminar de qualquer maneira, e eu o empurrei até a cadeira. Ele se sentou e eu encostei na beirada da mesa de Wolfe para ficar de frente para ele. Dois ou três do grupo levantaram-se e se aproximaram de nós. Wolfe virou-se para encarar o corretor:

— Senhor Bowen, não tenho prazer nenhum em prolongar sua perplexidade na presença de seus amigos, mas de qualquer maneira precisamos esperar a polícia chegar para levá-lo embora. Agora mesmo o senhor usou a palavra "ridículo". Posso tomá-la emprestada? O senhor é o assassino mais ridículo que já encontrei. Não o conheço bem para poder dizer se isso se deve à imensa estupidez ou a uma extraordinária despreocupação. Seja como for, o senhor planejou o mais arriscado dos crimes como se estivesse organizando um inofensivo jogo de salão. Eu não estou meramente escarnecendo do senhor; eu o estou privando de seus últimos retalhos de esperança e coragem a fim de prostrá-lo. O senhor roubou uma grande soma em dinheiro do doutor Burton, por meio da conta que ele tinha com sua firma. Eu nada sei sobre como se deu esse roubo; isso será revelado quando o promotor público examinar seus livros. O senhor achou que o doutor Burton havia descoberto o roubo, ou desconfiava dele, e no sábado foi até o apartamento dele para fazer algum tipo de apelo, mas o senhor já havia arrumado uma alternativa, caso seu apelo falhasse. O senhor esteve com Burton no escritório dele. Ele foi ao quarto da esposa para perguntar se ela se importava com Estelle Bowen o bastante para fazer um grande sacrifício por ela, e a esposa dele disse não. Burton voltou ao escritório e o senhor teve sua resposta. Mas, durante a ausência dele, o senhor tirou a pistola automática da gaveta da escrivaninha e a guardou no bolso. Visto que o senhor era amigo dele, provavelmente sabia havia muito tempo que ele guardava uma arma lá; se não, o senhor ouviu-o dizer nesta sala, há exatamente uma semana, que, por ocasião da última visita de Paul Chapin a ele, ele havia tirado a arma da gaveta antes de se encontrar com Chapin na sala de recepção. O senhor gostaria de tomar alguma coisa?

Bowen não respondeu nem se mexeu. Mike Ayers foi até a mesa de bebidas, serviu uma dose de uísque e a trouxe, oferecendo a ele, mas Bowen não prestou atenção. Mike Ayers deu de ombros e tomou ele mesmo o uísque. Wolfe continuou:

— Logo depois o senhor foi embora, às seis e vinte. Ninguém o levou até a porta... ou, se o fez, o senhor apertou o botão na porta de forma que ela não se trancaria, e mais tarde entrou novamente. De toda forma, o senhor ficou sozinho na sala de recepção, e os Burton pensaram que o senhor havia ido embora. Ficou ouvindo. Não escutou coisa alguma e foi ao telefone. O senhor estava de luvas e, para que elas não o atrapalhassem enquanto telefonava, as colocou sobre a mesa. Mas, antes que sua chamada fosse completada, o senhor foi interrompido pelo som de alguém se aproximando na sala de estar. Assustado, o senhor correu para o esconderijo que já fazia parte de seus planos: o roupeiro sob as cortinas ao lado do interruptor e da porta dupla. O senhor entrou atrás da cortina na hora certa, porque a senhorita Burton, a filha, passou por lá, ao sair do apartamento.

— O senhor percebeu que havia deixado suas luvas largadas sobre a mesa, e isso o preocupou, pois iria precisar delas para não deixar impressões digitais na arma... e, a propósito, não lhe ocorreu que o telefone teria as impressões? Ou o senhor as limpou? Não importa. Mas o senhor não saiu imediatamente para pegar as luvas, pois precisou de algum tempo para se recuperar do susto que a saída da filha havia provocado. O senhor esperou e provavelmente congratulou-se pelo que havia feito, pois quase no mesmo instante o senhor ouviu a porta dupla se abrindo novamente, e passos, e a porta de entrada sendo aberta. Era Dora Chapin chegando para arrumar o cabelo da senhora Burton. O senhor Paul Chapin saiu na tarde de sábado e não voltou até tarde. Esta manhã, pelo telefone, a telefonista do edifício na rua Perry, 203, contou-me que houve um telefonema para o senhor Chapin uns quinze ou vinte minutos antes de ele chegar em casa. Assim sendo, parece provável que por volta de seis e quarenta o senhor tenha saído de seu esconderijo, pegado suas luvas e tentado o telefone novamente, mas ninguém respondeu no apartamento de Chapin. O senhor voltou para o roupeiro e, quinze minutos depois, tentou de novo. É claro que o senhor não sabia que seu último telefonema, por volta de cinco para as sete, coincidiu com a entrada do senhor Chapin no saguão do seu prédio, na rua Perry. A telefonista chamou-o e ele atendeu ao telefonema na própria mesa telefônica, de forma que a telefonista ouviu a conversa. Ao que parece o senhor imitou a voz do doutor Burton com sucesso, pois o senhor Chapin foi enganado. Ele subiu até seu apartamento por alguns minutos, e então desceu para pegar um táxi que o levou até a rua 90. Depois de telefonar para Chapin, o senhor voltou mais uma vez para o closet e aguardou lá, com o pulso acelerado, presumo, e com produção extra de adrenalina. Na verdade, parece até que o senhor usou praticamente toda ela. Imagino que lhe pareceu haver transcorrido muito tempo até que Chapin chegasse, e o senhor ficou surpreso mais tarde ao descobrir que foram apenas trinta e cinco minutos desde seu telefonema. De qualquer forma, ele chegou, a empregada o fez entrar, e ele se sentou. De dentro do roupeiro, o senhor manteve os ouvidos bem abertos para averiguar se ele havia sentado numa cadeira que o deixasse de costas para o senhor. O senhor estava de luvas e tinha a arma na mão direita, pronta para agir. Ainda assim, o senhor se esforçou para ouvir a aproximação do doutor Burton. Escutou os passos dele cruzando a sala de estar e, no instante em que ouviu a mão dele sobre a maçaneta, o senhor agiu. Neste ponto, devo admitir, o senhor mostrou eficiência e precisão. O seu braço esquerdo saiu da cortina, os dedos encontraram o interruptor e o desligaram, e a sala de recepção ficou às escuras, a não ser pela luz fraca vinda da sala de estar através da porta aberta pelo doutor Burton. Com a luz apagada, o senhor saiu rapidamente do roupeiro, foi para cima de Chapin e o atirou no chão. Nada difícil de fazer com um aleijado, não é, senhor Bowen? Nesse meio tempo o doutor Burton havia se aproximado da confusão e estava bem perto quando o senhor atirou nele, e havia luz suficiente vinda da sala de estar para que o senhor tivesse boa noção de onde acertar. O senhor puxou o gatilho e o segurou durante quatro tiros, então atirou a arma ao chão e saiu, não sem antes fechar a porta dupla. No corredor o senhor correu para as escadas e desceu. Eram apenas quatro andares, e mais um lance de escadas até o porão, e uma distância relativamente curta até o corredor que dava para a entrada de serviço. O senhor calculou que, mesmo se encontrasse alguém, não haveria grandes riscos, pois a culpa de Paul Chapin seria tão óbvia que ninguém faria perguntas a qualquer um fora do apartamento. Agora, senhor Bowen, o senhor cometeu muitos erros, mas nenhum foi tão idiota quanto sua absoluta crença na culpa óbvia de Chapin, pois esse erro gerou todos os outros. Por que diabos o senhor não acendeu a luz novamente quando saiu? E por que não esperou até que Chapin e Burton tivessem conversado um minuto ou dois antes de entrar em ação? O seu resultado teria sido o mesmo. Outro erro indesculpável foi a falta de cuidado ao deixar as luvas sobre a mesa. Eu sei, o senhor tinha tanta certeza de que eles apontariam para Chapin que pensou que nada mais tinha importância. O senhor foi pior do que um amador, o senhor foi burro. Vou lhe dizer uma coisa, senhor, a revelação de seu crime não é crédito para ninguém, muito menos para mim. Pfff!

Wolfe parou de falar, abruptamente, e chamou Fritz para que trouxesse mais cerveja. Os dedos de Bowen estiveram se retorcendo o tempo todo, mas agora haviam parado e estavam uns sobre os outros. Ele estava tremendo completamente, sentado em sua cadeira e tremendo, sem qualquer sobra de coragem, sem esperteza, sem nada. Não passava de um monte de carne assustada.

Leopold Elkus levantou-se, parou em pé na frente de Bowen e ficou olhando para ele. Tive a impressão de que ele pensara em cortar Bowen para ver o que havia dentro. Mike Ayers apareceu com outra bebida, mas desta vez não foi para Bowen, ele a estendeu para mim, e eu aceitei e bebi. Andrew Hibbard foi até a minha mesa, pegou o telefone e deu à telefonista o número de sua casa. Drummond estava guinchando alguma coisa para George Pratt. Nicholas Cabot deu a volta pela cadeira de Bowen, foi até Wolfe e lhe disse em voz baixa, mas alta o suficiente para que eu ouvisse:

— Estou indo, senhor Wolfe. Tenho um compromisso. Eu gostaria de dizer que não há razão para o senhor não receber aqueles mil e duzentos dólares de Bowen. É uma obrigação legal. Se o senhor quiser que eu cuide da cobrança, terei prazer em fazê-lo, e sem custos para o senhor. É só falar.

Aquele advogado era fogo.

22

Três dias depois, na quinta-feira por volta do meio-dia, recebemos uma visita. Eu havia acabado de voltar do banco, aonde fora levar uma vasta e volumosa quantia para ser depositada, e estava sentado à minha mesa, moldando meus pensamentos na forma de uma tarde tranqüila no cinema. Wolfe estava em sua cadeira, recostado, os olhos fechados, imóvel e silencioso como uma montanha, provavelmente analisando os planos para o almoço.

Fritz apareceu na porta e disse: — Um homem quer vê-lo, senhor. É o senhor Paul Chapin.

Wolfe abriu os olhos um pouquinho e acenou afirmativamente. Eu virei minha cadeira e levantei.

O aleijado entrou mancando. O dia estava claro lá fora, e a luz forte que entrava pelas janelas me deu a melhor visão dele que eu havia tido até aquele momento. Vi que seus olhos não eram tão claros como eu pensava. Eram mais ou menos da cor de alumínio embaçado. E sua pele não era tão pálida, era mais como couro desbotado, e parecia dura. Ele só me deu uma breve olhada enquanto se aproximava da mesa de Wolfe. Puxei uma cadeira para ele.

— Bom dia, senhor Chapin. — Wolfe quase abriu completamente os olhos. — Não quer se sentar? Peço-lhe... obrigado. Causa-me um verdadeiro desconforto ver as pessoas em pé. Permita-me congratulá-lo por sua aparência. Se eu tivesse passado três dias naquela prisão, como o senhor, eu estaria reduzido a um fantasma, um mero farrapo. Como eram as refeições? Presumo que indescritíveis.

O aleijado ergueu os ombros e deixou-os cair. Ele não parecia estar disposto para um bate-papo. Havia se empoleirado na beirada da cadeira que eu havia colocado para ele, com a bengala à sua frente e as duas mãos sobre o cabo. Seus olhos de alumínio tinham a mesma expressão que o alumínio geralmente tem. Ele disse:

— Sento-me por cortesia. Para aliviar seu desconforto. Só por um momento. Vim buscar o par de luvas que o senhor tirou da minha caixa.

— Ah! — Os olhos de Wolfe acabaram de abrir. — Então o senhor está erguendo as mãos para o céu. Ora!

Chapin concordou. — Felizmente. Pode devolvê-las?

— Outro desapontamento. — Wolfe suspirou. — Eu estava pensando que o senhor tinha se dado ao trabalho de vir até aqui para expressar sua gratidão por eu tê-lo livrado da cadeira elétrica. O senhor, é claro, está grato por isso, não?

Os lábios de Chapin retorceram-se. — Estou tão grato quanto o senhor espera que eu esteja. Portanto não precisamos perder tempo com isso. Posso pegar as luvas?

— Pode. Archie, por favor. Traga-as para mim.

Tirei as luvas de uma gaveta em minha mesa e as passei para Wolfe. Ele foi para a frente em sua cadeira e as depositou diante de si sobre a mesa, arrumou uma sobre a outra e as alisou. O olhar de Chapin estava preso às luvas. Wolfe recostou-se e suspirou novamente.

— Sabe, senhor Chapin, eu não precisei delas. Eu as retirei de sua caixa e as guardei para demonstrar algo na noite de segunda-feira, ou seja, como elas quase serviam no senhor Bowen, o que explica por que Dora Chapin, sua esposa, poderia confundir as luvas do senhor Bowen com um par da senhora Burton. Mas, visto que ele murchou como um dendróbio com a raiz podre, não houve necessidade de fazê-lo. Agora — Wolfe balançou um dedo — não espero que o senhor acredite nisso, mas mesmo assim é verdade que eu meio que suspeitava de que seu conhecimento sobre o conteúdo da caixa era grande o suficiente para que o senhor notasse a ausência de qualquer parte de seu inventário. Por isso não as devolvi. Eu as guardei. Queria vê-lo.

Paul Chapin, calado, tirou uma das mãos da bengala e a estendeu na direção das luvas. Wolfe balançou a cabeça e puxou-as um pouco. O aleijado ergueu a cabeça bruscamente.

— Só mais um pouquinho de paciência, senhor Chapin. Eu queria vê-lo porque tinha um pedido de desculpas a fazer. Espero que o senhor o aceite.

— Eu vim buscar as luvas. O senhor pode ficar com suas desculpas.

— Mas, meu caro senhor! — Wolfe balançou um dedo para ele novamente. — Permita-me pelo menos descrever minha falta. Quero me desculpar por ter forjado sua assinatura.

Chapin ergueu as sobrancelhas. Wolfe virou-se para mim:

— Uma cópia da confissão, Archie.

Fui até o cofre, peguei-a e entreguei a ele. Ele a desdobrou e passou para o aleijado. Eu me sentei e sorri para Wolfe, mas ele fingiu não perceber. Recostou-se na cadeira com os olhos semicerrados, entrecruzou os dedos sobre a barriga e suspirou.

Chapin leu a confissão duas vezes. Ele primeiro olhou-a com indiferença, lendo-a rapidamente, depois olhou para Wolfe, torceu um pouco os lábios e leu a confissão de novo, mais devagar dessa vez.

Ele a jogou sobre a mesa. — Fantástico — declarou. — Posto dessa forma tão prosaica, tão crua, soa fantástico. Não é?

Wolfe concordou. — Surpreendeu-me, senhor Chapin, o fato de o senhor ter passado por muitos problemas para obter um resultado lamentavelmente parco. É claro que o senhor entende que criei este documento pela impressão que ele causaria em seus amigos e, sabendo da impossibilidade de convencê-lo a assiná-lo para mim, fui compelido a eu mesmo assinar seu nome. É por isso que desejo me desculpar. Aqui estão suas luvas, senhor. Entendo que meu pedido de desculpas esteja aceito.

O aleijado pegou as luvas, acariciou-as e as guardou no bolso interno do paletó, firmou-se nos braços da cadeira e levantou-se. Ficou em pé apoiado na bengala.

— O senhor sabia que eu não assinaria um documento desses? Como é que sabia?

— Porque li seus livros. Porque eu o havia visto. Eu tinha conhecimento de seu, digamos, espírito indômito.

— Tem outro nome para isso?

— Muitos. Sua assustadora e infantil contumácia. Ela lhe valeu sua perna aleijada. Ela lhe valeu sua esposa. Ela quase lhe valeu dois mil volts de eletricidade.

Chapin sorriu. — Então o senhor leu os meus livros. Leia o próximo. O senhor vai estar nele, uma das personagens principais.

— Naturalmente. — Wolfe abriu os olhos. — E, é claro, eu morro de forma violenta. Aviso-o, senhor Chapin, fico ofendido com isso. Muito ofendido. Tenho profunda aversão pela violência em todas as suas formas. Eu faria qualquer coisa para convencê-lo a...

Ele estava falando para ninguém. Ou, pelo menos, para as costas de um aleijado que estava mancando na direção da porta.

Na soleira, Chapin virou-se por um momento, o suficiente para que o víssemos sorrir e ouvíssemos dizer: — O senhor vai morrer da maneira mais horrorosa concebível para assustar uma imaginação infantil. Isso eu prometo.

Ele foi embora.

Wolfe recostou-se e fechou os olhos. Eu me sentei. Mais tarde eu me permiti sorrir ao pensar no terrível destino reservado para Nero Wolfe, mas naquele momento eu tinha meus pensamentos voltados novamente para a tarde de segunda-feira, examinando detalhes de diversos eventos. Lembrei-me de que, quando saí para ir até o apartamento da senhora Burton, Wolfe ficara discutindo soda com Fritz, e, quando voltei, ele tinha saído e o sedã não estava lá. Mas ele não tinha ido às Tumbas para falar com Paul Chapin. Ele nunca saiu de casa. O sedã voltara para a garagem, e Wolfe foi para seu quarto, levando o casaco, o chapéu, as luvas e a bengala, para beber cerveja em sua poltrona. E quinze para as quatro foi de seu quarto que ele me telefonou para levar a caixa para a senhora Chapin, para lhe criar a oportunidade de fingir um retorno. É claro que Fritz havia colaborado, então ele também havia me enganado. E Hibbard ficou no terceiro andar a tarde toda...

Eles *me* enganaram o tempo todo.

Eu disse a Wolfe: — Eu pretendia ir ao cinema depois do almoço, mas agora não posso. Tenho trabalho me esperando. Tenho que imaginar algumas sugestões para dar a Paul Chapin para que use em seu próximo livro. Minha cabeça está cheia de idéias.

— Não diga! — O corpanzil de Wolfe moveu-se para a frente para permitir que ele tocasse a campainha para pedir cerveja. — Archie. — E balançou a cabeça na minha direção com ar de seriedade. — Sua cabeça está cheia de idéias? Mesmo a minha morte por meios violentos não é um preço alto demais para um fenômeno tão raro e bem-vindo como esse.

1ª EDIÇÃO [2002] 2 reimpressões

ESTA OBRA FOI COMPOSTA PELA SPRESS EM NEW BASKERVILLE
E IMPRESSA PELA GEOGRÁFICA EM OFF-SET SOBRE PAPEL PRINT-MAX
DA VOTORANTIM PARA A EDITORA SCHWARCZ EM MAIO DE 2002